総務課の播《はた》上《がみ》君のお弁当

ひとくちもらえますか？

森崎 緩

宝島社

目次

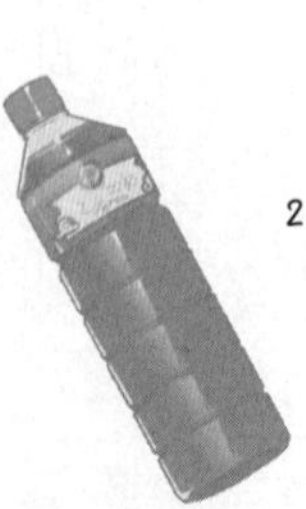

一年目　豚肉のごま味噌焼きとホウレンソウの炒め物

「播上《はたがみ》くんって料理、するんだ？」

いきなり尖った声を掛けられて、驚いた。

社員食堂でテーブルの右端に座っていた俺は、椅子を一つ挟んだ隣、左端の席に目を向ける。

そこに座っていたのは、清水真琴《しみずまこと》だ。

俺とは同期で、つまりはお互い今年度の新入社員だった。

彼女はじとっとした目つきで俺の弁当箱を見ている。さっぱりしたショートボブが似合う顔は硬く強張《こわば》っていて、昼休みの社食の和《なご》やかさとは対照的に思えた。

清水のことは少しだけ知っている。

入社式の日に顔を合わせ、他の連中ともども二言、三言の挨拶を交わした相手だ。とはいえ知ってるのはそれだけで、今のところ親しい間柄ではなかった。お互い頑張ろうと当たり障りのないことを言い合って以降は、ここ一ヶ月ほど会話した記憶もない。

俺は総務で彼女は秘書課、所属部署も違うからそもそも接点すらなかった。同じテーブルに座ったのだって、たぶん食堂が混んでいたからだろう。『座っていい？』とすら聞かれなくて、今のが本日最初の声掛けだった。

ただ、料理のことで親しくない相手から話しかけられるのは珍しくない。

俺は頷《うなず》いた。

「するよ、料理くらい」

入社してからずっと、昼食には手作りの弁当を持参している。

みんなは男が料理をすると知ると驚く。お手製の弁当を持ってきていると言うと驚きながら笑う。俺にはどうして笑われるのかわからない。実益も兼《か》ねたいい趣味だと思う。

料理も弁当作りも今に始まった話ではなく、学生時代からずっと続けていることだった。大学時代から一人暮らしを始めて、同時に完全自炊の生活も始めた。食費と健康への配慮、それに味のよさを鑑《かんが》みれば、自炊はまるで苦にならなかった。

今日の弁当はささみフライだ。変わり衣にしようとごまをまぶしたら、なかなか美味《おい》しくできて満足している。

「お弁当も自分で作ってきたんでしょ？」

俺の答えに対する清水の声は、どういうわけか不満げだ。

「そうだけど」

「珍しいね、男の子が料理なんて」

よく言われることだから、俺は黙って首を竦《すく》める。

今の物言いには、ちくりと刺さる棘《とげ》のような痛さがあった。

少なくとも好意的には聞こえない。けど、いきなり話しかけてきて清水は何が言いたいんだろう。俺はその疑問を解消しようと口を開きかけた。

が、別の声に阻《はば》まれた。

「——でしょ？　珍しいよね、男なのにお手製弁当なんて！」

声を上げたのは、俺の真向かいに座る藤田《ふじた》さんだ。

途端に清水はびくりとして、気まずげに目を泳がせる。

「そうですね、あの……」

「ええと、秘書課の――誰さんだっけ。播上くんと同じ新人さんだよね？」

そう尋ねた藤田さんは、総務で六年目の先輩だ。

ふわふわパーマの茶色い髪とアイラインのしっかり引かれた目元、睫毛は瞬《まばた》きの度《たび》に旋風が起きそうなほど密度が濃い。少しきつめの美人、という表現がしっくりくるこの先輩は、その職歴の長さを活《い》かしてか誰にでも物怖じせず話しかける。

「は、はい。清水です」

先程の問いに答えた清水にも、藤田さんはがんがん食いついた。

「料理が趣味の男の人って希少種だって思わない？」

「そう、かもですね」

「私はリアルじゃ播上くんが初めてだよ。聞いてびっくりしちゃった」

こちらは楽しそうにからかう物言いだ。この人に下手《へた》な反論をすると面倒なことは、入社二ヶ月目で既に把握《はあく》済みだった。

俺は無言のまま、玉子焼きを口に放り込む。出汁《だし》入りでほんのり甘い玉子焼きもいい出来だった。清水も構わず食べればいいのに、箸を持ったままひたすら視線を彷徨《さまよ》わせている。見れば彼女も弁当持参のようだが――。

「確か播上くん、彼女いないって言ってなかった？」

清水の方に向けた視線が、藤田さんの言葉で引き戻される。

「ええ、まあ」

事実なのでやむなく肯定すると、心配そうに笑われた。

「料理ができるのはいいことだけど、趣味程度のことで完璧だと近づきがたいかも。少しは隙がないとね」

職場の先輩にモテる術《すべ》を説かれても困るのだが、こうもズバリと言われると納得してしまいそうになる。

実のところ似たような物言いで振られた経験もあった。学生時代、付き合いたての女の子を部屋に招いて食事を振る舞ったら、その一週間後に別れを切り出された。

その時の彼女曰《いわ》く、

『播上くんみたいな人にはどんなご飯を作ってあげたらいいかわからない』

とのことで、それ以来浮いた話もご縁もない。

俺は別に彼女になってくれる人にまで料理の腕を求めるつもりはない。むしろ作ってもてなして、『美味しいね!』なんて言ってくれたらそれだけで十分報《むく》われてしまう質《たち》なのだが、そういう女の子はなかなかいないものらしい。まあ、それ以前に俺自身が奥手という自覚もあるけど。

ひとまず藤田さんの追撃をかわすべく、俺は姿勢を正して応じる。

「今は仕事を覚えるのが最優先と思ってますから、そういうのは気にしてません」

新社会人らしく模範的な言葉を口にしたつもりだったが、藤田さんは大きく肩を竦めた。

「私の知り合いにもいるよ、仕事と趣味に全振りしてる人。その二つしかないから近づきがたいのか三十間近で独身、恋人なし。このままだと寂しい老後を迎えるんじゃないかって心配してるの。なんか播上くん見てると、その人が思い浮かんで大丈夫かなって思っちゃうんだよね」

藤田さんは新人の指導係でもあり、仕事のできる先輩だ。しかし恋愛に対する妙な持論があるらしく、それを新人の俺たちにも押しつけてくるのが厄介《やっかい》だった。特に俺は見るからに冴えない男ということで、いつもこうして好き放題弄《いじ》られている。お世話になる職場の先輩を好き嫌いで評していいのか迷うが、ひとまず藤田さんは俺にとって苦手な先輩だ。

「まあ、そういう傾向もありますよね……」

反論を諦めた俺が半笑いで応じた時、がたんという音がした。

振り返れば、席を立った清水が食べかけの弁当箱に蓋をしている。乱雑な手つきで巾着《きんちゃく》の紐《ひも》を結ぶ横顔は険《けわ》しく見えた。

作業を終えた清水は藤田さんだけを一瞥《いちべつ》し、会釈をする。

「時間なので、失礼します」

そのまま食堂を出ていった清水が、俺たちの方を振り向くことはなかった。

「どうしたんだろう、清水さん」

藤田さんが二人だけになったテーブルに頬杖を突く。

「急に話し掛けて緊張させたかな？　秘書課の子ってみんな人懐《ひとなつ》っこい印象あったけど」

俺も清水と親しいわけではないが、新人同士の連帯感はあった。マイナス評価に対しては思わず庇《かば》いたくなる。

「入社式で話した時は、もうちょっと明るい印象だったんですけどね」

その時の清水は爽やかで気さくなイメージがあった。秘書課に配属されたと聞いて、なるほどと思ったくらいだ。

「ふうん、仲いいの？」

「そういうわけでもないです。その時に話して以来ですから」

「なのに一緒にご飯食べてたの？」

「まあ、全く見ず知らずの相手ってわけでもないですしね」

この騒がしい社員食堂で、一人ぼっちの昼食は寂しかったのかもしれない。

いろんな年齢、役職の人がやってくる食堂は、新入社員には居心地が悪い。同期の連中が食堂を敬遠しているらしいのもそういう理由かららしい。

そんな中で清水は、誰でもいいから話しかけて気を紛らわせたいと思ったのかもしれない。それにしては棘のある声の掛け方だったようにも思うが、五月の新入社員は誰しもそんなものだろう。緊張が取れないままで次々と仕事に放り込まれていき、他人を気遣う余裕なんてない。

俺だってそうだ。

「今年の新人はちゃんと馴染めるかな」

案じる藤田さんが、そこでスマホの時刻を確かめる。途端にそわそわした様子で尋ねてきた。

「新人って言えばさ、渋澤《しぶさわ》くんは？　彼も休憩なのに来てないね」

藤田さんが口にしたのは総務課の、もう一人の新人の名前だ。

俺はその答えを知っていたが、告げるのは気が重かった。もちろん言わないという選択肢はないのだが。

「渋澤なら、よその課の連中と外に食べに行ってます」

途端に藤田さんの目が吊り上がる。

「どこの誰と？　っていうか女子？」

「同期の連中となんで、男も女もいる感じじゃないかと」

「なんで勝手に連れてっちゃうかな。新人教育期間中だよ？」

同期の渋澤は顔よし人当たりよしの羨ましいほど完璧な男だ。入社当初から同期にも先輩方にも引っ張りだこで、昼休みや仕事帰りに誘いを受けることも珍しくないそうだ。本人は乗り気じゃないようだったが、今日は何人か男の同期も一緒だから断れそうにないとぼやいていた。

そんなモテる男の渋澤に対し、藤田さんもまた明らかに熱を上げている。

「まだ入社したてなんだから、ご飯は課ごとで食べる方がよくない？」

表向きはよき先輩として、あくまでも指導の一環として渋澤に接しているつもりらしい。だが渋澤と俺とではあからさまに態度が違うので、藤田さんの心中は実にわかりやすい。

「播上くんも止めてあげてよ。彼、断れないタイプなんでしょ？　そこは新人同士、助け合わないと！」

「は、はい。そうですね」

渋澤が好きで行ったわけではないのもわかっていたし、お叱りには素直に頷いておく。

「あーあ、渋澤くんかわいそうに」

長い溜息をついた藤田さんが、ふと気づいたように口を開いた。

「っていうか播上くんは？　なんで行かなかったの？」

同期には全員声を掛けたらしく、俺も誘われてはいたが断っている。

「弁当がありましたから」

正直に答えたら、また溜息をつかれた。

「婚期逃す人の答えだわ……」

社会人一年目の五月、何かにつけてぱっとしない滑り出しだった。

仕事を終えると、寄り道はせずに帰宅する。

札幌《さっぽろ》での暮らしはもう五年目で、通学から通勤に変わったところで迷うこともなかった。勤務先のある大通駅《おおどおりえき》から地下鉄南北線《なんぼくせん》で北《きた》24条《じょう》まで、夕飯のメニューは電車に揺られながら考える。家にある食材を思い出しながら——そういえば、キャベツをそろそろ食べてしまわないといけなかったな。豚肉があるから、野菜炒めでもしようか。後は朝作っておいた卵焼きがあるからそれと、酢の物でも作るかな。きゅうりがあったよな、確か。

大体の買い物は土日のうちに済ませてある。賞味期限に気をつけつつ、冷凍庫も活用しつつ、楽しい自炊の生活を送っている。

大学時代から住んでいる家賃三万のアパートへ帰りついたら、まず着替えをし、手洗いうがいをした後で食事の支度を始める。

何を作るか考えて、料理をして、そして出来上がったご飯を食べている時が一番幸せだった。

美味しい料理には人を幸せにする力がある。辛いことや憂鬱を忘れさせてくれるような力が。今の俺には一番必要なものだ。

俺以外の同期は皆、仕事を楽しんでいるように見える。

渋澤以外にも、今日食事に誘ってきた他の課の連中も、新生活が楽しくてしょうがないって顔をしているように見えた。

昼食の誘いを断ったのは弁当があるからだけじゃない
人間関係だって仕事だって、誰もが最初から完璧にできるわけでもない。わかっているつもりだったが、時々妙な焦りを覚える。


夕食を終えて一息ついていると、電話が鳴った。

函館《はこだて》の実家からだ。

『――あ、正《まさ》ちゃん？　お母さんです』

「……母さん」

第一声にがっくりきて、思わずぼやく。

「俺もう二十二だよ。ちゃん付けは止《や》めてくれないかな」

『いくつになったって、親にとって子供は子供よ』

母さんはあっけらかんと言い返す。

親元を離れてから既に五年目だというのにまだこの調子だ。正ちゃんなんて呼ばれてるところを、外で知り合いに聞かれたらと思うとぞっとする。地元は札幌から三百キロ離れているから、誰にも会わずに済むのが救いだった。

『ところで、仕事はどう？』

「別に普通。なんの問題もないよ」

『よかった。お父さんも心配してたのよ、会社勤めって大変なんじゃないかって』

俺はそっと苦笑した。見抜かれてるのかもしれない。

「父さんにも言っといて。心配要らないからって」

『自分で言ったら？　たまにはそっちからも電話掛けてきなさい』

それはお互い様だ。大学時代からずっと、父さんが電話を掛けてきたことは一度もない。本人は電話が嫌いだと主張しているが、単に照れ屋だからだろう。

「便りのないのはいい便りって言うじゃないか」

自分から言うのもどうかと思ったが、ともかく俺はそう言った。

「とにかく元気でやってるからさ。先輩は親切だし、同期の連中はいっぱいいるし……」

話しながら脳裏《のうり》に浮かんでくるのは、藤田さんの皮肉を言う時の顔。渋澤を筆頭に日々楽しげな同期の連中の顔。それから——。

今日の昼休みに見た、清水の険しい横顔だった。

『もしお仕事が大変になったら、いつでも戻ってきていいからね』

母さんの声は穏やかで、変わりないことが窺える。

「店、上手《うま》くいってるの？」

『お蔭様《かげさま》でね。あと二十年は現役だってお父さんは言ってるわ』

「それはよかったよ」

実家の小料理屋は父さんが開いたもので、地元ではそれなりに名の知られた店だ。湯《ゆ》の川温泉《かわおんせん》の近くにあるから観光客がふらりと立ち寄ってくれるし、もちろん地元の常連客も多い。

父さんと母さんは何も言わないが、俺が後を継いでくれたら、と思ってはいるらしい。

だが俺にはその気がなかった。

料理は人を幸せにする。その幸せに代金を貰うとすれば、生半可《なまはんか》な腕では駄目だと思う。俺には到底それだけの実力は身につけられない。

父さんがせっかく軌道に乗せたあの店を、俺の代で落ちぶれさせてしまうのが嫌だった。俺には経営だの接客だのも向いていない。もっと地道な生き方をするのが合っている。

以前そう打ち明けた時、父さんは賛成も反対もしなかった。好きにしろとだけ言った。

『ま、こっちのことは心配しないで』

母さんは母さんで明るく言い切った。

『ところで正ちゃん、ご飯はちゃんと食べてる？』

「食べてるよ。今日の弁当はささみをごまの衣で揚げてみた」

『あら、美味しそうね。ごまはストレスにもいいんですって』

「ストレス？」

思わず聞き返す。それが本当なら、まさに俺の必要な栄養素かもしれない。

『そうなの。セサミンって精神の安定にも働きかけるんだそうよ。お昼の番組でやってたもの。五月病の予防にもなるかもね』

「へえ」

それはいい話を聞いた。明日の弁当のおかずにも取り入れてみようか。ちょうどストレスが蓄積《ちくせき》し始める時期だ。


母さんとの通話を終えると、俺は再び台所に立つ。

食器を洗って、それから明日の弁当の仕込み。やはり料理をしている時が一番楽しい。なんのかんの喧《やかま》しい連中はいるけど、好きでやってることだから放っておいて欲しい。もてなかろうが付き合い辛かろうが関係ないだろうに。

そんなことを考えながらフライパンでごまを炒《い》る。今日の豚肉の残りでごま味噌焼きを作るつもりで、その下ごしらえとして練《ね》りごまを作っていた。

炒り終えたごまを鉢に入れ、すりこぎで擦っていると、ふと清水のことを思い出す。

――播上くんって料理、するんだ？

――珍しいね。男の子が料理なんて。

そして疑問も抱いた。

彼女が俺に話しかけてきたこともそうだが、何よりも、彼女がどうして社員食堂にいたのか。外に食べに行った同期の連中は、皆に声を掛けると言っていたはずだ。清水にも声を掛けたに違いないのに、彼女は食堂に一人ぼっちだった。

俺には、本当はなんの用だったんだろう。

清水の弁当は自分で作っているんだろうか。

そんなことを考えても気分は晴れないし、今は練りごまに集中することにした。

◇　◇　◇

次の日、俺は予定通りに弁当を作って持参した。

藤田さんは昼休み前に渋澤を捕まえ、昼休みを一緒に過ごす約束を取りつけている。

「渋澤くん、仕事のことで話があるの。ううん、お説教とかじゃないよ。渋澤くんはすごく頑張ってるから、改めて労《ねぎら》いたくて……ご飯食べながらでいい？」

瞳を輝かせて迫る藤田さんに対し、渋澤は微笑を引きつらせていた。

「あ、じゃあ、播上も同席しますよね？」

自分が狙われている自覚はあるらしく、救いを求めるようにこちらを見る。

しかしながら藤田さんもこちらを見て『空気読んでね』とばかりに眉を顰《ひそ》めた。

こうなると俺は板挟みだ。決して悪い奴じゃない同期と、苦手ではあるが仕事を教わっている先輩、どちらの肩を持つべきか。考えたが答えは出ず、とりあえず濁《にご》しておく。

「俺が行ったらお邪魔じゃないですか？」

ところがこれは悪手だったようで、藤田さんは少し不機嫌そうに言った。

「邪魔《じゃま》なわけないでしょ、仕事の話なんだから」

仕事の話という建前のせいで、俺を邪険にするのが難しくなってしまったようだ。はっきり行かないと言った方がよかったか。渋澤はこっそり胸を撫で下ろしている。

職場の先輩が後輩、それも入りたての新人を口説《くど》くのはいいんだろうか。藤田さんの態度は他の先輩達が苦笑いするほどわかりやすいが、彼らはもちろん総務課長ですら止めたりはしない。これはこれでしんどいだろうなと思うが、同じくぺーぺーの俺にしてあげられることなんて、せいぜい緩衝材の役割くらいしかない。

貴重な昼休みにそれを引き受けるかどうか、俺は悩みながら午前の仕事に追われた。

そして迎えた昼休み、藤田さんと渋澤は一足先に社食へ向かっていた。

俺はロッカールームにお弁当を取りに行き、二人よりも遅れて社食に入る。まだ見知らぬ顔ばかりの食堂内で渋澤たちを探していると、先に違う姿が目に留まった。

清水だ。

彼女は隅《すみ》っこのテーブルに一人で座っていた。俯《うつむ》いてでもいるのか、丸めた背中が妙に寂しげに見えた。

そんな姿を見かけたらさすがに放ってもおけない。悪い、渋澤。心の中で詫びながら清水のいるテーブルに歩み寄る。

「ここ、座ってもいいか？」

背後から話しかけた途端、清水の肩がびくりと動いた。

振り向いた直後は目を大きく見開いたが、すぐに訝《いぶか》しそうな顔になる。

「播上くん……何か用？」

「弁当食べる席を探してただけだ」

俺は彼女から一つ椅子を置いた隣に座る。すぐ隣に座るのはさすがにためらわれた。

清水もまだ食べ始めてはいなかったようだ。思い出したように自分の弁当箱の蓋を開け、中身を隠すように箱の真横に立てかける。

どこか気だるそうなその動作を見守っていたら、横目で睨まれた。

「見ないでくれる？」

「あ、悪い」

とっさに詫びたが、今日の清水も昨日と同じく表情が硬い。

「で、何しに来たの？」

冷たい声でもう一度尋ねられた。

俺の下手な口実はあっさり見破られていたようだ。観念して、弁当を開けながら本音を打ち明ける。

「昨日、俺に話しかけてきただろ。何か用でもあったんじゃないかって気になってた」

あの時の会話は途中で打ち切られていた。藤田さんが口を挟んでこなければもう少し続いていたのかもしれない。短い会話の中ですら和やかだったとは言いがたいが、だからこそ気になった。

清水は煩《わずら》わしそうに肩を落とす。

「別に用とかじゃないよ。ただ、播上くんってすごいねって言いたかっただけ」

彼女の声には昨日と同じように、隠しきれない棘は覗いていた。

「料理得意なんでしょ？　毎日お弁当作ってるって、先輩にも褒められてたもんね」

褒められるどころか貶《けな》されていた覚えしかないが、聞き間違いではないだろうか。

怪訝《けげん》に思う俺をよそに、彼女は吐き捨てるように続けた。

「それに仕事だって楽しいんでしょ」

「俺が？　なんで？」

そんなこと言った覚えはない。少なくとも清水には。

なぜなら彼女とは昨日、入社式以来久し振りに口を利いたという状況だったからだ。

「楽しそうに見えるから」

清水はきゅっと表情を歪めた。

「播上くんは料理もできるし、毎日お弁当作ってきてるらしいし、おまけに同期の子がいる部署にいて、先輩は気さくそうな人で、いつも食堂では楽しそうにしてるのを見かけてたから」

投げつけられた言葉の勢いに眩暈《めまい》がする。

瞬間的にいろんなことを思った。

清水だって料理はするんだろ、とか。

清水は自分で弁当を作っているんだろうか、とか。

秘書課の新人って清水一人だけだったっけ、とか。

楽しそうも何もさっきだって渋澤と比べて、明らかに要らない奴扱いされた俺なのに、とか、いろんなことを。

でも、一番に思ったのはもっと別のことだ。

同期の連中は新生活をすごく楽しんでいるように見えていた。

俺はそうじゃなくて、何もかもがぱっとしなかった。なかなか覚えられない仕事も、好きになれない先輩も、みんなから好かれる同期も、疎《うと》ましいというほどではない。でもどこかでは息苦しさを覚えていた。

最初から完璧にできるはずがない。それもわかってはいるのに。


俺はそっと辺りを見回した。

三つほど離れたテーブルで、藤田さんと渋澤が向かい合わせに座っているのに気づいた。こちらからは藤田さんの肩越しに、渋澤の愛想のいい笑顔だけが見える。なるほど楽しそうにも映った。

二人がこちらを見ていないことを確認してから、最小限の声量で清水に言った。

「楽しくはない」

俺の言葉を聞き取ったか、彼女が瞬きをする。

「え、でも、だって。そんなふうには」

「本当だ」

戸惑う表情に俺は頷き、ひそひそ声で続ける。

「こっちだっていろいろあるんだ」

俺だけではないのかもしれない。他人が押し隠している『いろいろ』を見抜く余裕なんてなくて、誰もが新生活を謳歌《おうか》しているように見えていたが、本当は——。

清水の態度を見た時に察した。

彼女も、そうじゃないのかもしれない。

「そうは見えない」

腑《ふ》に落ちない顔で彼女は呟く。

その表情で、予感はようやく確信に変わり始めた。

「楽しそうに見えてたけど。播上くんはいい部署に配属されたんだって、羨ましかった」

「秘書課って大変なのか?」

俺が聞き返すと、清水は後ろを振り返った。ちょうどさっきの俺のように。

そして何かを確かめた後でこちらへと向き直る。

「すごく大変。新人は私一人だし、覚えきれない仕事は山ほどあるし、なのに先輩の顔すらなかなか覚えられないし、叱られてばっかり」

「……そっちも苦労してるんだな」

「嘘っ」

どこが楽《らく》ってこともなく、新人は等しく苦労を背負《しょ》い込むものなのか。俺が同情すると、清水は形のいい眉を顰めた。

「でも播上くんはすごく余裕あるように見えるけど。私のこと気に掛けてくれてるし」

そんなふうに言われたら、余裕がないなんて言いにくくなる。

実際、清水を気遣《きづか》えるような立場ではなかった。俺だって覚える仕事は山ほどあるし、先輩には好かれてない方の新人だ。

でも余裕のなさを見せたくないと思うだけの、なけなしの矜持《きょうじ》はあった。

清水にもそうだし、藤田さんにだってそうだし、渋澤にもだ。

モテないって言葉も、要らない奴扱いも本当は気分のいいものじゃない。渋澤と比べて自分が劣っているのは十分すぎるほどわかっているし、悔しい。でもそういう内心は誰にも知られたくない。

それで装っているのも余裕と言えるんだろうか。清水みたいに、押し隠せていない奴に比べれば。

それとも、もしかするとこれが、

「セサミンの効果なのかもしれない」

ふと気がついて俺は言い、清水が目を瞬かせる。

「どういうこと？」

「ごまの栄養素の一つだそうだ。ストレスに効くらしいと聞いた」

「セサミンが？」

「ああ。だから今日のおかずも豚肉のごま味噌焼きだ。昨日はささみフライをごまの衣で揚げた。俺に余裕があるように見えるなら、その効果が出ているのかもしれない」

だとすればセサミンは偉大だ。俺はそう思い、深く感心した。

だが清水はぽかんとして、数秒後には呆《あき》れたような表情になった。

「播上くんって、食べ物の話だとめちゃくちゃ饒舌《じょうぜつ》だね」

「あ……悪い」

普段口下手のくせに、得意分野だとぺらぺら喋りたくなるのはよくない癖だ。俺が詫《わ》びると、清水はふうと息をつく。

「徹底してるね。心のよりどころが料理にあるから、だから私より余裕あるのかな」

その言葉通り、彼女は俺以上に弱っているように見えた。

「私はそこまでじゃないよ。料理は好きでやってたけど、最近はなんだか面倒でしょうがなくなってた。お弁当作りもやめちゃおうかと思ったよ、みんなとご飯食べに行けないし」

そこまで言ってから、彼女はやっと力なく笑った。

「こう見えても私、料理には自信あったんだよね。でも私より上手い人がいて、毎日お弁当作ってきてて、しかもその人は仕事もなんだか楽しそうにしてるからなんだか羨《うらや》ましくて、僻《ひが》みたくてしょうがなくなったの。馬鹿みたいだけど」

買い被りにも程がある。

でも俺も、他の誰かのことを買い被っているのかもしれない。

俺は清水の弁当箱に目をやった。蓋《ふた》で隠されたままで中身は見えない。

「見せられない」

心を読んだみたいな鋭さで彼女は言う。

「播上くんほど上手くないよ、絶対に」

「そうとは限らない。俺の料理食べたことないだろ」

「見ればわかるよ。さすがにそれとは比べられたくない」

清水は俺の、開けっ放しだった弁当箱を見ていた。

「ね。ちょうだいって言ったら、食べさせてくれる？」

「いいよ」

「じゃあ、お肉。味見させて」

彼女が頼んできたので、俺は箸を引っ繰り返して豚肉のごま味噌焼きを一切れ持ち上げた。弁当の蓋に乗せて清水に手渡す。

彼女はそれを迷わず口に運んだ。

次の瞬間、なぜかふっと笑った。

「あ、美味しい……！」

張り詰めていたものが一瞬だけ解けたような、柔らかい笑顔だった。

「ごまのいい香りがするね。味噌も甘じょっぱくて、ご飯に合いそう。いいなあ」

「作り方教えようか？」

笑顔が見られてほっとして、俺はつい問いかけた。

たちまち清水の笑顔は強張り、気まずそうな表情になる。

「え、いいの？」

「悪いわけないだろ。気に入ったなら作って、食べてくれる方が嬉しい」

「……そっか」

彼女はしばらく迷ってでもいたのか、睫毛《まつげ》を伏せて思案に暮れていた。

だがやがて、意を決したように面《おもて》を上げ、おずおずと切り出す。

「じゃあ、教えて。作ってみたいよ、私も」

「いいよ」

もちろん大歓迎だ。

同期の新人達とは入社式の後に、連絡先を交換し合っていた。といってもグループでメッセージをやり取りしていた程度で、清水と個人的に連絡したことはない。でもレシピを教えるならメッセージで送るのが早いと思ったから、彼女にはそう告げた。

「確かにそっちの方が手っ取り早いね」

清水は頷き、ぎこちない苦笑を見せる。

「ごめんね、忙しいのに手間取らせて」

「大した手間でもないし、気にしなくていい」

「優しいんだね」

「同期のよしみだよ」

俺の答えを聞いた彼女は、そっと視線を外した。

「なんか……すごいね、播上くん」

「何が？」

「ううん、別に」

すぐに首を横に振り、清水は続けた。

「今度ついでに愚痴《ぐち》でも聞いてよ、同期のよしみで」

その口ぶりは今までよりいくらか明るく、もしかすると早くもセサミンが効いたのかもしれない。


帰宅後、俺は約束通り清水に豚肉のごま味噌焼きのレシピを送った。

調味料は練りごまの他、味噌とみりんと砂糖でご飯が進むコクのある味つけだ。味噌だれは焦げやすいので火力には気をつけること、しかし少し焦がした方が香ばしくて美味しいと思う旨も添えた。

練りごまは手間もかかるし、時短したいなら市販のチューブでもいいと付記しておく。

スマホでレシピを打ちながら思う。

俺はやはりこういうのが向いているのかもしれない。

料理に関してだけは、自分で言うのもなんだが覚えもいいし応用もできるし、手際もいい方だ。これが仕事となると記憶力は働かないわ応用は利かないわ、手際は悪いわで散々だった。それなら俺の適職は、総務課勤めのサラリーマンではなく、誰かのために料理を作る仕事なのかもしれない――そこまで考えて、何言ってんだとかぶりを振った。

父さんの店を継ぐ気はないとあれほど言い張った後なのに。

サラリーマンが向いてないかどうかだってまだわからない。まだ入社して一ヶ月だ、何が適職か考え出すには早い。もしかしたらこれから自分に合った業務とめぐり会えるかもしれない。

でも、その業務を教えてくれるのがあの人だからな。

気分が沈みかけたところにスマホが鳴り、清水からの返信があった。

『レシピありがとう。明日作ってみるね。それにしても丁寧な書き方でびっくりしちゃった。播上くんって几帳面《きちょうめん》なんだね』

実際に会って話すより、メッセージの文面の方が柔らかい気がした。

そういえば入社式で会った時も、清水って明るくていい子だなと思っていた。『名字、なんて読むの？　はたがみくん？　珍しい字書くんだね！』などと、初対面の俺にも気さくに話しかけてくれた記憶がある。その時は彼女にいい印象しか持っていなかった。そうじゃなければ大勢いる同期の一人なんて、いちいち覚えてもいなかっただろう。

それがあんなに刺々しくなってしまうんだからもったいない。

とりあえず、返事を送る。

『それが仕事に反映できればいいんだけどな』

ぼやくような言葉になった。

次の返信は随分と素早かった。

『総務課のお仕事も大変そうだね。どんなことするの？』

清水の問いに、俺はがりがりと頭を掻いた。

『いろいろ。備品の管理とか補充とか、勤怠《きんたい》状況のチェックとか』

そっけない文面だなと自分で思う。

これまで女の子と料理の話以外でやり取りする機会に乏しかった。大学時代も、飲み会の誘いだの休講の知らせだのには必要以上の返信をしたことがなかった。

渋澤ならもっと気の利いた文面を思いつけるんだろうか。

そんなことを考えて、送信する。

一分も経たないうちに手の中でスマホが鳴動する。

『秘書課もおんなじ。いろいろあるよ。なんていうか接客業みたいなものだからね』

接客業。わかるような気がする。

秘書課が社外への接客なら、総務は社内におけるサービス業なのかもしれない。社内の環境をより勤務のしやすい状態へと整える仕事、そう捉えるとわかりやすい。

『清水が秘書課って聞いた時は、いかにもそれっぽいと思ったけどな』

返事を打つ。送信。

次の受信までにはほんの少し間があった。

『自分でも憧れてたから志望したんだ。でも入ってみたら、本当に向いてたかなって思えてきちゃって。最近は朝起きるのもきついんだ』

俺にとっても身につまされる言葉だ。

営業向きの人間でもないし、デスクワークが向いている気がして総務を志望した。内心、どんな仕事でも慣れればやっていけるという安易《あんい》な気持ちもあったかもしれない。

『俺も似たようなこと思ってるよ。模索する今が一番しんどいのかもな』

だからそう送ったら、清水はしきりに頷くクマのスタンプを連打してきた。

『せっかく入れた会社だし、もうちょっと頑張ってみないとね』

少しは元気になったんだろうか。前向きなメッセージも添えられていて、ほっとする。

『慣れるまで、お互い頑張ろう』

俺の月並みな言葉に、彼女もすぐ返信をくれた。

『うん。いろいろありがと、人に話したらすっとした』

それを読んでこっちも安心する。

何が解決したというわけでもないが、愚痴を話せる相手がいるってだけでも救われることはあるだろう。今夜は俺が、清水の助けになれたのかもしれない。

『また何かあったら連絡くれよ』

これは社交辞令も込みで、でもそう送った。

連絡がない方がいい。清水がこの先は悩むことなく仕事を続けられた方がもちろんいいけど、そうじゃない時は話くらい聞く。そういうつもりだった。

彼女からの、今夜最後の返信はこうだ。

『播上くんもね！』

他人にそう言えるってことは、立ち直れたのかもしれないな。本当によかった。

スマホを充電器に置いて、俺は大きく伸びをする。

明日の弁当の支度を始めよう。

練りごまが残っているから、ごま和《あ》えにでもするかな。

次の日の昼休みは渋澤と二人だった。

藤田さんは業務に追われて昼休みの時間をずらすらしい。弁当を食べつつ内心ほっとしていたら、渋澤が小声で切り出してきた。

「昨日は酷《ひど》い目に遭《あ》った」

聞くまでもなく、昨日の昼休みのことだろう。

結局、渋澤との約束は反故《ほご》にした格好だ。怒られるかと思いきや、むしろ疲れた顔を見せつけられた。

「藤田さん、仕事の話なんて一切しなかった。播上は来なくて正解だったよ」

「どんな話だった？」

「プライベートについて質問攻め。先輩相手だし、邪険にはできないし……」

藤田さんがどんな調子で渋澤に迫ったか、見てないのに察しがつく。俺が同席したところでいない者扱いされていたに違いない。

「完全に狙い定められてるな」

俺の指摘に、渋澤は疎ましそうな顔をする。

「参ったよ。こっちは環境変わったばかりで、早く慣れたいって思ってるところなのに」

「俺みたいにモテないこと弄られるのとどっちがマシかな」

「絶対に播上がマシだ。仕事に集中させて欲しいよ、全く」

厄介な先輩の元で教わる同士、深々と溜息をついた。

藤田さんはあれで仕事のできない人ではない。それどころか指導役としては教え方も上手く、慣れている。そんな実績ゆえに、俺たちの感じるストレスを訴えたところで他愛ないこととして処理されそうな気がしていた。

「入社早々、こんなことでつまずくのはさすがにな……」

ぼやく渋澤も、今が一番しんどい模索の時期なんだろう。

俺や清水と同じように、ぱっとしない新生活の滑り出しだ。溜息もつきたくなる。

「そういえば、播上」

気を取り直そうとしたのか、渋澤がぎこちなく笑って言った。

「お前、清水さんと仲よかったんだな」

ちょうど考えていた名前が奴の口から飛び出してきて、俺はちょっと動揺した。

「え？　な、なんで？」

「昨日一緒にご飯食べてただろ」

「ああ……あれはたまたまだよ」

俺が渋澤を見かけていたんだから、奴がこっちに気づいていたのも当然だろう。

「清水さん、同期の誘いにも乗ってこないらしくてさ。いつも一人で昼飯食べてるって話も聞いてた」

渋澤は同情めいた顔つきで続ける。

「そしたら播上と仲いいみたいだったから、心配要らないかなって思ったよ」

「あいにく仲がいいって程じゃない」

俺はかぶりを振った。彼女とは同期のよしみで話をして、レシピを教えただけだ。

「こないだ、たまたま話しただけだ。彼女も料理が趣味らしくて――」

だが俺の返答を遮《さえぎ》るように、背後から声が掛けられた。

「播上くん、ちょっといい？」

ぎくりとしたのは、その声の主がちょうど話題にしていた相手だったからだ。

振り返ると、どこか気まずそうな清水が立っていた。

「清水……」

悪い噂をしていたわけではないものの、こっちも少し気まずく思った。

だが清水の物憂《ものう》げな表情は、俺たちの話題のせいではないらしい。

「昨日教わったレシピを試したんだけど、なんか上手くいかなくて」

「上手くいかなかった？」

レシピは間違いなく伝えたと思ったが、何か漏れがあっただろうか。聞き返す俺に、彼女は首をひねる。

「うん。書かれてた通りに作ったと思ったんだけど……失礼じゃなかったら、アドバイスくれないかな」

「いいよ」

俺としても教えた責任があるし、失敗の理由は気になった。頷くと、清水は俺のすぐ隣の椅子を引き、腰を下ろす。

渋澤は無言で、不思議そうに俺と清水の顔を見比べていた。

「あ、話してたところにごめんね」

清水が謝ると、途端に愛想のいい笑顔を浮かべる。

「どうぞどうぞ遠慮なく。僕のことは気にしなくていい」

口ではそう言いつつ、俺には目配せをしてきた。どういうことか説明しろと言いたいらしい。

説明も何もさっき言った通り、清水も料理が趣味だというから話をして、流れでレシピを教えただけだ。勘ぐられても困る。

俺と渋澤のやり取りには気づかず、清水はひよこ柄《がら》の弁当箱を取り出し、蓋を開ける。

豚肉のごま味噌焼きをメインに、ブロッコリーやミニトマト、星型に抜いたチーズ、キュウリ入りのちくわなんかが並んでいる。もち麦ご飯というところもヘルシーでいい。

「へえ、上手いんだな」

かわいらしいお弁当を見て、まず渋澤が感想を述べた。

「ありがとう」

清水はくすぐったそうに首を竦め、俺の方を見る。

「でも味はいまいち。昨日食べさせてもらった播上くんのとは全然違ってて、焼いててもすぐ焦げちゃうし風味が飛んでる感じなの」

「『食べさせてもらった』？」

また渋澤がこっちを見る。なんだよ。

「それで播上くんに教えてもらえたらって……」

俺は渋澤を無視して清水の弁当を覗き込む。焼いた豚肉は焦げ目が目立つが、味噌焼きは焦げやすいから仕方ない。味噌とごまの香ばしい匂いがして、問題がありそうには見えなかった。

「ひと口、食べてみてもいいか？」

「うん」

清水が不安そうに顎《あご》を引く。

それから彼女は箸を取り、弁当箱の蓋に豚肉を一切れ載せた。

俺は手を合わせてから、豚肉を箸でつまみ、口の中に放り込んだ。途端に焦げた味噌の香ばしさとごまの風味が口の中に広がる。だが風味が飛んでいるという彼女の言葉も事実で、多少の物足りなさがあった。味つけは少し甘めだが、焦げ目の苦みも感じられる。

「……どう？」

俺の反応を窺う清水は、妙に真剣な顔つきをしていた。

だから俺も真面目に答える。

「風味が飛んだのは、味噌だれを焦がしすぎたからかな」

「やっぱり、焼きすぎ？」

彼女はがっかりしたようだが、俺は首を横に振る。

「焼きすぎってわけじゃない。でも肉をしっかり焼いてから、火を弱めて味噌だれを入れる方がいい」

「そうなんだ……」

残念そうにしながらも、清水は大きく頷いた。

「わかった。次作る時はちゃんと弱火にしてみる」

「でも美味しかったよ。俺が作るよりちょっと甘めでさ」

家庭の味とでもいうのか、清水はこういう味つけが好きなんだろうな、と思った。

それで彼女もはにかんでみせる。

「播上くんに褒められちゃった。自慢できるかな、これ」

まるで勲章のように言うから、思わず苦笑した。

「俺が褒めたって自慢にもならないよ」

すると清水は真面目な顔になって主張する。

「そんなことない。播上くんのごま味噌焼きはレストランで出されてもおかしくないほど美味しかったよ」

きっぱりと言われてしまった。

そりゃ自信はあったけど、こうも褒められるとどうしていいのかわからなくなる。人に料理を食べてもらったのもそういえば久しぶりだった。

「あ、ありがとう」

照れた俺が目を泳がせると、同じテーブルで所在なげにしている渋澤と目が合う。

とたんになぜか後ろめたくなったが、渋澤はわざとらしく目を逸《そ》らして言った。

「普通に仲いいじゃないか」

「だから、違うって」

たまたまレシピを教える機会があって、今日はそれについて尋ねられただけだ。俺の反論に渋澤はとぼけた顔をするし、清水も小首を傾《かし》げている。

「なんの話？」

「いや、別に……」

渋澤め、余計なこと言って。

そんなふうに言われたら話がしづらくなるのがモテない男の性《さが》だというのに。


しかし俺の懸念《けねん》をよそに、この日から清水とは少しずつ接点ができた。

社内の廊下ですれ違えば笑い掛けてくれるようになったし、社員食堂で会うとお互いの弁当の話題になる。

「播上くん、今日のお弁当何？」

「イカのチリソース。あと味つき卵と春雨サラダ」

「春雨サラダって水気切るの大変じゃない？　どうしてる？」

「茶漉《ちゃこ》しで切ってる」

こんなふうに時々アドバイスを求められたりもした。清水は俺の弁当箱を覗いていって、その度に褒めてくれたり羨ましそうにしてくれる。それが俺には誇らしいやらくすぐったいやらで、もちろん悪い気はしなかった。

あれから清水が愚痴のメッセージを送ってくることはなかった。日に日に職場にも慣れてきたんだろう、すれ違う時の表情が次第に明るくなってきたようだ。そうなるとこちらからメッセージを送るのも蒸し返すようでためらわれて、便りのないのはいい便りだよな、と思うようにしていた。

ところが七月に入った頃、俺は再び社員食堂で様子のおかしい清水に出会った。

蓋をした弁当箱を前に項垂《うなだ》れる彼女を見かけ、ちょうど一人だった俺はつい声を掛けた。

「清水、どうした？」

「あ、播上くん……」

俺の名前を呼びながら上げた顔はあまり血色がよくない。

「具合悪いのか？」

そう尋ねると、彼女は困ったように苦笑した。

「貧血。たまになるんだよね」

「顔色が悪いな。食欲は？」

「ないけど、食べないともっと調子悪くなるの」

言いながら開けた彼女の弁当は三色丼だった。鶏《とり》そぼろと錦糸《きんし》卵《たまご》と茹《ゆ》でたホウレンソウ。彩りもいいし美味しそうだ。

だが清水は浮かない様子でスプーンを握る。

「貧血だから、ここ最近ずっとホウレンソウ食べてるよ」

俺も彼女の並びに、ちょっと迷ったが椅子を一つ空けて座った。横から眺める清水の顔色は、紙のように白い。

「鉄分取らないとな」

「だよね。あとは前に教えてもらったごま味噌焼きとか、レバーとか」

彼女も食生活を見直そうと対策はしているようだ。だがやはり表情は暗い。

「でもどれもバリエーション少なくてさ。ホウレンソウはおひたしかごま和え、レバーだったらレバニラくらいしかレパートリーないの。正直、茹でたホウレンソウに飽き飽きしてて」

それで三色丼を見る目が物憂《ものう》げなのか。

ホウレンソウ自体はえぐみがあって、それを抜くには茹でるのが一番だ。だがそのせいでレパートリーが限られるというのもわかる。レバーはもっと癖のある味だろうし、ごまはごま特有の風味があるから、繰り返せば飽きがくるのもしょうがない。

「俺だったら、ホウレンソウは炒め物にもするかな」

とりあえず知ってるレパートリーを挙げてみる。

「バターで炒めても美味しいし、醤油でも、マヨネーズ炒めっていうのもいいよ」

そう告げたら、清水は瞳を大きく見開いた。

「炒め物？　それって茹でてから？」

「ああ、先にレンジでさっと火を通す」

「他の具材は何が合うとかある？」

「なんでも合うよ。卵やベーコンはもちろん、歯ごたえが欲しいならカシューナッツと炒めてもいいし、牡蠣《かき》とは栄養価の面でも相性いいから、奮発《ふんぱつ》して牡蠣炒めっていうのもお薦めだ」

「なるほどね」

彼女は熱心に聞き入ってくれる。よほどホウレンソウの新規レパートリーを開拓したいようだ。貧血はたまになると言っていたし、結構深刻な悩みなのかもしれない。

そういうことならと申し出た。

「今度、試しに作ってこようか。口に合ったらレシピ教えるよ」

「えっ」

清水は息を呑み、それからおずおずと言った。

「いいの？　それは助かるけど……」

「お安い御用だ。料理するのは好きだからな」

俺にとっては弁当を数品増やす程度の手間だ。大したことじゃないと胸を張ったが、彼女は申し訳なさそうにしている。

「播上くん、どうしてそんなに優しいの？」

そう聞き返されて、俺は言葉に詰まった。

「いや、別に……そんなことないよ」

「そんなことあるよ、前も親切にしてもらったじゃない」

清水は時々、驚くほどきっぱり物を言う。突っ込まれるとすぐどもってしまう俺とはまるで対照的だ。

とはいえ親切にする理由を聞かれても困る。純粋に同期のよしみと、同情と、あとは――清水のこと、なんとなく放っておけないってだけだ。

「趣味で人助けができるなら、嬉しいってだけだ」

口ではそう答えた。

そんなふうに言えば、彼女も納得するだろうと思ったからだ。

清水はゆっくりと瞬きをした後、遠慮がちに笑ってみせた。

「じゃあ、甘えちゃうけど」

「わかった。明日にでも作ってくるよ」

「ありがとう、播上くん」

今日の笑顔は体調のせいか弱々しく見える。その頼りなさげな感じと、女子にされる『播上くん』って呼び方が妙にこそばゆくて、俺はレシピを考えるふりで黙った。

藤田さんにも『播上くん』って呼ばれてるんだけどな。清水に呼ばれるのは、なんか違ってくすぐったい。


ともあれその日の終業後、俺はスーパーに立ち寄ってホウレンソウを数束購入した。

そして晩のうちに下ごしらえをして、次の日の弁当のために炒め物を仕上げる。旬《しゅん》ではない牡蠣はさすがに避けたが、代わりに剝《む》きエビとホウレンソウをマヨネーズで炒めてまず一品。カシューナッツとはオイスターソースで炒め合わせただけでごちそう味になったし、みりんと醤油で仕上げた炒り豆腐に緑を加えれば彩り鮮やかになる。

作ってみればホウレンソウは、割となんにでも合わせやすい具材だった。これなら清水にも教えやすい。

翌日の昼休み、俺は清水にメッセージを送った。

『これから昼飯。ホウレンソウの炒め物作ってきたよ』

彼女も既に休憩に入っていたのか、すぐに既読がつき、返信も来る。

『私も社食来たところだよ、待ってるね』

なんてことない文面ではあるが、約束をして待ち合わせるということに今更《いまさら》気恥ずかしさを覚えた。女子に免疫《めんえき》がなさすぎるのか。そりゃ藤田さんにも弄られるわけだ。

「播上くん、何ににやにやしてんの？」

「わっ」

背後から藤田さんの声がして、思わず跳び上がりかけた。

「そんなに驚くことないでしょ」

振り向くより先に藤田さんは回り込んできて、俺の手元を覗き込もうとする。慌ててスマホをしまうと、冷やかすような目を向けられた。

「そうやって隠す方が怪しいから！　なになに、女の子と約束でもしてんの？」

「ま、まさかですよ」

俺は手を振って否定する。

それで藤田さんはまた何か言いたそうにしたが、

「じゃ、休憩入ります！」

どうにか振り切って、大急ぎで食堂へ向かう。

入社から三ヶ月が経ったが、俺は未だにあの先輩が苦手だ。渋澤も手を変え品を変え迫られているらしいが、俺は俺で引き続き弄られてばかりいる。きっと今も、俺が女子と待ち合わせなんてありえない、などと思われていることだろう。


社員食堂に来ていた清水は、入ってきた俺が見えるよう、こちら向きに座っていた。その位置はやっぱり食堂の隅の方だ。だがすぐに俺に気づき、小さく手を振ってくる。その気安さにちょっと、どきっとした。

急ぎ足で歩み寄ると、彼女は俺のために自分のすぐ隣の椅子を引いてくれる。

「今日はありがとう。実は楽しみにしてたんだ」

そう言って微笑む顔は相変わらず血色が悪い。昨日よりはマシという程度だ。

「清水の口に合うものがあるといいな」

俺は引いてもらった椅子に座り、持参した弁当箱を開ける。

自分用の弁当とは別に、ホウレンソウの炒め物三種を詰めた弁当箱を持ってきた。それを彼女に見せると、その顔が嬉しそうに綻《ほころ》ぶ。

「すごい、三種類も作ってきてくれたの？」

「食べ比べてみて欲しい。好みのがあれば、レシピ書いて送るから」

「やった、いただきまーす」

清水は手を合わせると、早速炒め物に箸を伸ばした。

生ではえぐみのあるホウレンソウも、茹でてしまえば淡白で合わせやすい。片栗粉をまぶした剝きエビとのマヨネーズ炒めは味がよく絡んで濃厚だったし、オイスターソース炒めはこっくりした旨みとカシューナッツのサクサク感を際立たせてくれる。炒り豆腐は緑の彩りが加わるだけで見映えもいいし、甘辛味でご飯も進む。

「え、美味しい！　こんな食べ方があるの？」

三種全てを食べ比べた清水は、その度に目をきらきら輝かせた。

「ホウレンソウって本当になんでも合うんだね。特にこれ、美味しいなあ」

「炒り豆腐か。おかずとして優秀だよな」

豆腐も素朴な食材で、味つけ次第でいろんな献立に活かせる。みりんと醬油で炒めればご飯と合うものだし、俺はそこにかさ増しでツナを足して、さらに食べごたえのあるおかずに仕上げた。

「やっぱり豆腐って炒める前に水切りするよね？」

「ああ。俺はさらに下茹でして、先に崩してから水切りするよ」

「その方がいいの？」

「中の水分が抜けやすくなるんだ。味も染みやすくなるし」

俺は彼女の質問に答え、事前にスマホで書いておいたレシピを送ってやった。結局三種全てのレシピを所望した清水は、屈託《くったく》なく笑ってくれる。

「播上くん、頼りになる！　本当にありがとね」

「いや、それほどでも……」

「謙遜《けんそん》しないでよ。アドバイスも的確だし、すごく勉強になってるんだから」

「料理だけ取り柄みたいなものだからな」

これは別に謙遜のつもりもない。料理の腕を除けば、俺は冴《さ》えない新人会社員でしかなかった。しかも藤田さんによれば、男に料理の腕はさほど必要ないそうで、つまるところ俺は本当に冴えない人間のようだ。

だが清水は驚きに目を丸くした。

「料理の腕だけ？　そんなことないよ」

「あいにく他に得意なこともないしさ」

「人柄は？　播上くん、すごく優しいじゃない」

その言葉に、はっとする。

別に誇れる人柄なんて備えているつもりもなかったが、清水にそう言われて、嬉しかったのも事実だ。実際優しいのかどうか――俺は料理が好きで、それで人助けができたらいいなと思っていた。それだけだ。

でも清水は、確かに喜んでくれているらしい。

「そ、そうかな」

つい声が上擦《うわず》る俺に、彼女はおかしそうに噴き出した。

「うん、絶対自信持っていいよ」

そんなに自信なさげに聞こえただろうか。俺が反応に困っていれば、清水は真剣な口調で続ける。

「できたらでいいんだけど、もっと料理のこと教えて欲しいな」

「俺が？　けど――」

「私も料理できる気でいたけど、全然だったよ。私、上手くなりたい。播上くんみたいに美味しいご飯を作れるようになりたいの」

俺を見つめてくる眼差しは、こちらが息を呑むほど真っ直ぐだった。彼女にも料理にこだわる何か理由があるのかもしれない。新社会人なりたてのしんどい時期ですらお弁当作りを休まなかった清水だ、料理自体がすごく好きなんだろう。

俺と同じだ。

そう思ったら、頷いていた。

「いいよ、俺でよければ」

料理のことを話せる相手が欲しかった。男の料理なんてと馬鹿にしたり、笑ったりしない。レシピや食材やアレンジについて気軽に話せる友達がいたらいいなと思っていた。清水のことを友達と呼ぶのは、まだちょっと抵抗というか、ためらうところがあったものの。

「何言ってるの、播上くんがいいんだよ」

俺の答えを聞いた清水が、また屈託なく笑ってみせる。

こういう笑い方が本来の彼女なんだろう、とおぼろげに思った。五月頃の刺々しさもここ最近の顔色の悪さも、元々の清水には似合わないはずだ。

ただその笑顔は俺にはちょっと眩《まぶ》しかったから、いい機会だと頼んでみる。

「呼び捨てで呼んでくれないか、清水」

「え？」

「『播上くん』っていうの、こそばゆくてさ。もっと気軽に呼んで」

言ってしまってから図々しい頼みかとも思えたが、清水はあっさり笑って、言ってくれた。

「そういうもの？　播上くん――播上がそうして欲しいなら、いいよ」

「ありがとう、助かるよ」

「こちらこそ。これからもよろしくね、播上」

彼女がそう呼んでくれた時、無性《むしょう》にほっとした。

俺の頼みを聞き入れてくれたからだけじゃなく、彼女が思っていた以上に話しやすい相手だってわかったからだ。


それから俺と清水は、二人で昼休みを過ごすようになった。

食堂で相手を見つけたら、必ず隣の席に座る。弁当の中身を交換する。なるべく率直に感想を告げる。そして作り方を教え合う。

そういうのが、夏が終わる頃にはすっかり日課になっていた。

俺達の話題は弁当と料理のことばかりで、それに時々仕事の愚痴が交ざるくらいだ。プライベートでの付き合いはメッセージの送り合いのみで、あとはせいぜい通勤途中の地下鉄で会ったら一緒に社まで歩く。そんなものだった。

「今日のお弁当は自信があるよ。得意のしょうが焼きだから」

清水は表情まで得意げにそう言った。

彼女も俺も五月からこの八月まで、お互いに弁当作りを一度として欠かしたことがない。初めて経験した繁忙期を乗り切れたのも、弁当作りから派生する自己管理のお蔭なのだろう。

「播上は、今日は何を作ってきたの？」

「タンドリーチキンとジャーマンポテト」

「わ、多国籍！　スパイスとかいっぱい使ってるの？」

「いや全然。チキンだってカレー粉とケチャップとヨーグルト、あとは塩コショウだけだよ」

弁当の蓋におかずを載せて、交換し合うのも当たり前になっている。子供の頃の遠足みたいだなと思う。

「クミンとかコリアンダーとか、買っても余らせるんだよね。播上がカレー粉使いなら私も見栄《みえ》張るのやめちゃお」

そんなことを言いながら、清水はタンドリーチキンを一口食べる。

ちらと視線が動き、唇が緩んだ。その表情だけで感想がわかってしまうから面白い。

「美味しい」

言葉通りの彼女の顔を横目に、俺も清水謹製しょうが焼きをいただく。甘辛の醤油味に割と強めのしょうがが効いてて、夏向けのメニューだと思った。感想を告げ、アドバイスを求められていくつか教えて、そんな感じで昼休みが過ぎていく。

ただ弊害《へいがい》もなくはない。

俺と清水が弁当だけで繋がっている関係でも、傍《はた》から見ればそうは映らないらしい。人からよく聞かれるようになった。すなわち、彼女との『本当の』関係を。

「だから、はっきり言っちゃいなさいって。隠すことないでしょうが」

藤田さんが好奇心に目を光らせ促してくる。

この先輩が同じテーブルに乗り込んでくると、俺と清水は互いに気まずくなる。相手が目上の人なので強くは言えないのがまた困った。

「付き合ってるんでしょ？」

尋ねられ、俺はうんざりしながら答えた。

「違います」

「じゃあなんでいつも一緒にご飯食べてんの？」

「お互い趣味が一緒で、話が合うんですよ。それだけです」

本当にそれだけだった。

にもかかわらず社内では、俺達が付き合っていると実《まこと》しやかに囁かれているらしい。

もし実際に付き合っていたとして、隠す気があるならそもそも社内で親しくするはずがない。これ見よがしに隣に座っている時点で違うと気づいてほしい。

「じゃあなんなの。清く正しい男女間の友情？」

「それは……」

友情なのかと聞かれても、やはり言葉に詰まってしまう。

清水は彼女ではないが、まだ友達と呼べるほど親しくもなかった。

単語を当てはめるならそれこそ『同期』か、堅苦しい言い方をすれば『同好の士』、だろうか。

「もういい。播上くんに聞いても埒《らち》明かないし」

わざとらしい溜息の後、藤田さんは視線を清水へと転じた。

俺の隣で、清水がびくりとしてみせる。

「清水さん、どうなの。本当のところは」

「え……」

清水は返答に窮《きゅう》し、困り果てた顔をしていたが、やがて目を伏せてしまった。

違う課の先輩に問い詰められてもそりゃあ困るだろう。こんな先輩がいて済まないと詫びたくなってくる。

矢面《やおもて》に立たされる覚悟で俺が口を開きかけた時だ。

「強《し》いて言うなら」

不意に面を上げた清水が、そう切り返した。

「メシ友ってやつです、私達」

隣の席から見る横顔に、負けず嫌いの表情が閃《ひらめ》く。

そのせいか藤田さんも一瞬だけ言葉を詰まらせたようだ。

「メシ友？　なんなの、それ」

「一緒にお昼ご飯を食べる仲だからメシ友。そういうことです」

きっぱりと言い切った清水が、こちらを向いた。

俺の顔を見て微笑む。ほんの少しぎこちなく、それでもちゃんと笑っていた。

「そうだよね？　播上」

俺も一瞬だけ言葉に詰まった。

だがすぐに思った。

――メシ友。いい形容だ。

恋人じゃないし友達でもない、けれど同期というだけでは説明不足かもしれない関係を、全てひっくるめて言い表すのにぴったりだ。

「ああ」

頷いたその時、なぜか笑えた。

「納得いかなーい」

藤田さんが不満げに呻《うめ》いている。

でも事実なんだからしょうがない。追々《おいおい》みんなにも理解してもらえるといい。

何せまだ一年目だ。仕事でも他のことでも、焦る必要なんてない。

「播上《はたがみ》って、鍋奉行《ぶぎょう》なんだろ？」

昼休みの社員食堂で、テーブルの真向かいに座る渋澤《しぶさわ》が尋ねてきた。

俺ではなく、なぜか清水《しみず》に。

いつものように俺の隣に座っていた彼女は、当然首を傾げてみせる。

「え……さあ、知らないけど。そうなの？」

清水が問い返せば、今度は渋澤が訝しげな顔をする。どうして知らないんだと言わんばかりの表情だった。

「あれ、清水さんなら知ってると思ったのに」

「ううん、知らない。一緒にお鍋したことないし」

「鍋以外でも、普段のそぶりから想像がつくだろ？　播上だぞ？」

どういう意味だ。

俺も弁当を食べるのを止め、口を挟む。

「なんで俺に聞かないで、清水に聞くんだ」

「こういうのは本人に自覚がないものだろ。聞いたって播上は認めないだろうし」

渋澤はお構いなしに続ける。

「この間、ジンギスカン食べに行った時も酷かった。僕の焼き方にいちいち口を挟んでくるし、しまいには焼けるまで肉にも触らせてもらえなかったんだから」

それはつい先週の話だ。

渋澤と誘い合って一緒に食事に行くことになった。夏のボーナスが出た後で余裕があったため、行き先はジンギスカンにした。

今思うと店のチョイスを間違えていたようだ。店では俺と渋澤の考え方の違いが発覚し、俺は渋澤に『肉には触るな』と厳命したが、渋澤は渋澤で往生際悪く肉を弄りたがって、最終的には小学生並みの口喧嘩へと発展したのだった。

もちろん俺達は社会人二年目の立派な大人であるからして、ジンギスカンで喧嘩をしたくらいで険悪になることもなかった。最後には仲良くアイスクリームを食べて手打ちとし、紳士的な態度で別れた。

と思っていたのだが、渋澤は根に持っていたのかもしれない。

「あれはジンギスカン奉行と呼んでもいいくらいのふるまいだったな」

この期《ご》に及んで恨みがましく渋澤が言う。

「ジンギスカン奉行？」

途端、清水はおかしそうに噴き出した。

「あぁでも、イメージできるかも。播上なら外食の時でも黙ってなさそうだよね」

彼女の中の俺のイメージ、どんなのなんだろう。

複雑に思いながらも反論しておく。

「あれは渋澤が悪い。せっかくのいいラム肉をやたらひっくり返そうとするんだ。黙って待ってろと言いたくもなる」

「だって早く焼けて欲しいじゃないか。お腹空いてるんだから」

渋澤もむっとして言い返したが、俺はかぶりを振る。

「ラム肉は下手に弄らずじっくり焼くものなんだよ。引っ繰り返すのは一回だけにすべきだ」

あんなにしきりに引っ繰り返したがる奴があるかと思う。仕事の時は全くそんなそぶりのない渋澤も、ジンギスカンに関してはやたらとせっかちだった。

「あと、渋澤は先に野菜並べて肉で蒸し焼きにしようとするんだ。ジンギスカン鍋の特性を無視してる。流れ出る肉の脂《あぶら》を吸わせて焼くのが美味しいのに」

「ああ、それはわかる。野菜は鍋の縁に置きたいよね」

俺の言葉に清水が頷く。

それで渋澤があからさまに顔を顰《しか》めた。

「清水さんまで言うのか、そうか」

「だって、そのためにああいう形してるんじゃないの？」

「いいよ、わかってるよ。清水さんはどうせ播上の味方なんだよな」

「違うってば。美味しい方の味方なの！」

「美味しさなんて蒸し焼きでも大差ないだろ。早く食べられる方がいい」

遂には目に見えて拗《す》ね始めるから手に負えない。

急《せ》いては事をし損じる。焦るあまり、せっかくの肉が台無しになっては元も子もないじゃないか。全く、渋澤は焼き肉のセオリーというものを何もわかってない――。

俺が溜息をついた時、

「もう、しょうがないなあ！」

いきなり清水が笑い出した。

「喧嘩するくらいなら、一緒にご飯食べに行かなきゃいいのに」

ころころと楽しそうに、女の子らしく笑い声を立てる。

それだけで、三人で囲むテーブルの空気がふっと和んだ。俺が苦笑すると、渋澤もこちらを見て、しょうがないなと言いたげに肩を竦める。

「本当は仲良しなんだね、二人とも。いいなあ」

清水は本当によく笑う。

入社当初の陰りなんてどこかへ飛んでいってしまったらしく、俺は一年前のことを、遠い昔のことのように思い出したりした。


社会人二年目の夏を迎えていた。

一年目より少しは余裕があるというだけで、特別何かが変わったようには思えなかった。仕事はある程度覚えた。料理のレパートリーも少し増えた。そのくらいだ。

清水とは相変わらずメシ友の関係を維持していて、昼休みの時間が合えばこうして一緒に弁当を食べている。そして弁当のおかずを交換し合っている。それがごく当たり前の感覚になったこと以外は、やはり特別変わってない。

時々、今日みたいに渋澤が交ざったり、あるいは藤田《ふじた》さんが口喧しいことを言いに来たり、同期の連中がからかいに来たりする。相変わらず俺と清水が付き合っているんじゃないかと勘繰《かんぐ》る人間もいて、お互いに何度か直接聞かれた。もちろん否定はするが、どういうわけか信じてもらえていないようだ。

「でも見てみたかったな、播上のお奉行様ぶり」

清水はまだ笑っている。

これだけ遠慮なく笑われると、まあいいか、という気分になる。

渋澤も同じ心境のようで、直後に口を開いた表情は和やかだった。

「播上と清水さんは、一緒に食事に行ったりしないのか」

「ないな」

すかさず俺は答え、渋澤がちょっと目を瞠《みは》る。

「へえ。とっくに食事くらいは行ってる仲かと思ってた」

「昼飯ならよく一緒に食べてる」

「いや、そうじゃなくて。仲いいのに、プライベートでは会ってないのかと」

渋澤はよほど意外だったのか、俺と清水をしげしげ見比べていた。

でもこちらからすれば、仲がいいというだけでプライベートでも付き合いがあると思われるのも妙な話だ。

渋澤とは男同士だから、食事だろうと飲みにだろうと気軽に行ける。次はジンギスカンは回避しようと思うものの、ともかく男を誘うのと女の子を誘うのとは違う。

清水は曲がりなりにも女の子で、おまけに社内であらぬ噂を立てられている相手だ。食事に誘ったりしたら誤解を助長しかねない。

「なんか、清水とご飯食べに行くってのがイメージできない」

率直に答えると、隣で清水も頷いてみせた。

「だよね。私も播上と外でご飯食べるっていうのは考えられないな」

「そんなもんかな」

どことなく腑に落ちてない様子で、渋澤が呟いた。

俺が言い返してやろうとした時、それよりも先に清水が口を開いた。

「播上と外でご飯食べるなら、一緒に作った方が早いよね」

とっさに隣を見る。

渋澤も清水を見る。

清水は俺と渋澤を見比べて、同意を求めるように尋ねてくる。

「ね、そうじゃない？　せっかくお互いに料理するのに、外でご飯食べるのはもったいないよ。だから播上とは、外食とかはしたくないかな」

論点はそこじゃない。

渋澤が言い出したのはプライベートで会ってるのかどうかって話であって、俺が答えたのもまさにそういう意味で、清水とはないって答えたまでだ。

なのに清水の答え方じゃ、会うこと自体は構わないみたいな口ぶりだった。

ずれてるなと思いつつ、俺は彼女を笑い飛ばす。

「それなら俺一人で作った方が早いな。清水の手を借りるまでもない」

するとと清水はたちまち眉を吊り上げた。

「何それ、私だとお手伝い程度にもならないってこと？」

そこまで言う気はない。

でももし、本当にそういう機会があったら。ないだろうと思いつつも、もし、清水と一緒に料理をすることになったら、俺は途中で面倒になって台所を占拠するかもしれない。

「一人で作る方が気楽なんだよ、俺は」

本音を告げる俺に、清水は頬を膨らませる。

「わあ酷い。こう見えても私、去年よりは上達したんですけど」

「そういう問題じゃなくて。ほら、人がいると落ち着かないことってあるだろ」

「播上、ジンギスカンだけじゃなくて台所奉行でもあるんだね」

彼女に軽く睨まれると、笑いの方が先に浮かんでくるから困る。

堪《こら》えようと唇を結んだタイミングで渋澤が言った。

「お前らだって十分、仲良しじゃないか」

それはそうだ。だってメシ友だからな。

逆に言えば、それ以上のことは何もない間柄だった。

帰宅後、清水とメッセージを送り合うのが日課になっていた。

一時期みたいに仕事の愚痴を言い合うことはほとんどなくなっていた。お互いにもう二年目で慣れてきたのもあるだろうし、愚痴を零《こぼ》すよりも有意義な趣味の話をしたいからでもある。

メッセージの内容は今日の弁当について。詳《くわ》しいレシピを書いて送ることもあるし、清水も作ったことのあるメニューなら、ポイントだけ掻い摘《つま》んで教えたりもする。

清水からの返信は短い。お礼を添えた挨拶程度の返信なら、その日のやり取りは終了。たまにレシピについての質問を送り返してくることもあるから、そういう時はもう一回送る。俺達が付き合っているなんて勘繰る連中からすれば、きっと驚くくらいあっさりしたやり取りだろう。

実際、誤解されるいわれはなかった。

レシピを送り終えてから、夕飯の支度を始める。

狭い台所に立ちふと思う。清水は一緒に作った方がいいと言ったが、この台所じゃそれは難しい。二人で並んで立つには狭いし、お互いの作業の邪魔になるだけだ。一人で作る方が気楽だというのも本音だったし、しまいには清水を追い払って、台所奉行ぶりを発揮せずにはいられなくなるだろう。

もっともそんな機会があるはずもない。俺にとってはたとえ恋愛感情がなくたって、女の子を部屋に招くというのは非常にハードルの高い事態だった。

清水はそういうの平気なんだろうか。

そこまで考えた時、リビングのテーブルの上でスマホが鳴った。着信音でメッセージではないとわかり、手を拭いてから飛んでいく。

実家からだった。

『正《まさ》ちゃん、こんばんは。お母さんでーす』

電話から聞こえてくるのは相変わらずな母さんの声だ。

俺は毎度のようにがっくりしながら応じる。

「母さん、正ちゃんって呼ぶのを止めてくれって」

『えぇー。だってお母さん、ずっと昔から正ちゃんのこと正ちゃんって呼んでるのよ？ 今更止められるはずないじゃない』

相変わらず聞く耳持たずだ。いつになったら止めてもらえるんだろう。

俺の脱力をよそに、母さんが切り出す。

『そうそう、正ちゃんのお誕生日が次の日曜日だったでしょう』

「あ……ああ、まあ、そうだけど」

俺が家を出てから、六度目の誕生日が訪れようとしていた。

『二十四歳になるのよね。おめでとう、正ちゃん』

「ありがとう」

礼は素直に言った。でも、どうにもくすぐったい。

こういう時、親への感謝も併せて言えたらいいんだろう。産んでくれてありがとう、とか。しばらく帰ってなくてごめん、とか。

しかしそれを口にするには気恥ずかしさもあって、結局何も言えなかった。

『実は正ちゃんに、お誕生日のプレゼントをあげようと思って。日曜日の午前で時間指定したから、おうちにいてくれる？』

と続け、俺は思わず声を上げる。

「プレゼント？」

そんなもの、去年はもらっていただろうか。珍しいこともあるものだと驚いていれば、母さんが続けた。

『そうよ。カボチャを送ったからね』

「――は？　か、かぼちゃ？」

まさかの野菜。

ぽかんとする俺に、母さんはうきうきと説明する。

『夏と言えば夏野菜でしょう？　カボチャは身体にいいのよ、カロチンも豊富だし、それにちゃんと保存すれば長く持つしね』

「いや、そういうことじゃなくてさ……」

誕生日プレゼントにカボチャ。

そんなものを贈ってくれる親は珍しいんじゃないだろうか。

『どしたの正ちゃん、嬉しくなさそうね』

「嬉しくないわけじゃないけど……」

『夕張産《ゆうばりさん》の美味しいカボチャよ。食費も浮くし、一石二鳥のプレゼントでしょう？』

もちろん食材はどんなものでも貰えるならありがたい。全く嬉しくないわけではないのだが、正直プレゼントと言われて連想するものではなかった。

とは言え貰ったからには美味しく食べようと思う。

『ところで正ちゃん。今年のお誕生日もお祝いしてくれる彼女はいないの？』

最後に母さんはぐさっとくる言葉を口にした。

俺はぼそぼそ反論するのが精一杯だ。

「今年も、って言うのも止めてくれないかな」

『正ちゃんはお父さん似なのに、女の子にモテないのね。どうしてかしら』

「放っといて。俺はそういうのは諦めてるから」

というか父さんモテるのか。あの無愛想さで？　初耳だ。

『諦めるなんてもったいないじゃない。お父さんはこんなにチャーミングな奥さんを捕まえてるのよ』

「自分で言うなよ、母さん……」

母さんには敵《かな》わない。あらゆる意味で。

そして数日後の日曜、二十四歳の誕生日。

届いたカボチャはダンボールいっぱいの量で、あまり広くない部屋はたちまち野菜の匂いで埋め尽くされてしまった。

「それでここのところ、お弁当のおかずがカボチャなの？」

いつもと同じ昼休み、清水がおかしそうに尋ねてくる。

今日は渋澤がおらず、藤田さんに乱入されることもなかった。彼女がここ数日俺の弁当を占拠する黄色い野菜に言及したから、事情を打ち明けたら笑われてしまった。

「カボチャメインのお弁当って珍しいね」

「本当だよ……美味しくできたからいいけどな」

本日のメインはカボチャ餅。皮を剝いたカボチャを柔らかくなるまで加熱して、潰してから片栗粉を混ぜて小判型に整える。あとはフライパンでこんがり焼くだけのお手軽メニューだ。

お手軽な割に美味しいし、味つけ次第でメインにもなれる。中にチーズを入れても美味しいし、冷《さ》めても柔らかいから弁当のおかずにもぴったりだ。

「いも餅は好きだけどカボチャは初めてかも。いただきまーす」

清水は甘辛だれとチーズ入りの両方を味見してくれた。特に気に入ったのはチーズ入りの方らしく、口に入れた途端うっとりと目をつむってみせる。

「わあ……！」

零れた感嘆の声に、つい俺の口元まで緩みそうになった。

「美味しい？」

「すっごく！　カボチャにチーズって合うね！」

「塩気がちょうどいいよな。焼きたてだともっと美味《うま》いよ」

「作り方教えて！」

彼女が食いついてきたので、今日は口頭でレシピを伝えた。材料も工程もごく少ない、とても簡単なメニューだ。

清水はそれを自分でメモに残し、意気込むように宣言した。

「今夜にでも作ってみようかな。カボチャ買って帰ろ」

「買うくらいならあげたいよ」

俺は苦笑する。家にあれほどカボチャがあるのに、清水に買わせるのはもったいない。

すると彼女はぱちぱちと瞬きをした。

「いいの？　くれるなら欲しいけど」

「ああ、消費するのも一苦労でさ」

実際美味しいカボチャだったが、毎日食べ続けるのもそろそろつらい。ほんのり甘い野菜をご飯の友にするためには作る側の努力も必要だ。

「知ってる料理も大体作り尽くしちゃったしな。カボチャはまだ残ってるし、どうしようかと思ってた」

「播上にもレパートリーが尽きるなんてことあるんだね」

俺のぼやきに、清水は物珍しそうにしている。

「カボチャならお菓子にも使えるだし、けっこう用途ありそうだけど」

「俺はお菓子作りはあんまり……」

「パンプキンパイとかプリンとか。甘いの苦手だっけ？」

「食べるのは好きだ。でも自分では作らないな。寝る前に食べるのも気が引けるし」

仕事の後で部屋に帰り、夕飯を食べ、それからすることといえば翌日の弁当の準備と風呂くらいだ。どこにもお菓子を食べる暇がなく、そういえばケーキ類なんてしばらく買ってもいなかった。自覚するとにわかに甘いものが恋しくなってくる。

「夕ご飯の後に食べればいいと思うけど」

あっけらかんと清水が言い放った。

「デザートとして。甘いものは別腹でしょ？」

「別腹なんてまやかしだよ。そんなものはない」

「ありますー。播上が自覚してないだけだよ！」

否定したらムキになって反論された。そうだろうか。

じゃあ清水には別腹が存在するのか。ちらっと窺い見てみたが、彼女の腰はほっそりしていて傍目《はため》にはわからない。

俺の視線には気づかなかったか、彼女はそこで胸を張った。

「とにかく、お菓子作りなら得意だよ。カボチャくれるっていうなら、お礼に作り方教えようか？」

余剰《よじょう》のカボチャを減らせる上に有効的な消費方法まで教えてもらえるなんて、実にありがたい提案だ。ちょうど甘いものが食べたい気分でもあった。俺は思わず手を合わせる。

「そうしてもらえると助かるな、ありがとう」

「任せて！」

清水は清水で得意げに頬を紅潮させている。

「じゃあ今度持ってくる。あ、会社に持ってきて大丈夫か？」

「いいけど、重くない？　播上も地下鉄で通ってるでしょ？」

「どうってことない」

あの狭い部屋を占領しているカボチャを減らせるなら問題はない。五個だろうが六個だろうが抱えて地下鉄に乗ってやる。

「もしあれなら、車出してもいいけど」

清水のその言葉で、俺は彼女が車持ちであることを初めて知った。免許を持っていたことすら今の今まで知らなかった。

「車運転するのか、清水」

「するよ。上手いよ、私」

何かにつけて誇らしげな清水を見ていると、ちょっとかわいいなと思う。

表情がころころ変わる上に、よくしゃべってよく笑う。去年と比べても、つくづく明るくなったと感じた。

「マイカー通勤はしないのか」

「雪道怖いし、駐車場探すの面倒だったんだよね。だから私も地下鉄」

「俺はともかく、清水にカボチャ持たせて地下鉄はな……」

だったら車で取りに来てもらうのもありだな。家まで来てもらうのは悪いから、最寄り駅で落ち合って渡すとか、そういう方法でどうだろうか。

俺がそこまで考えた時だった。

「だったら播上の家に行くから、ついでにお誕生日祝いをするっていうのはどう？」

不意に、清水がそう言った。

あまりの気安さにうっかり聞き逃すところだった。

「え？」

誕生日祝い？

清水は嬉々《きき》として言葉を継いでくる。

「お台所貸してくれたら何か作るよ。それこそパンプキンパイでもカボチャプリンでも。オーブンあるよね？」

「い、いや、あるにはあるけど」

「播上さえよければそうしようよ。いつもお世話になってるし、たまにはお礼がしたいもん。そういう機会がないかなあって思ってたとこなんだ」

なんのためらいもなく彼女は言う。

しかしそれはつまり、俺の部屋を彼女が訪れるという意味合いに他ならず。

「本当言うと、一度は遊びに行きたいと思ってたんだよね、播上の部屋に」

こちらの動揺をよそに、清水は平然としている。

「どんなキッチン使ってるか見てみたかったんだ。播上ならいつもきれいにしてるよね」

「ど、どうだろうな」

「遊びに行ってもいい？」

笑顔で問われて、とっさに拒絶できなかった。

そもそも清水は平気なのか。

色気も何もない間柄とはいえ、同い年の男の部屋に上がり込んで、料理を作るっていうのは。

それは客観的に見れば非常に危なっかしい行動だと思う。いや、こっちはやましいことなんて考えてないし極めて安全だ。安全ではあるが。

清水の感覚からすると、そのくらいは普通のことなんだろうか。異性の友人だろうとも、家に上がり込むくらいはどうってことないのか。なんの意識もなく料理やらお菓子やらを作ってやれるくらい、気さくな付き合い方ができるのか。

それとも単に、俺が慣れてないだけなのか。女友達との付き合い方に。

俺がまごついているのを見て取ってか、清水も小首を傾げた。

「あ、無理にとは言わないよ？　迷惑じゃなければの話だから」

「迷惑じゃない、でも」

彼女が来て困ることはない。こっちはガールフレンドなんていないし、そのくせ台所はいつもきれいにしてあるし、来られてまずいことはない。せいぜい、あの狭い部屋で清水と二人きりになって、いつも通りに会話ができるかどうか。悩みどころはそのくらいだ。

それだって俺の考え過ぎなのかもしれない。こうして並んで弁当を食べる間柄を続けてきて、みんなに冷やかされたり噂を立てられても意識することのなかった清水を、部屋に呼んだくらいで特別視するようになるとも思えない。

多分、ない。

「その……清水は、抵抗ないのか。俺の部屋に来るの」

一応、尋ねてみた。

「うん、全然」

人懐っこい笑顔で言われると、やはり考え過ぎなのかと思えてしまう。

それなら俺も、全然どうってことないって思う方がいいのか。

「じゃあ、わかった。是非来てくれ」

心なしか硬くなる口調で告げると、清水は笑んだまま頷いた。

「うん」

その平然とした様子が羨ましい。

俺は平然とはしていられない。誘った後も、これでよかったんだろうかという思いが燻《くすぶ》っていた。


昼休みの後、俺は備品倉庫で作業をしていた。

夏場の倉庫は息苦しい。学校の体育館の倉庫から汗の臭いを差し引いたような空気が漂っている。おまけにいつでも埃《ほこり》っぽい。

総務課にいるとどうしても倉庫に立ち入る用事が多い。備品の管理、発注も俺達の業務だった。夏は暑いし冬場は冷えるし、空気は澱《よど》んで埃っぽい。真夏の昼下がりともなれば、程好く熱せられた空気がちょうど充満している頃で、非常に居心地が悪い。

そんな倉庫での仕事が好きになれるはずもなかった。

ましてあの先輩が一緒にいるなら。

「──播上くんさあ」

来た、と直感した。

藤田さんが溜息をつきながら口を開いた後は、必ずお叱りの言葉が続く。倉庫に並ぶスチール棚越しに、苛立《いらだ》っているらしい声が聞こえてきた。

「もうちょっと迅速にお願いいね？　棚一つの確認に時間掛けすぎ？」

「すみません」

叱られた時は真っ先に謝ることにしている。下手に言い訳をしようものなら倍になって返ってくるとわかっているからだ。

「仕事覚えてくれたのはいいんだけどね」

彼女がぶつぶつ言っている間も、俺は備品の在庫チェックを続ける。

ここ数日、藤田さんの機嫌がすこぶるよくない。

総務の他の先輩が教えてくれたところによると、それは来月のお盆休みのせいらしい。

というのも八月のお盆頃、隣の石狩市では有名なロックフェスが開かれる。俺は全く明るくないが、石狩湾新港《いしかりわんしんこう》に会場を設けて何組ものバンドがステージで日がな一日演奏をし、音楽を浴びるように聴くもの、だそうだ。藤田さんはそこへ友人と足を運ぶのが毎年の恒例になっていたそうだが、今年はどういう都合か行けなくなってしまったらしい。そのせいで不機嫌になっているとのことだった。

要は完全な八つ当たりだが、こんな時に隙を見せた俺も悪い。

「ねえ播上くん、聞いてる？」

棚の向こうから問いかけがあり、俺は一呼吸置いてから返事をした。

「聞いてます」

答えた途端、口の中まで埃っぽく感じた。

それからコピー用紙の冊数を数える。前回の発注からいくつ減っているかを確かめ、発注書に注文の数量を記入する。

「っていうかさ、播上くんに質問なんだけど」

刺々しい声に身構えつつ、今度はちゃんと返事をする。

「なんでしょうか」

「男女の友情なんて、そんなもん存在しないよね？」

「――え、え？」

急になんの話だ。

とっさに混乱した俺は、これまでの話の流れを振り返る。ここは備品倉庫、今は藤田さんに発注作業の遅さを叱られているところだ。藤田さんは夏フェスに行けなくて機嫌が悪い。

そこに、いきなり男女の友情についての質問があった。

戸惑う俺が黙ったからか、藤田さんの顔が棚の陰からひょいと覗いた。

「ねえ、聞いてるのってば」

「聞いてます。ただ、ちょっと唐突に思えたんで」

「播上くん、清水さんと仲いいでしょ」

俺もさすがに仕事の手を止め、面を上げた。じっとこちらを見据える先輩は、目が合うと赤い唇の端を吊り上げる。

「だからよーく知ってると思って。男女の友情なんてないよね？」

これは、要はいつもの弄りの一環だろうか。

イライラを俺にぶつけたくて、とりあえず与《くみ》しやすそうな清水の話題から切り崩しにかかった——とかか。にしてもあまりの暴投ぶりが釈然《しゃくぜん》としないが。

「俺は清水に友情感じてますよ。性別は関係ないです」

きっぱり断言したが、それは藤田さんの望む答えではなかったらしい。眉尻を下げて唇を尖らせる顔が見えた。

「嘘でしょ」

「嘘じゃないですって」

「じゃあなんであんなに仲いいの？　昼休みなんてほとんど一緒にいるでしょ？」

「そりゃ、友達だからですよ」

メシ友。俺と清水の関係は、たった一つの単語だけで片がつく。

疑われる理由はなかったし、疑われたくもなかった。

なのにしょっちゅう疑われる。疑念を持つ人達の理由は様々のようだが、藤田さんの場合はこうだ。

「私、なんかそういうの信用できないんだよね」

感情論か。信用できないと思っている人を信用させる術なんてあるんだろうか。

というか、業務中にすべき話か、これ。

「どうしてそんなに疑うんです？」

俺はなるべく穏便《おんびん》に、難しかったがどうにか笑いながら聞き返す。

すると藤田さんは一瞬眉を潜めた。それからふいっと目を逸らし、唸るように答える。

「どうしても」

「そんな無茶苦茶な……」

「下心なしに女の子と友情結べる男なんているわけないじゃない」

俺の方を見ずに言い切る口調は頑なだった。

まるでそうあってほしいと望んでいるみたいだ。訳がわからない。

「いや、いますって。男だってそんな下心ばかりじゃ――」

「いない！」

張り上げた甲高《かんだか》い声が、埃っぽい備品倉庫に響き渡る。

急な大声に俺はもちろん驚いたが、それを上げた藤田さん自身もなぜかうろたえているようだ。目を泳がせ始めたので、こっちはますます困惑してしまう。

「藤田さん、どうしました？　なんか変ですよ」

そう尋ねてもぶんぶんとかぶりを振られる。

「別になんでもないから。一般論を言ってるだけ」

一般論。そうだろうか。

その割に藤田さんは感情的になっている。まるで他人事じゃないみたいだ。

心配になってきた俺が掛ける言葉に迷っていれば、藤田さんは拗ねた口調で言った。

「播上くんだって内心ではあわよくばなんて考えてんでしょ？」

それはさっきまでほど刺々しい口調ではなかったが、ぐさりと刺さる問いだった。

「な……」

思わず答えに窮する俺を、藤田さんはじろりと睨む。

「どうせそんなもんなんだから、男なんて」

そして逃げるように踵《きびす》を返した。

「発注終わったら戻ってきて。私、先戻るから」

澱んだ空気が温《ぬる》く動き、備品倉庫の扉が音を立てて閉まる。

たった一人残された俺は、さすがに呆然《ぼうぜん》としていた。

なんだったんだ、藤田さん。

八つ当たりとはまた違う挙動不審さで、随分ときつい言葉をぶつけられた。

蒸し暑さの中で呆然とする俺の脳裏にふと、昼休みに清水と交わした約束が浮かんだ。

藤田さんに言った通り、彼女に下心なんて抱いたことはなかった。

確かに彼女はかわいい。美人とは言えないのかもしれないが、それを補って余りある愛嬌と朗《ほが》らかさがあった。彼女の笑顔に心惹かれたことが全くないと言えば嘘になる。

ただ、清水をかわいいと思うのも、友人としての立ち位置を弁《わきま》えてこそだ。恋愛感情や、性的な興味を持つ機会は一度としてなかった。そもそもそんな気持ちを抱けるほど、俺は彼女のことを知らない。車や車の免許を持っていることや、一友人の誕生日を祝ってくれるほど気のいい子だってことも今日知ったばかりだ。

藤田さんの言葉は否定したかった。そういう目で見られることに嫌悪感しかない。

だが強く言い返せないのも事実だった。

清水が俺の部屋に来ると決めた時の、奇妙な感覚を思い出したからだ。

あの時、意識するだろうと思った。

彼女と俺の部屋で二人きりになったら、いつも通りの態度ではいられないと察していた。下心がなくたって清水を異性として見ているのは事実、なのかもしれない。

その後、総務課に戻った俺を藤田さんは何事もなかったように出迎えた。

「在庫確認お疲れー。じゃ、発注もやっといて」

あまりの何事もなさに俺は恐々としたが、備品倉庫でのやり取りを他の課員の前で蒸し返すほど命知らずでもない。黙ってやり過ごした。

でも言われたこと自体は、それからもずっと引きずっていた。

もやもやしながら迎えた終業後、退勤しようと総務課を出た俺を、

「ああ、播上！」

渋澤の声が呼び止める。

なんだろうとそちらを向けば、廊下にいた渋澤は、藤田さんに腕を掴まれているところのようだ。困り切ったような笑顔で渋澤が言う。

「今日、一緒に帰る約束してたよな？」

「お前と？　いや——」

否定しかけてはっと息を呑んだ。

渋澤は必死の目配せを、藤田さんは不満げな視線を、それぞれ俺に送ってくる。それだけでおおよその事情を察した俺は、渋澤のために頷いた。

「してた。帰ろうか、渋澤」

「えー。渋澤くん、付き合ってくれないの？」

藤田さんは気に入らない様子で渋澤の腕をぶんぶん振る。その手をやんわり振りほどき、渋澤は済まなそうに笑んだ。

「すみません、今日は先約が——行こう、播上」

そして今度は渋澤が俺の腕を取る。そのまま ぐいっと引っ張られ、俺はつんのめりながらも黙って奴についていった。

「もう、いつかちゃんと付き合ってよね！」

藤田さんの抗議の声が追いかけてくる。渋澤は何度か振り返っては頭を下げていた。

俺はといえば、振り返る度胸などなかった。

助けてくれたお礼に、家まで送ると渋澤は言った。

「助かったよ。藤田さん、ここ最近は妙に食い下がってきてさ」

例によってモテっぷりを見せる渋澤の愛車はシルバーのクーペ。思ったより年季の入った車体だった。俺は助手席から奴の横顔を眺めるという、他の女子社員に知れたら血祭りにあげられそうな特権にあずかった。

「口説《くど》かれてるのか」

わかりきっていることを尋ねたら、運転席の渋澤が苦笑する。

「ああ。お盆休みも空いてたらどこか行こうって言われてる」

本来ならフェスに行くはずだった日程か。藤田さん、なんの予定もないんだろうか。

「断ったのか？」

「ちょうど帰省しようかと思ってたからな。そう答えるつもりだ」

「穏便に断れることを願うよ」

「ありがとう」

どうも近頃の藤田さんはおかしい。妙に感情的だし、いきなり変なことを言い始めては挙動不審になったりする。渋澤も振り切るにはさぞかし手を焼くだろう。

でも、今日は特に変だった。

車は帰宅ラッシュの国道五号線、創成川通《そうせいかわどおり》を走っている。片側四車線の広い道路もこの時間帯は車でぎっしりだ。その行き詰まっている光景に、俺は備品倉庫でのやり取りを思い出していた。

「渋澤、一つ質問していいか」

「なんだよ、改まって。どうぞ」

「お前、藤田さんと友達なのか？」

「はあ？」

渋澤が素《す》っ頓狂《とんきょう》な声を上げる。

「友達って……あの人は職場の先輩だよ、お前もそうだろ」

「俺はそうだけど、渋澤はもうちょい親しいのかと思って」

「そんなわけない。二人で会ったこともないし、個人的な付き合いは一切ないよ」

語気を強めて断言する渋澤に、俺はますます釈然としない。

藤田さんは、渋澤のことで様子がおかしいのかと思っていた。奴とどうにか友達と呼べるまでになったが、それ以上関係を進めることができず、男女の友情を否定したくなったとか——だがそれは俺の思い違いだったらしい。

じゃあさっきのあれは、本当にただの八つ当たりだったのか。

「なんでそんなこと聞くんだ」

渋澤が少し憤慨したように尋ねてくる。

しかし、どこまで話していいものか。藤田さんのことを洗いざらい打ち明けたら、あとで『余計なこと言いやがって』となりかねない。俺もあの時向けられた言葉によくわからないダメージを受けていて、そっくりそのまま口にする気にはなれなかった。

それでぼかして答えた。

「藤田さん、俺と清水のことが気に入らないらしいんだ」

「なんだ、それ」

「わからない。男女の友情なんて信じてないって言われたよ」

だから俺は、藤田さんが渋澤とちょうどそんな感じなんじゃないかって踏んでいた。でも違ったらしい。

「お前も変な言いがかりつけられてるんだな」

渋澤が横顔でふっと微笑んだ。

「やっぱ、言いがかりなのかね」

「それ以外にあるのか？　羨ましがられてるんだよ、播上」

「いや、それはどうかな……」

「絡む理由なんてそれしかないだろ」

首をひねる俺をよそに、奴は低い声で続ける。

「誰だって、お前と清水さん見たら羨ましがるさ」

その言葉には居心地の悪さを覚え、俺は視線を車窓へ逸らした。

渋澤の車が札幌駅《さっぽろえき》の横をすり抜け、尚《なお》も北上していく。夏場は日が暮れるのが遅く、そびえるＪＲタワーが夕陽の色に染まり始めていた。駅周辺は車道はもちろん、歩道を行き交う人の数も多いようだ。

清水は地下鉄だったたな。もう帰った頃かな、とぼんやり考える。

「そりゃ、いい友達ができたとは思ってるよ」

俺は言い訳みたいに続けた。

共通の趣味について思う存分語り合えて、情報交換もできて。しかも俺が作ってきた料理をあんなに美味しそうに食べてくれる。よくしゃべりよく笑う清水のことを、俺は心からいい友達だと思っていた。

「でも一緒にいるだけで疑いの目で見られるっていうのはきついな。男同士ならこうはならないぞ」

「そうだな」

渋澤はそこで少しだけ笑った。

「ごめん。実を言えば僕も、お前たちが付き合ってるんじゃないかと思ってた」

「謝らなくてもいいけどさ」

「誤解はする方が悪い。播上と清水さんに非があるわけじゃない」

「だとしても、防ぐ方法なんてあるのか？」

「ないな。男女が一緒にいれば疑う人はどうしたっている」

「ないのか……」

男女の友情はある。俺ははっきりとそう言い切れるが、それを信じない人を納得させる術は全く思いつかなかった。渋澤をして『ない』と言わせるのだから本当にややこしい問題なんだろう。

「だから、気をつけるか気にしないかの二択だろうな」

淡々と渋澤が言い放つ。

「李下《りか》に冠《かんむり》を正さずって距離感を保つか、何言われても受け流す精神を身に着《つ》けるか。どちらかしかない」

事実としてやましいところがない以上、受け流してやりたい気持ちはある。今日の藤田さんみたいな絡み方を毎度されたらさすがにうんざりするだろうが、それも永遠に続くものではないはずだ。ずっと友達でいればそのうち『やっぱり何もなかったか』と納得してくれる日が来ないかな。

「覚悟しとくよ」

果てしない道のりに思えて身震いすると、運転席からまた笑う声がする。

「頑張れ」

そちらに視線を戻せば、渋澤はどこか安堵した様子で微笑んでいた。

渋澤なら女友達なんて珍しくないだろうし、実体験に基づく助言なのかもしれない。なんとなくそう思えて、俺は思わず尋ねる。

「もしお前なら、こういう場合どうする？」

すると間髪《かんはつ》入れずに答えがあった。

「僕なら、誰に何を言われても清水さんを離さないな」

「……うわ」

モテる男は言うことが違う。俺はそんな台詞《せりふ》、逆立ちしたって出てきそうにない。

アパートの前で渋澤のクーペを見送り、ひとまず部屋に戻る。

玄関を開けるなり出迎えるのはカボチャの匂いだ。ハロウィンにしては早過ぎるカボチャの行列を横目に、俺はベランダへと駆け寄る。帰宅後、真っ先に室内の換気をするのが夏場の日課だ。温い夕方の風が吹き込んでくると、野菜の匂いがゆっくり押し流されて、代わりに夏の夜の匂いがする。

今日は疲れた一日だった。何もする気が起きなくて、リビングの床に寝転がる。汗ばんだシャツは張りついてきて気持ちが悪く、それでもネクタイを緩める手の動きは鈍かった。すると鞄のポケットに入れていたスマホがメッセージの受信を知らせた。俺は手を止め、それを確かめる。

渋澤からかと思ったら、清水だった。

しかも文面を見た瞬間、ぎくっとした。

『ちょっと聞きたいんだけど、藤田さんってどうかしたの？　すごく機嫌悪かったけどどうかしたのかって、こっちが聞きたいくらいだ。

俺は飛び起き、着替えも放棄して返信を打つ。

『夏フェスに行けなくて機嫌を損ねてる。ちょっと様子変なんだ』

今日の倉庫での一件は、他でもない清水の耳には入れたくなかった。

でも嫌な予感がした。清水がわざわざあの人について尋ねてきたのは、ただ見かけたからではないのかもしれない。

彼女からの返信は、一分と置かずにあった。

『そうなんだ。なんかね、播上と付き合ってるんじゃないかってしつこく聞かれたの』

それを読んで俺は頭を抱える。

ちゃんと否定したのに、なんにも信じてもらえなかったようだ。藤田さんはどうしてそこまでこだわるんだろう。

男女の友情なんてない、あの人はそう言い切った。

ないはずないと俺は思う。でもそれを主張したせいで清水まで絡まれてしまった。俺が否定すればするほど、誤解する人達は頑なになっていくようだ。

急に罪悪感が込み上げてきて、俺は慌てて清水に告げた。

『電話、掛けてもいいか？』

彼女も聞きたいことがあったのだろう。素早く答えてくれた。

『いいよ』


彼女と電話をしたのは初めてだった。

いつもはメッセージと昼休みの会話だけで事足りていたから、初めての電話がこんな内容で申し訳なく思う。

「ごめん」

真っ先に詫びると、普段聞くよりも低いトーンで清水が応じてきた。

『謝らないでよ。播上が変なこと言ったわけじゃないんでしょ？』

「変なことどころか、事実しか答えてない。藤田さんが頑なでさ」

『そうだと思った。播上、嘘つく人じゃないもんね』

その言葉に俺はうろたえた。

清水がそう思ってくれてるのは嬉しいが、その信頼に見合うだけの人間かどうか、自信はあまりない。

ただ、この件について藤田さんに嘘は言っていなかった。

『藤田さんが言うには、播上は絶対私のこと好きなんだって。付き合ってないなら付き合っちゃえば、とも言われたよ』

「ええ……何言ってんだあの人」

仮に事実だったとしてもめちゃくちゃ余計なお世話でしかないことを。

そしてもちろん事実じゃない。清水のことは好きだが、あくまで友達としてだ。

彼女もそれはわかっているんだろう。軽く笑いながら続けた。

『でもね、それ言った時のあの人、妙に必死だったんだ。むしろそうあって欲しい、みたいな口調だった』

「そうあって欲しいって？」

『藤田さんは私と播上が付き合ってるべきだ、って思ってるみたい』

「な、なんでまた」

ますます意味がわからない。

確かに備品倉庫でも、不思議なくらい必死に見えた。

『藤田さんって渋澤くんのこと好きなんでしょ？』

清水は一定の理解を示すような、落ち着き払ったトーンで語る。

『だからじゃないかな。藤田さんが渋澤くんと仲いいけど付き合うまではいけなくて、それで男女の友情を信じたくないって思い詰めちゃってるのかも』

俺もそう思って、ついさっき渋澤に尋ねたばかりだった。あっさり否定されたものの。

でも渋澤は友達と思っていなくても、藤田さんはそう思っているのかもしれない。あるいは別の見方もできる。清水は渋澤とも仲がよくて、昼休みに俺も交えて三人で話すことがある。藤田さんは清水を恋敵《こいがたき》だと思っていて、とにかく誰でもいいからくっつけて厄介払いしたいと企てたのかもしれない。だから俺と付き合って欲しいとか――なんにせよ、清水には一個も非がない話だ。

「迷惑掛けた、ごめんな」

改めて詫びると、彼女はまた笑った。

『だから、播上が謝ることじゃないってば』

「一応うちの課の先輩だし、それに俺がちゃんと説明できてればそっちに飛び火しなかった」

『どう説明しても納得はしなかったと思うな、私』

清水はばっさりと切って捨てる。

『迷惑とは思ってないから安心して。私たちのこと誤解してる人達って藤田さん以外にもいるけど、全然気にしてないよ』

でもその言い方で、彼女もまたいろいろ言われたり、勘ぐられたりしてるんだろうと察しがついた。

俺だって気にしてないと言いたかった。でもこれが俺一人の問題ではなく、彼女にも降りかかってくるとなると話は別だ。迷惑じゃないと言ってもらっても、気にしないわけにはいかなかった。

李下に冠を正さず。

俺は、意を決した。

「清水」

『なあに？』

「今度の、カボチャを渡す約束だけど……」

言いかけた時点で、彼女も俺の考えが想像ついたようだ。

『播上の好きにしていいよ』

背中を押され、俺は答えを告げる。

「やっぱやめとこう。これ以上誤解されたら俺たち、働きづらくなる」

『……うん。その方がいいね』

わずかな間があり、清水が納得したように応じた。

『やっぱり難しいのかもね。私達、大人だからかな？』

きっと彼女には、今までにもたくさんの男友達がいたんだと思う。そういう相手ともフランクに付き合えて、幅広い交友関係を築けて、その素直な気持ちのままでいたんだろうと思う。

俺も彼女と、そんな付き合い方ができたらよかった。

「かもしれないな。あるいは清水が男だったらよかったのかも」

『播上が女の子でもよかったね』

電話の向こうで清水がころころ笑っている。その明るさが今は救いだった。

本当に彼女が男だったらどうだっただろう。会話の合間にイメージしてみようとしたが、上手くいかなかった。出会った時からずっと清水は俺にとって異性で、男女の友情は否定しない俺でも――いや、だからこそ彼女を同性の友達のように扱うことはできなかった。

その時点で俺は藤田さんに胸を張れるような人間ではないのかもしれない。

清水に俺の部屋に来ると言われた時、確実に、意識してしまうだろうと思った。清水との間にそんな濁った気持ちは持ち続けていたくなかった。だから俺はこの友情の純粋さを、誰の目から見ても証明しなくてはならない。

『会社で話し掛けるのはいいよね？　お昼ご飯を一緒に食べるのは友達同士でもするよね？』

彼女がそう尋ねてきたから、それにはもちろん即答した。

「当たり前だろ。俺たちはメシ友なんだし」

『よかった！』

沈んだ気分を、明るい声がほんの少しだけ晴らしていく。

どうにか笑えそうだなと自覚した時、彼女の方が先に笑った。

『あのね、播上』

「どうした？」

『いろいろ言う人はいるけど、私、播上の友達を止めたくないよ。ずっと続けていきたいって思ってるよ』

今が電話中でよかったと思う。

きっと俺はものすごく情けない顔をしているはずだ。めちゃくちゃに安心して、気が緩んで、そのくせ笑ってもいられない隙だらけの顔でいるはずだ。

床に崩れ落ちそうになるくらい、ほっとした。

「ありがとう、俺もだよ」

礼が言えたのは、たっぷり十秒が経ってからだった。気の抜けた声で告げたら、清水が笑った。

『ううん。こちらこそ』

こういう時、渋澤ならもっと格好いいことを言うんだろうな。

俺にはさっきのが精一杯だったのに。

「カボチャも、渡せなくてごめんな」

『ああ、うん。それはいいよ。会社まで持ってくるのは大変だろうし』

持っていくのは構わないにしても、清水に持って帰らせるのが申し訳ない。

結局、この部屋を占める大量のカボチャは、自分で始末するより他なさそうだ。

――と、その時、ひらめいた。

「お菓子、作り方教えてくれないか」

提案のつもりで問いかける。

「明日、作っていくから。今日の詫びも兼ねて」

『播上が作ってくれるの？　それは食べてみたいけど……』

電話の向こう、清水はどこか拗ねた口調で続ける。

『お詫びとか、気にしなくてもいいのに』

「俺がそうしたいんだ。カボチャを減らすのに協力してくれ」

『というより播上、お菓子作りってそんなに簡単じゃないよ。大丈夫？』

「俺の腕でも作れそうなやつを教えて欲しい」

あからさまに謙遜したような物言いになって、そのせいか清水がより拗ねる。

『まただ、自信あるくせに』

「まあな」

『私、播上の度肝《どぎも》を抜いてやりたかったのにな。お誕生日プレゼントにしようと思ってたんだ。でも、播上が作っちゃったらもう敵わないよ』

彼女がそう言って笑うから、俺は、プレゼントならいいと答えておく。

誕生日プレゼントはもう貰った。

あの言葉だけで十分だった。


次の日、俺はパンプキンパイを作って会社に持参した。

昼休みに落ち合った清水は、件《くだん》のパンプキンパイを見るなり絶句した。食堂のテーブルの上、彼女の目につくように差し出せば、ぎくしゃくした動作で俺を見てくる。

なぜか表情が硬い。

「どうした？」

尋ねると、彼女は直後、がっくり項垂れていた。

「覚悟はしてたけど……こんなに上手く作られるとへこむ……」

「ほぼレシピ通りに作ったんだけどな」

昨晩、清水がメールでカボチャを使ったお菓子のレシピをいくつか送ってくれた。

それで作ったのがこのパンプキンパイだ。持ち運びの手軽さと持ちのよさから決めた。夏場はどうしても食品衛生に気を遣うから、きちんと火を通した上で、冷蔵保存も可能なメニューを選んだ。

手のひらサイズの四角いパイを八つ、焼いてきた。クーラーバッグに保冷剤と一緒に入れておいたので、もしかすると水気を含んで生地の見栄えが悪くなっているかもしれないと思ったが――心配は要らなかった。

お昼時でも、卵黄を塗ったパイはつやつやしていた。焦げ目もいい具合についている。取り出したらバターのほんのりいい匂いがして、我ながら美味しそうだ。

「その、『ほぼレシピ通り』ってところが気になる」

清水は一生懸命唇《くちびる》を尖らせようとしていた。

でもほとんど、笑顔だった。

「播上だもん、何か一工夫加えたんでしょ」

「それなりに」

「なら美味しいに決まってるよね」

「俺は美味しいと思ったけど、清水の口に合うかどうか」

「いいよもう、自信あるってはっきり言っても。そういう顔してるもん」

笑う清水に指摘され、結局は俺も、その事実を認めた。

「初めてにしては上手くできたと思ってる」

「……いやもう、初めてにしてはとかそういう段階じゃないと思うよ」

彼女がそう言ってくれたのは嬉しい。

俺にとってお菓子作りは未知の分野だ。

さぞ繊細な技術が必要なのかと思っていたが、清水の教えてくれたレシピはそれほど難しいものではなかった。本格的な道具も必要としていなかったし、材料もほとんど家にあるもので揃えられた。お蔭でアレンジを加える余裕もあった。

「じゃあ、早速いただきます」

清水はねずみ柄の弁当袋を脇へやり、お菓子へと手を伸ばした。

一つ手にとって齧《かじ》りつく。さくっと微かな音がして、瞬間、彼女の顔が綻んだ。目の端でこちらを見てくる。俺も笑みを返せば、口をもぐもぐ動かしながら笑いを堪えていた。

飲み込んでから、彼女は言った。

「レシピ通りに作らないにも程があると思います」

「そんなことない。そこまで突飛なアレンジはしてないからな」

即座に否定する。

すると、二口目を食べてから言い当てられた。

「パイシートを使ってないよね。生地がさくさくだし、バターの香りもすごくいい」

さすがは清水だ、ご明察。

「当たりだ。生地から作った」

正直に答えれば、たちまち彼女が悔しそうにする。

「お菓子作り初めての人がすることじゃないって！　播上、経歴詐称してない？」

「してないよ。パイ生地は何度か作ったことがあるだけだ」

「ほら、作ったことあるんじゃないの」

「パイ皮包みはたまに作るんだよ、魚のな」

俺の説明に清水は悔しげな表情のまま、ひとまず一個を食べ終えた。

息もつかせず二個目を取り、また齧りつく。食べている時は表情が緩んでいる。美味しそうに食べてもらえるのはいい。作り手冥利《みょうり》に尽きる瞬間だ。

「フィリングも何か違う気がする。何入れたの？」

「アンズのジャムを入れた。パイと言えばあれだと思って」

「そこまで手作り？」

「まさか。たまたまあった市販のやつだよ」

カボチャのフィリングはこってり甘い。味見をしてみて、もう一味欲しくなった。

そこに甘酸っぱいアンズを加えれば、カボチャの甘さと生地の香ばしさのいいアクセントになると思った。生地の内側に塗ったら外はぱりっと、中はしっとり焼き上がり、予想以上のいい出来映えとなった。

「お菓子作りでは勝てると思ったのになあ」

清水は引き続きぼやいている。

パンプキンパイはもう三つ目で、別腹の持ち主とはいえ弁当が入るかどうか心配になってきた。

「残りは持って帰って、家で食べたらどうだ。なんならクーラーバッグを貸すから」

「お借りします」

俺の勧めに彼女は素直に頷いて、クーラーバッグを受け取る。

それからふと真面目な顔をされた。

「誕生日プレゼントに作るって言ったけど、止めておいて正解だったかも」

呟くような声が本音のように聞こえて、そうじゃないんだよな、と思う。

「プレゼントなら、心がこもっていればそれでいいだろ」

フォローのつもりで俺は言う。

実際、そんなものだ。プレゼントにするなら作った人間の気持ちが伝われば十分で、出来がどうこうなんて文句をつける奴がいるはずもない。

言葉だけで十分だって思ってる奴もいるくらいだ。気にする必要なんてない。

「でもせっかくなら全力で美味しいのを作りたいじゃない。人にあげるものなら尚更《なおさら》」

清水は残りのパンプキンパイを丁寧にしまいながら訴えてくる。

「播上だって、全力で作ったんでしょ。今回のお菓子」

そこが伝わったなら嬉しい。

口では、違うことを答えたが。

「俺は料理なら、いつでも全力で作ってるよ」

「そっか、心構えからして違うんだ。悔しい」

彼女は明るい苦笑いを見せながら、こう続けた。

「いつか、全力で勝負したいな」

「勝負？」

「うん。播上に、絶対『美味しい』って言ってもらえるようなお菓子を作りたい。まだまだ先の話だろうけど」

清水が時々見せる勝気さが、なんだか眩しくて仕方がない。

いつか、そんな日が来るかもしれない。料理作りを続けていれば、彼女もめきめきと腕を上げるだろう。

それまでずっと友達でいられたら、と思う二年目だった。

三年目　ハンバーグの食べ比べ

『正《まさ》ちゃんったら、今年も帰ってきてくれなかったわね』

電話越しに、拗ねたような母さんの声がする。

ちょうどこちらから掛けようかと思っていたところだった。曖昧《あいまい》に笑って応じる。

「ごめん」

『勤め出してから一度もこっちに来てないじゃない。お母さん、寂しいなあ』

「年末は忙しくてさ。仕事納めの後は大掃除とおせち作りに追われてた」

嘘ではない。

就職してから三度目の大晦日《おおみそか》を迎えていた。総務の仕事に慣れたつもりでも、年末進行の忙しさには未だに慣れなかった。きっと何年経ってもそうなのかもしれない。

今は大晦日の夕刻、石油ストーブの上の鍋を眺めながらの通話だ。

母さんは溜息をついている。

『正ちゃんはどうせ帰ってきたがらないと思ってました』

「い、いや、帰りたくないわけじゃないって。ただ――」

『思ったから、今年の年末年始は家以外の場所で過ごすことにしました』

「はあ？」

『さてここで問題です。お父さんとお母さんは今、どこにいるでしょうか！』

家にいないって、じゃあ母さんはどこから掛けてるんだろう。

スマホはこういう時に不便だ、居場所を装うことだってできるんだから。

「どこって言われても、伯父さん家《ち》とか？」

ほとんど当てずっぽうで答えた。

『ぶぶー』

母さんが嬉しそうに俺の回答を切り捨てる。

「じゃあわからないよ。降参だ」

『ちょっと正ちゃん、白旗揚げるの早過ぎじゃない？』

「いいから。俺、昆布巻き煮てるとこなんだから」

スプーンで煮汁をこまめに掛けながら、フル稼働するストーブの上で昆布巻きを煮込む。

台所に醤油のいい匂いが立ち込めていた。

『あら、そうなの。中身何にした？』

「鶏肉とごぼう。やっぱ肉がないと物足りないし」

『若い人はそうよねえ。正ちゃんなんて食べ盛り育ち盛りだものね』

「さすがにもう育ってはいないよ」

毎年のように背が伸びていたのも昔の話だ。今ではいくら歳を取っても身長は変わらなくなった。

「で、母さんは今どこにいるの」

スプーンを動かしながら尋ねると、電話からはふふっと楽しげな笑いが聞こえる。

『実はね、温泉旅行に来ちゃったの！』

「温泉？　それはまた随分と豪勢《ごうせい》な年越しだ」

『そうなのよ！　お父さんが奮発してくれてね、湯《ゆ》の川《かわ》の旅館でいい部屋取ってくれたの。客室露天風呂なの！』

興奮気味に母さんがまくし立てている。

俺の実家がある函館《はこだて》は、温泉地としてもそこそこ名が通っている。近年の流行は客室に露天風呂を作ってしまうという贅沢の極みみたいなサービスで、知った名前の温泉旅館がテレビに取り上げられているのも何度か目にしていた。

『窓からの景色も最高よ。このオーシャンビュー、正ちゃんにも見せてあげたかった』

母さんが年甲斐もなくはしゃぐので、俺は少々呆れた。

「海なんて毎日見てるだろ」

『まあそうなんだけどね』

海辺の温泉地は観光客からすれば魅力的なんだろう。

だが地元の人間からすれば海なんて散歩がてら見に行けるし、温泉なんて日帰り入浴で十分だ。旅館やホテルはさしずめ非日常的別世界というところだった。

それでも自営業の人間にとっては年末年始だって非日常的だし、別世界だとも言えるだろう。俺も小さな頃は、家族三人でのんびりできる大晦日や正月が好きだった。

『でもたまにはいいでしょ？　お店が休みの日くらいは羽を休めたいし、それにこうしてるとまるで新婚の頃を思い出すし――やだ、お父さんったら照れちゃってもう！』

母さんのはしゃぐ様子に反応する声は聞こえなかった。

でもなんとなくわかった。父さんは今頃そっぽを向いているに違いない。

「じゃあ、俺が帰る必要なんてなかったんじゃないか」

もしアポなしで帰ってたらえらいことになっていただろう。もぬけの殻の実家の前で立ち尽くす自分の姿が容易に想像できてしまう。

『そんなこと言わないの』

母さんは俺を軽くたしなめる。

『本当はね、正ちゃんから帰るコールがあるのをずっと待ってたんだから』

それから声を落として続けた。

『一家三人で温泉っていうのもいいかなあと思ってたのよ。でもお父さんったら、温泉を餌にして釣り上げるような真似はするなって言って。正ちゃんが自分で帰ってきたいって言い出すまで待ちなさいって言うから、お母さんも待つことにしたの』

意外な言葉に、俺は面食らいつつ反論する。

「別に、帰りたくないわけじゃ」

『わかってるわよ。ただね、お父さんだって、お店のことやあなたのお仕事の話だけしたがってるわけじゃないんだから。いつでも、気軽に帰ってきていいのよ』

母さんは諭《さと》す口調で言った。

だが父さんと顔を合わせれば、店を継がなかった負い目を改めて噛み締める羽目になるだろう。

二人ともはっきりとは言わない。でも内心で俺に後継ぎを期待しているのは知っていた。

他に店を継いでくれる人もいないし、俺が継げば両親だって安心してくれるのもわかっている。

俺もできるものならそうしたかったが、無理だとわかったから就職した。店を継げないと宣言した一人息子に実家での居場所はない。

「来年、できたらそうするよ。考えとく」

やっとの思いで俺は答えた。

鍋の中の昆布巻きが乾き始めている。慌ててスプーンを柄杓《ひしゃく》のように動かすと、煮汁もだいぶ減ってきた。そろそろ出来上がりだ。

『じゃあお言葉に甘えて。正ちゃんもよいお年をね』

「うん、母さんも。父さんにもよろしく」

俺が言い添えると、何がおかしいのか母さんはまた笑った。そして続ける。

『もうじき、三年目も終わりね』

「急に何？」

『正ちゃんがお仕事を始めてからのことよ。なんでも三年が節目で、三年続けばひとまず安泰って言うじゃない？　ちゃんと続けられて偉いわ』

当たり前のことを誉められると、どうにも照れる。

照れ隠しで応じた。

「まだ無事に終わるとは決まってないよ。三年目も、あと三ヶ月あるんだし」

『あら、三ヶ月なんて今更ちょろいでしょう。頑張ってね、正ちゃん』

「ああ」

もちろん頑張るつもりでいる。

一年目や二年目と比べると、三年目は実にあっさり過ぎ去ったように思う。


電話を切った後、頃合いを見て鍋をストーブから下ろした。

じっくり煮込まれた昆布巻きを取り出している最中に、また電話が鳴った。

今度はいつものメッセージだ。

『昆布巻きの作り方、教えてくれてありがと。おかげですっごく美味しいのができたよ。来年もよろしくね、よいお年を!』

清水《しみず》からだった。

彼女から年越しメッセージを貰うのも三回目。文面は例年通りだ。

こっちの返事もやはり、代わり映えしない、いつも通りのものになる。

『こちらこそ、来年もよろしく』

清水との関係も変わったところはない。相変わらずのメシ友のままで、気楽にやっている。そうしていることでの不都合も特になかった。

むしろ変わったのは周囲の反応だ。

去年の夏の出来事以来、俺と清水はお互いに気を遣うようになった。社外では絶対に会わない、という境界線は思いのほか周囲の印象を変えたようで、表立って噂をされたり、仲を疑われ問い質《ただ》されるということも減ってきた。まだ噂の根絶には程遠いが、勘繰られる機会が減っただけでも心の平安は保たれる。

もっとも一番大きかったのは、俺と清水が三年目を迎え、それぞれに後輩を持つ立場となったことかもしれない。

俺達が噂を立てられた要因の一つには『新人のくせに』というなんとも言いがたい感情も存在していたらしく、後輩が続々と入社してきた頃には、そういうやっかみに似た感情は後輩達に向けられるようになっていた。

よくも悪くも、三年目とは節目の年だ。

俺もそのことを実感しつつあった。


年が明けると年度末まではあっという間に過ぎてしまう。

バレンタインデーが過ぎた二月半ば、俺は仕事に追われて残業していた。明かりの煌々《こうこう》とついた総務課には俺の他にもう一人、渋澤《しぶさわ》も居残っていた。お互いに三年目ともなると任される仕事の量も責任も増え、こうして残業するのも珍しくなくなっている。

今日はどっちが先に上がれるだろうか。渋澤より早く帰るのを目標にしようと張り切っていた俺に、

「――播上《はたがみ》」

ふと、渋澤が呼びかけてきた。

顔を上げれば隣の席の渋澤は、もうパソコンをシャットダウンしているところだ。

しまった、今日は負けか。内心悔しがりつつ聞き返す。

「もう上がりか？」

尋ねると、渋澤はなぜかぎこちなく頷いた。

「仕事は片づいたよ。播上は？」

「もうちょいで済む。鍵なら俺が閉めてくよ」

「もう少しってどのくらいになる？」

「あと十分くらいかな」

俺は笑ってラップトップに視線を戻す。一人きりの残業は寂しいものだが、渋澤の方が仕事が早いんだからしょうがない。今日のところは快く見送ってやろう。

だが、渋澤は椅子から立ち上がらなかった。その椅子ごとこちらを向いたのが視界の隅に映った。

軋《きし》む音の直後に、奴の声が続く。

「実は、お前に話があるんだ」

「……話？」

改まった調子を訝しく思いつつ、俺は渋澤をもう一度見やる。人に好かれる端整な顔立ちが、今はわずかに強張っていた。

「妙に改まってる感じだな」

こういう態度は珍しい。俺が聞き返すと渋澤は、ためらうように視線を外した。

「いや……大した話じゃないんだけどな」

「わかった、急いで終わらせるよ。待っててくれ」

俺がディスプレイに向き直ると、横で申し訳なさそうな声がする。

「悪いな。話自体はすぐ済むから」

残業中に話せないような改まった話って一体なんだろう。想像がつかないせいで仕事はあまり捗《はかど》らず、結局終わるまで十五分くらい掛かった。待たせて悪いと詫びてから場所を移す提案をしたが、渋澤はかぶりを振った。

「ここでいい。時間を取らせるのも悪いし」

「そうか？　じゃあ……」

俺は自分の席に、渋澤も奴の椅子にそれぞれ座った。一メートルと少しの距離で向かい合うと、渋澤はまたためらうように視線を落とす。

二人で黙ると、総務課内は不気味なくらい静まり返る。

電子機器の唸るような低い音だけが聞こえ、閉ざされたドアの向こう、廊下にも人の気配はないようだ。

急かしちゃ悪いとは思いつつ、沈黙に耐えかねた俺は口を開く。

「話、って？」

時期的に考えて、バレンタインデーのことだろうか。俺は今年も課で配る義理チョコしか貰っていないが、渋澤は女子社員達から例年たんまり貰うらしい。その中の一人と付き合います、みたいな宣言だったりして——だとしたら明日以降、また藤田さんが荒れに荒れるな。

素直に祝福できるだろうかと思考が飛躍《ひやく》したところで、渋澤がようやく答える。

「異動が決まったんだ」

渋澤が発した言葉は、俺の予想をはるかに越えていた。

はっとして奴を見る。渋澤はこちらを向いたまま、どことなく寂しげな顔をしていた。

「異動？」

三年目の俺にはまだ聞き慣れない単語だった。声に出して問い返す時も、口の中に奇妙な違和感が残った。

それで渋澤が顎を引き、

「昨日、内示があった。四月一日付で僕は本社勤務になる」

表情よりは抑えた声で続けた。

本社勤務、という言葉の方が聞き慣れなかった。

少なくとも俺には縁のない言葉だった。出世しそうな人間じゃない、と俺自身が思っている。でも渋澤は違ったようだ。奴は優秀だった、ずっと前から知っている。

「栄転じゃないか」

気がつけば、そう口に出していた。

渋澤は目の前でぎくしゃくと笑んだ。

「ありがとう」

どこか喜びきれていない笑い方だった。

そこで俺もほっとして、祝福の言葉を告げる。

「ああ、おめでとう」

　だが渋澤は曖昧に頷いた後、声を潜めた。

「でも正直、迷ってるんだ」

「何を？」

「地元を離れることをだ。本社は東京《とうきょう》だし、俺は東京どころか本州にすら住んだことない。これまで転職なんて考えたことなかったけど……」

「お、おい」

　俺は思わず制したくなる。

　終身雇用が過去の遺物となりつつある今、転職をすることが必ずしも無謀だとは限らない。現に俺たちの同期もぽつぽつと辞めていて、うちの支社に残っているのは俺と清水と渋澤くらいのものだった。渋澤くらい優秀なら他社からも引く手あまただろう。

　だがせっかくの栄転だ。このタイミングで、地元を離れるのが嫌で転職なんてもったいないにも程がある。

「わかってるよ」

　俺の反応に、渋澤は眉尻を下げた。

「幸い俺は独身で、今は彼女もいない。一人っ子だけど実家の両親はまだ現役だし、ある意味一番身軽な時期だ。迷ってるのもおかしいよな」

「いや、迷うのも仕方ないだろ」

　地元を離れることに辛さを感じる心境は理解できなくもない。住み慣れた北海道《ほっかいどう》には愛着も、思い出もあるものだ。それに右も左もわからない場所で新生活と新業務をいっぺんに始めるのもしんどいはずだった。

だが渋澤なら、そんなものも乗り越えられる気がする。

俺なら、どうだっただろう。

「背中を押して欲しいのか？」

率直に尋ねると、女子社員達には見せたこともないであろう情けない笑みが返ってきた。

「そうなんだ。播上に喝《かつ》を入れて欲しかった」

「なんで俺だよ」

「社内で真っ先に打ち明けるならお前だと思ってた。同期でずっと一緒にやってきたし、いろいろ世話になったからな」

「世話なんてしてない」

俺も笑ってかぶりを振る。

でも、さぞぎこちない笑みになっていただろうと思う。

世話なんてしてない、それは本当だった。

渋澤とは同期で、同じ総務課で、時々一緒に飲んだり食事に行ったりするくらいで、特別に親しいというわけでもなかった。社内では仲のいい方だったのかもしれないが——渋澤が異動の内示を、誰よりも早く俺に打ち明けてくれたということは。

だが俺は、その気持ちに応えられるほどの人間だろうか。

「いや、播上には感謝してるよ」

渋澤は穏やかな声で続けた。

「お前がいたからこの三年間、何かと心強かった。僕がこの仕事を続けてこれたのは、播上のお蔭でもある」

それから、二人きりの総務課に視線を巡らせる。

人のいない机がいくつか並んだオフィス内を、感慨深げに眺めている。その横顔は外国の美術館にある彫像みたいに整って見えた。

「少し、寂しいけどな。お前や清水さんと離れるのは」

「……お前なら大丈夫だって」

その横顔に、俺は告げた。

「東京だろうとどこだろうと上手くやれるよ、心配要らない。転職なんて言わないで、やれるだけやってこいよ」

ろくな根拠もない励ましではあったものの、事実そうだろうとも思った。渋澤にはなんの心配も要らない。こいつならどこへ行ったって上手くやれるだろうし、仕事もできるだろうし、女の子にだってモテるだろう。

俺とは違う。全てにおいて。

「飛行機ですぐの距離だし、いつでも帰ってこれるさ」

「ああ、そうだよな」

こちらを向いた渋澤の顔に、ようやく安堵の色が滲んだ。

そしてすっと立ち上がり、椅子の背に掛けてあったコートと机上の鞄を摑む。俺を見下ろす顔が晴れやかだった。

「ありがとう、播上。そろそろ帰ろうか」

「俺、後片づけあるから。先上がってくれ」

とっさに口にした出任せが思った以上に力なく響き、俺は軽口で誤魔化した。

「送別会では端の席に座れよ。俺が隣に座ってやる、藤田《ふじた》さんが迫ってこないように」

それで渋澤が噴き出す。

「頼む。あの人にも一度きちんと話をしたいけど、どう言えば角《かど》が立たないか考えあぐねてるんだ」

「どう言ったって角は立つだろ。異動を理由に言い抜ければいい」

「ああ、それいいな。そうしようかな」

別れ際はどうにか、いつものような冗談まじりのやり取りになった。

でも、そこまでが限度だった。


渋澤が帰り、一人きりになった総務課で、俺は気が抜けたようにぼんやりしていた。

栄転の話を聞かされて、ショックだった。

渋澤との差を、こんな形で改めて見せつけられた。

わかっていたくせに、奴の優秀さなんて思い知らされていたくせに、改めてショックを受けたらしい自分自身に動揺している。仕事の早さを競い合って肩を並べた気になっていた自分が急に恥ずかしくなり、栄転という俺には縁のなさそうな単語の眩しさに嫉妬《しっと》していた。

渋澤は誰より先に、俺に打ち明けてくれたっていうのに。

三月に入ってすぐ、来年度の人事についての通達があった。

渋澤の本社勤務についても皆の知るところとなり、悲しむ子あり、荒れる人ありで落ち着きがなかった。

当然、藤田さんは荒れる側の人だった。

「もうっ、なんなのあの子達！」

昼休みの社員食堂で睨みつける先は、渋澤が座る別のテーブルだ。奴は現在数人の女子社員に取り囲まれており、一緒にランチを取りながらおしゃべりに花を咲かせている。

「本社に行っても連絡していいですか？」

とか、

「もうどの辺りに住むか決めました？」

とか、

「東京に遊びに行ったら飲みに連れてってください」

とか楽しげな会話が漏れ聞こえてきて、その度に藤田さんが頬をふくらませる。

「そんなの聞いてどうすんの、東京押しかける気？　ありえなくない？」

どうやらかなりご立腹のようで、食の進みも遅いようだ。

とはいえ俺も別の理由で箸が進まない。このところ、弁当を食べるのがあまり楽しくなかった。

「ねえ播上くん、どう思う？」

藤田さんが眉を顰めて俺に問う。

「最近の若い子って礼儀がなってないよね。ここ職場だよ？　学生サークルのノリで男囲んで騒ぐとか！」

まあ、あの光景が普通だとは思わない。しかしそれも今だけのことだろうし、何よりここで目くじら立てたらやきもちにしか見えないだろう。

実際、藤田さんのそれはその通りなんだろうし。

「なんとか言って」

黙っていたら睨まれた。

「いや、なんとかって言われましても……」

「もういいっ。播上くんに聞いたのが間違ってた」

ばっさり切り捨てた後で、藤田さんは頬杖をつく。

次に渋澤の方を見た時、表情が酷く物憂げに変わっていた。

「ねえ、播上くんは聞いてない？」

呟くように問われた。

「何をです？」

「渋澤くんの本命。あの中にいるのかどうか」

「聞いてませんよ、そんな話もしませんし」

そもそも渋澤とそういう話題になることが少なかった。俺が清水のことであれこれ言われてうんざりしていたのを、奴もよく知っていたからかもしれない。渋澤本人から清水についてからかうそぶりをされたこともあったものの、本音で語り合ったことはない。大体、こっちは本音で語れるほどの恋愛もしていない。

渋澤はどうなんだろう。ここ三年で彼女とか、好きになった相手とかいたんだろうか。

わかっているのは藤田さんには気がないという事実だけだが、そんなことは当然言えない。

「私が誘っても暖簾《のれん》に腕《うで》押《お》しって感じで、全然乗ってこないの。好きな子でもいるなら諦めがつくんだけどね」

ぽつりと独り言のようにぼやく。

「なんか、空しいな……」

もし渋澤に好きな子がいたら、異動の件も真っ先にその子へ話しているはずだ。一番に俺に話してきたということは、社内にはそういう相手がいないのかもしれない。

渋澤のことだから、同期の俺への義理立てで一番に報告してくれたのかもしれないが。

あいつは俺と違って、いい奴だから。

「播上くん、聞いてる？」

つい口数が少なくなる俺を、再び藤田さんが睨む。

「すみません、聞いてましたよ」

「本当に？　っていうか播上くん、清水さんいないと暗いよね」

一転、今度は探るような視線を向けられた。

「最近、ご飯一緒に食べてないよね。喧嘩でもしたの？」

「違いますよ。清水、仕事が忙しくて昼休憩が取れない時もあるらしいです」

今年度の彼女は部長秘書の辞令を受けており、年度末を目前にして毎日忙しいらしい。せっかくの弁当を夕飯にする羽目になるのもしょっちゅうだと愚痴っていた。そのせいでここ数週間、昼休みを一緒に過ごす時間がめっきり減っていた。

でも好都合だとも思う。清水には知られたくなかった。ここ最近の俺が、どんな気持ちを腹の内に抱えているか。

「あの子がいないと寂しいんでしょ」

藤田さんも俺の内心には気づいていないはずだ。揶揄《やゆ》する口調で言われたから、苦笑いで応じておく。

「単に疲れてるだけです、ここのところ忙しいですし」

「あっそう」

わかってるんだからね、と言いたげに笑われた。

「そんなこと言っといて播上くん、清水さんが来たら上機嫌になるくせに」

「そんなことないですってば」

「どうだか。――あ、ほら。噂をすればなんとやら」

顎をしゃくって藤田さんが示す。

それでつい、振り向いてしまった。

社員食堂の入り口に清水がいる。

弁当袋を片手に提《さ》げ、もう片方の手には鞄を提げていた。食券の販売機やら厨房やらには目もくれず、食堂内をざっと見回す。少し慌てた様子に見える。

そして目が合うと、途端ににっこりされた。そのまま早足で近づいてくる。

「いらっしゃい、播上くんが待ってたよ」

藤田さんが余計な一言を添えて出迎えた。

清水はちらっと俺を見て、こっそり苦笑を向けてくる。こっちも黙って目礼しておいた。

「ねえ、清水さんも渋澤くんと仲いいよね？」

俺の隣に清水が座ると、すかさず藤田さんが身を乗り出す。

「え？　いえ、仲いいって程ではないですよ」

彼女は否定したが、先輩は取り合うそぶりもない。

「渋澤くんに好きな子いるか、聞いたことない？」

人のことは決して言えない学生ノリの質問だ。

当然、清水は困惑の色を浮かべた。

「ないですね。そういう話はしたことなくて」

「じゃあ好みのタイプとかは？」

「それも聞いたことないです」

「元カノの情報とか……」

「私、そこまで渋澤くんと親しいわけじゃないんです」

そこで清水は救いを求めるように俺を見る。

「播上の方がずっと仲いいですから。そうだよね、播上？」

俺は曖昧に頷いたが、どう答えても同じだった。藤田さんはオーバーに肩を竦めてみせる。

「播上くんにはもう聞いたの。知らないって」

「すみません」

「あーあ、もう当たって砕けるしかないのかな……」

がっくりと落ち込んだ様子で席を立った藤田さんが、トレーを手に返却口へ向かう。渋澤達の方を一瞥しつつ、そのまま食堂を出ていった。

「藤田さん、早いね。全然食べてなかったし」

清水が心配そうに囁いてきた。

「食欲なかったみたいだな」

「恋煩《こいわずら》いかな」

「かなあ……」

そんなかわいらしい単語をあの人に用いるのは正直抵抗がある。渋澤が相手だと周りが見えなくなるところも、それで上手くいかないと俺に火の粉が降りかかるところも苦手な先輩だった。

「でも、かわいい人だよね」

弁当箱を開けながら、ふと清水が言った。

「――は？　え、何が？」

聞き違えたかと思った。

「藤田さんが」

俺は言葉に窮する。

いや、美人だというのは認める。黙ってさえいれば、渋澤の隣に並んでいても遜色《そんしょく》ないきれいな人だと思う。

「渋澤くんのことであんなに必死になるなんて。普段は結構しっかりした感じなのに、恋愛となるとむきになっちゃうタイプなのかなあって思ったら、なんだかかわいくて」

清水に言わせればそういうことらしい。

そこまで説明されても俺には、あまりぴんとこなかった。

「かわいい、のか」

「かわいいよ。あれだけ一生懸命恋愛されると、すごいなって感想の方が先立っちゃう」

彼女の視線が、そこで別のテーブルへ流れる。

渋澤と女子社員達はまだ歓談に興じていた。はしゃぐ笑い声が時々聞こえ、傍目にも楽しそうに見える。

「私はとてもじゃないけど誰かを好きになる余裕なんてないよ。もう毎日いっぱいいっぱいだもん」

清水は自虐的《じぎゃくてき》に首を竦めた。

「日々を生き抜くのにエネルギー使い果たしちゃってて、他人を思う余裕なんてないよね」

以前、彼女に業務内容を愚痴《ぐち》られたことがある。

秘書の仕事というのはドラマや映画みたいに華《はな》やかなものではないらしく、ほとんど雑用係と等しいのだとか。お茶を汲んだり食事や店や車の手配をしたり、部長が貰った名刺の内容を控えたり、その他諸々。そして多岐にわたる業務内容の全てにおいて気を遣い神経を配ることが多く、それはもう恐ろしい激務らしい。

「秘書っていえばモテるよって先輩が言うから、一回だけ合コンに連れてってもらったことがあるんだよね」

「へえ、合コン」

俺なんて学生時代以来行ったことがない。行ったところで、という話でもあるが。

「で、行ってみたのはいいんだけど、いざお酒の席になったらお酌だの注文取りだの、自己紹介して名刺貰って連絡先控えてって、やってることが仕事と変わらないなって思って。そう考えたらあっさり冷めちゃって、結局それ以降は誘われてもやんわり断ってる」

清水がこっちを見て、はにかむように笑う。

「今の自分が駄目駄目だなって意識はあるんだけど、やっぱり無理。恋愛は余裕のある優秀な人だけの特権だよ」

「優秀な人の特権か……」

どうりで、俺にも全然ご縁がないと思った。

藤田さんはあれで、仕事はちゃんとできる人だ。その上で恋愛もしてるのだから問題はないのかもしれない。もっとも肝心の恋愛方面で失策が多いようにも見受けられるが。

まあ、俺も人のことを言える義理じゃない。

優秀な人に与えられる特権なんて、俺が貰えるはずもなかった。

「播上は？　恋愛できる余裕ありそう？」

清水が冗談っぽく尋ねてくる。

だったら笑って答えればよかったんだろうが、先に溜息をついてしまった。

「……俺も、そんなものはなさそうだ」

そんな俺の顔を、彼女は怪訝そうに覗き込んでくる。

「播上、なんか元気ない？」

「藤田さんにも言われた。疲れてるんだと思う」

「繁忙期だもんね……、あ」

不意に清水がテーブルの向かい側を指差した。

「あれ、藤田さんのかな？」

さっきまであの人が座っていた席の卓上に何か落ちている。手を伸ばして拾い上げると、丸カンが開いて外れたストラップらしいとわかった。頭にメロンをかぶった有名キャラのご当地ストラップは、だいぶ年季が入っているようで塗装が少し剝《は》げている。

藤田さんがこんな子供っぽいものを持ち歩くとは思えなかったが、あの人がさっきまでここに座っていたのは事実だ。

「総務戻ったら聞いてみるよ」

俺はそう言って、拾ったストラップを一旦《いったん》預かる。

「藤田さん、キャラものとか使うんだ」

清水も意外そうにしていたが、まあ本人に聞けばわかることだ。

「これ、藤田さんのですか？」

昼休みが明けて総務課に戻った後、例のストラップを差し出しながら俺は尋ねた。

既に机へ向かっていた藤田さんは、それを見た瞬間顔を強張らせた。

「それ、どこに？」

「食堂に落ちてました。位置的に藤田さんのかなと思いまして」

俺がつまんだストラップを、藤田さんは眉を顰めて見つめている。見覚えがあるようだったが、なかなか手を出そうとしない。

「落ちてたの？」

「はい。丸カンが開いちゃったみたいですね」

「そう……」

一瞬、悲しげに見えたのは気のせいだろうか。

すぐにいつもの表情を取り戻し、ひらひらと手を振った。

「拾ってくれてありがとう。でもごめん、もう要らないや」

「要らない？　いや、でも」

「捨てちゃってくれる？　見ての通り、だいぶ古いもんだしね」

捨ててと言われても。

予想外の反応に俺はうろたえた。塗装が剝げるまで持ち歩いてたストラップが要らないものだと言われても、ちょっと信じがたい。

「大事なものじゃないんですか？」

思わず尋ねてしまった。

藤田さんは鼻の頭に皺《しわ》を寄せ、素っ気ない言葉を吐く。

「欲しいなら播上くんにあげるよ」

別に俺にとって大事なものというわけではない。このキャラクターが好きなわけでもないし、もちろん欲しくもなかったが、許可を貰ったとはいえ他人の持ち物を捨てるのも気が引ける。

仕方なく、しばらく職場の机の上に置いておくことにした。

要らないと放り出されたストラップが、少し哀れに思えたのもあった。


最近、部屋に帰ってから酒を飲むようになった。

元々飲酒の習慣はないし、それほど量を飲む方でもない。ただ残業で帰りが九時十時を過ぎると夕飯を作る気にもなれず、帰宅したら着替えもせず冷蔵庫へ駆け寄る。

チルドルームに入れていた缶ビールを取り出し、プルトップを引き開け、中身を呷《あお》る。自棄《やけ》気味に傾けたせいか気管にまで流れ込んで、少しの間無様《ぶざま》にむせてしまった。口元からシャツの胸元までがビールで濡れ、とりあえず手の甲で唇だけを拭う。他は面倒だから放っておいた。

「ふう……」

溜息をつく。

空《す》きっ腹《ぱら》にビールはひりひりと染み、胃が焼けるようだった。それでも中身を全部空けて、空き缶はテーブルの上に放り出す。何もかもだるくて、やがて床に寝転んだ。

春先とは言え、三月の夜はまだ冷え込んでいる。ビールを呷った直後では尚のことそうだ。ストーブが稼動し始めた寒い室内で、頬だけが気味悪く火照《ほて》っていた。

安っぽい傘を被った室内灯を見上げ、しばらく非生産的な瞬きと呼吸を繰り返す。汚れたシャツを着替えもせず、腹を空かせたままで、ぼんやりと考え事をしていた。

渋澤に、ちゃんと『おめでとう』を言わなくてはいけない。

流れで機械的に告げた祝福とは違う、心からのお祝いを告げなくてはいけない。

あいつはいい奴で、異動の話も一番に俺に知らせてくれた。友達だと思ってくれている。そういう相手に嫉妬するなんてクズのすることじゃないか。無能な人間でも、せめて性根くらいは真っ直ぐありたいのに。

わかっているのに、俺はその言葉がどうしても言えないままだ。

三月ももうじき終わる。渋澤と会えるのも、あとわずかの間だけなのに。

堂々巡りの思いを持て余しつつ、室内灯から天井を辿《たど》って壁を見る。その下、床に放り出したままの通勤鞄に目を止める。サイドポケットから飛び出したスマホが通知ランプを明滅させていた。

しばらく、それを見つめていた。ランプの明滅はやがて止まり、ゆっくりと光が収縮していく。そして完全に消え失せる前に、もう一度明滅し始めた。

勤務中は私用のスマホをマナーモードにしてるが、退勤後にマナーを解除するのを忘れて、そのままにしてあった。つまり。

　のろのろと半身を起こして腕を伸ばし、スマホを拾い上げる。発信者の名前を確認した時、不思議に思った。

　掛けてきたのは清水だった。

『……あ、播上。もう帰ってた？』

　電話越しに聞こえたのは、彼女の安堵したらしい声だ。

「ああ、ついさっき」

　彼女とは通話をすることもあるが、メッセージほど頻繁《ひんぱん》にやり取りはしない。ましてや今は気分が鬱々としていて、清水とでさえ楽しく話せる気がしていなかった。

『さっきも掛けたんだけど繋がらなかったから。あ、今話してて大丈夫？』

「大丈夫、だけど。どうかしたのか？」

『用があるってわけじゃないけど……』

　清水は一旦口ごもった後、気遣わしげに続けた。

『なんかちょっと、気になっちゃったんだ。播上、いつもと違うなって』

「俺が？　そんなこと……」

　笑い飛ばそうとした。

　たぶん、上手くいかなかった。

『単に疲れてるって感じと違って見えたから。気のせいかもしれないけど』

「この時期はみんな疲れてるだろ、清水だって」

疲れてるのにわざわざ電話をくれて、心配してくれたことは嬉しい。

だが同時に、胸中を見抜かれているような不安にも囚われていた。

『長い付き合いだもん、様子違ったらわかるよ』

清水は少しムキになったように言い張る。

『なんか食欲もないみたいだし、見るからに元気ないし、口数も少ないし。何か悩んでるとかなら相談乗るよ?』

彼女との付き合いも三年目だからか、心境の変化はたやすく見抜かれてしまうようだ。

俺が押し黙ると、恐る恐る聞かれた。

『やっぱり、渋澤くんのこと?』

ぎくりとする。

「な……」

『もうすぐいなくなっちゃうから、きっと寂しいんだろうなと思ってた。播上こそ渋澤くんと仲いいのに、最近はすっかりみんなの渋澤くんだもんね』

幸か不幸か、具体的な読みは外れていた。

そんなんじゃない。俺が渋澤に抱いているのはもっとドロドロした暗い感情だ。でもそれを、清水に話すのは嫌だった。知られたくなかった。

『私、話を聞くことしかできないけど……』

彼女は言葉を選ぶようにゆっくり、ゆっくり語る。

『もし辛いなら、話してよ。なんでも聞くから』

「なんで、そこまで」

食い下がってくる清水に心がぐらつく。そこまで気に掛けてもらえることを幸せだと思いつつ、彼女にそれほど気遣われるほど顔に出ていたのか不安になった。渋澤には感づかれていないだろうか。

いつの間に、俺は不穏な気持ちを胸に溜め込んでいたんだろう。

『友達だもん。なんか違ったらわかるし、心配するよ』

ダメ押しみたいに彼女が言う。

『話しづらいなら気分晴れるまでおしゃべりとかでもいいからさ、付き合うよ』

優しい声と言葉は、アルコールの回り始めた頭にはてきめんに効いた。

縋《すが》りたくなった。

「……長電話になるから、こっちから掛け直す」

そう申し出たら、笑いながら断られた。

『別にいいよ、そんなの』

「でも」

『じゃあ、この次の電話は播上から掛けて。たっぷり長電話するから！』

清水の口調はどこまでも普段通りに聞こえたし、あえて普段通りを装っているようにも聞こえた。どちらにしても気遣ってくれているのはよくわかった。

「ありがとう」

礼は、素直に言えるうちに言っておこうと思った。素面《しらふ》だったら照れて、上手く告げられなかっただろう。

現に電話の向こう、清水は照れていたようだ。

『うん、まあ、お礼言われるほどじゃないんだけどね』

そんなことはない。感謝していた。彼女が電話をくれなければ、俺はずっと一人で抱え込んでいるだけだったと思う。こんがらがった嫉妬心や叩き潰された自尊心を抱えて、何もできないまま部屋で寝転がるだけだった。

さっきまでは違う思いでいた。この内心は誰にも知られたくない。特に清水には絶対知られたくなかった。

一ヶ所、穴が開いてしまうと、後はもう崩れるばかりだ。

虚勢《きょせい》を張るのも見栄を張るのも馬鹿馬鹿しい。彼女にどう思われてもいいから、今だけでもその優しさに縋りたかった。

這いずるように壁際へ移動し、寄りかかる。

それから俺は、ようやく切り出した。

「ショックだった。あいつが栄転するって聞いた時」

『……やっぱり、そうだよね』

彼女はまだ、俺が別れを惜しんでいると思っているようだ。

それは違う。俺はそんなにきれいな心の持ち主じゃない。

「違うんだ」

室内に声が響く。

座っているせいだろうか、白っぽい光を浴びた天井が、やけに高く見えていた。

「嫉妬した。どうしてあいつは何もかも上手くいくんだろうって」

『嫉妬？』

怪訝そうに問い返された。心が一瞬ためらい、だが結局は答える。

「ああ。俺は渋澤を妬《ねた》んでる、あいつが別格なのも優秀なのもわかってるけど」

清水だって知っているはずだ。出来のいい同期の評判なんていくらでも耳に入ってくるだろう。

有能で、顔も性格もいい、非の打ちどころのない渋澤。実際あいつだってすごくいい奴だ。いなくなるのは寂しいって気持ちも皆無ではなかった。

だがそれを飲み込むほどに、妬ましさの方が強かった。

「前まではもっと違う気持ちでいたんだ。渋澤を羨む思いはあっても、どこかで自分と同じだと思ってた。新人の頃に一緒に悩んだりしたし、同じ総務で業務に追われたり残業したり……明らかに出来が違うのに、どこかであいつは自分と同じだと思い込んでた」

例えば営業みたいに、目に見えて成績が出る部署ならまた違ったのかもしれない。

俺は仕事と、あいつのことを舐めてかかっていたんだろう。このまま安穏とした日々が続くものだと呑気《のんき》に構えていた。俺が思い上がっている裏で、渋澤がより評価されていることには見て見ぬふりをしてきた。

「でも、違うよな。渋澤は俺と同じじゃない。他の支社を見たって、同期の中でも三年目で本社に行くのはあいつだけだ。あいつは別格な人間で、俺なんか足元にも及ばなかった」

蔑《さげす》まれてもしょうがないくらいの浅ましい、醜い感情だった。

清水もそう思うだろうか。不安はあっても今更、言葉は止められなかった。

短い息継ぎの合間、ノイズだけが低く聞こえた。

「俺は取るに足らない人間だなって思ったよ」

羨む資格も、妬む資格もないのだとわかっていても、思う。

「渋澤に対して、祝福じゃなくて嫉妬が先立つっていうんだからさ。よくもあいつを一時《いっとき》でも自分と同じ存在だと思ったよな。スタートラインからして違ったのに、いつだってあいつと肩を並べることなんてなかったのに」

仕事だけじゃない、人間性でだって天地の差がある。

「自分でも最低だと思う。渋澤はいい奴なのに、俺に異動の話を真っ先に教えてくれたのに」

俺はそこで言葉を切り、口を結んだ。

三年目のメシ友は、俺の内心をどう受け止めただろう。付き合いだけ長くてもちっともわからない。優しい言葉は期待していなかったが、なじられるような気もしなかった。

永遠とも思える数秒間が過ぎた後、

『なあんだ』

いやにあっさりとした清水の声が、吐息と共に聞こえてきた。

『播上、考え過ぎだよ。嫉妬なんてそんな、否定的にばかり捉えるものじゃないって』

軽く続けられて、俺は困惑した。言い方を間違えて誤解されているのかと思った。

「考え過ぎって言うけど、だって、おかしいだろ？」

『何が？』

「俺は渋澤に嫉妬してるんだ。三年間ずっと同じ総務でやってきた渋澤に。あいつは俺のことを、少なくとも悪くは思ってなくて、異動のことだって一番に知らせてくれて——」

『知ってるよ。播上と渋澤くん、仲いいよね』

俺の反論をやんわりと遮り、清水が小さく笑った。

『私、まだ覚えてるなあ。播上と渋澤くんがジンギスカン食べに行って喧嘩した話』

あったな、そんなことも。

あの頃はまだ純粋に、渋澤のことを見ていられた。仕事の話なんて持ち込まずに飲みにも行けたし、飯だって行けた。渋澤を同期の一人としてだけ捉えていられた。それこそ清水と同じように。

『私が播上の肩を持ったら渋澤くんは拗ねちゃうし、播上は相変わらず食べ物のことでは妥協しないし。おかしかったな、あの時』

清水はまだ、そうなのかもしれない。

俺よりもずっと純粋に、俺や渋澤や、他の同期の連中を見ていられるのかもしれない。

言い方が優しくて、かえって引け目を感じた。

「そういう相手に嫉妬するのって、異常だと思わないか？」

するると清水はまた笑った。

『播上、忘れちゃった？』

「何をだ」

『私が播上と、仲良くなったきっかけ。入社してすぐの話』

今度は、思い出すのに少し時間が掛かった。

蛍光灯の明かりを眺めながら、ようやく答える。

「豚肉のごま味噌焼き」

『そうそう』

電話の向こう、ころころと朗らかに笑う声がする。

その明るさは場違いなはずなのに、耳にも、今の気持ちにもよく馴染んだ。

『あの時の私、播上にすごく嫉妬してた。私より料理が上手くて、当たり前みたいな顔でお弁当も作ってきてて、おまけに私よりずっと仕事が楽しそうに見えたから』

霧《きり》が晴れるように、はっきりと思い出した。

一年目、俺と清水がまだルーキーだった頃の話だ。

昼休みの社員食堂で声を掛けられた。

その時、清水の態度に違和感を覚えた。入社式の時は明るかった彼女が、まるで様子の違ったそぶりで、気になった。

次の日、また昼休みの社員食堂で見かけたから、思い切って話し掛けてみた。豚肉のごま味噌焼きを一切れあげたら、作り方を教えることになった。そして最初のメッセージで交わした、いかにも新人らしい愚痴と慰めの言葉も覚えている。

あの頃の清水は辛そうだった。俺も同じようなもので、だから声を掛ける気になれた。

一緒に辛い思いをしてる奴がいたら、ちょっとは慰めになるんじゃないかって気がしていた。気遣いとか同情とか、そんな温かい心境ではなかった。俺はあの時、俺と同じように駄目になってる奴がいて、自分だけじゃないんだなんて馬鹿みたいにほっとしていた。

『私、僻んでるってはっきり言ったよね』

清水は明るい口調で続ける。

『だから播上には嫌な顔されると思ったし、怒られたってしょうがないとも思った。なのに播上は全然普通にしてるし、私のことを心配してくれたし、ごま味噌焼きの作り方だって丁寧に教えてくれたし。びっくりしたよ、正直その時も嫉妬した。性格までいいんだこの人、って思って』

全くそんなことはないのに。

俺は渋澤みたいにできた奴じゃないし、清水みたいに強くもない。三年の付き合いならもうわかっていてもいい頃じゃないか。

『嫉妬心、今だってまるっきりないわけじゃないよ。私、播上が羨ましい。どんなに忙しくても毎日ちゃんとお弁当を作ってきてる播上は、すごいと思う』

その言葉には思わず口を挟んだ。

「清水だって作ってきてるだろ、毎日」

『ううん。時々は面倒にもなってるし、今みたいな繁忙期なんかは自棄になって作ってるよ。私、なんのために毎日必死になってるんだろう、とか思ったり。一日くらいさぼってもいいじゃん、なんて考えたりね。播上はそんなふうに思ったりしないで、ごく当たり前みたいにお弁当作ってきてるのに』

それは、俺にとっては実に当たり前のことだからだ。

でも今日までは思っていた。清水にとっても当たり前のことなんだろうと。

食堂で会う時、彼女は当然みたいな顔をして弁当を持ってきた。一年目と比べたら腕も上がった。そんな彼女の日々の裏側に、どういう気持ちがあったのか、知らなかった。

俺の知らないところで彼女にも悩んだ日、苦しかった日があったんだろうか。

『私、こう見えて負けず嫌いだから』

清水が言う。

『そういう嫉妬心がなかったら、お弁当作りだって続けてこれなかったと思う。播上に置いてかれるのは嫌だから必死にだってなるし、今日まで続けてきたんだから、絶対に途中でなんて止めたくない』

そこまで言ってから息をつき、彼女は照れたように付け足した。

『もちろん、おこがましい嫉妬でもあるんだけどね。私の実力じゃ、播上に追いつくなんて無理だもん。だからこそこれ以上差をつけられないよう頑張れるってのもあるけど』

「おこがましいなんて……」

俺は清水に、追いついてきて欲しいくらいだった。もっと上手くなって欲しい。料理のことでもっとたくさん話したい。

近頃はお互いに忙しくて、そういう話もなかなかできなくなっていたが、落ち着いたらまた。

『播上だって同じじゃない？』

思考に割り込んでくる問いも、あくまで明るい。

『渋澤くんに嫉妬する気持ちが皆無だったら、きっと上になんて行けないよ。僻んだり羨んだりするのはいいことではないかもしれないけど、そういう気持ちがあるからこそ頑張れる時だってあるよ。おかしなことじゃないよ』

清水の言葉はアルコール以上に効いた。

『おかしなことじゃないって、私は思いたいな。播上はどう？』

思いたい。

許されるなら思いたかった。

俺は渋澤にはなれない。なれないとしても、自分に価値のあるようになりたかった。ここで働き続けたかった。帰らないと決めた以上、おめおめと故郷へ逃げ帰るつもりはなかった。そしてここに留まる以上は、ちゃんと仕事をしたかった。

俺は、渋澤には追いつけないだろう。

だとしても今より上を目指すことはできるはずだ。取るに足らない人間でも、成長することを認められていないわけじゃない。渋澤という目標があれば、少なくとも目指す方向だけは見失わずに済むかもしれない。

嫉妬心も自尊心も、そのためには必要なものだ。

全肯定はしない。清水が言うほどいいことではないのかもしれない。しかし、おかしなことじゃないとも思った。思えた。清水のお蔭で。

さっきまでやさぐれていたのが馬鹿馬鹿しくなるくらい気持ちが解けてしまった。

「……ふう」

深呼吸をした。

澱んだ空気を全て吐き出すと、恐ろしいくらいの安堵を感じた。と同時に空腹も感じた。

たっぷり間を置いてから、答える。

「俺も、思う。おかしなことじゃないって」

電話越しに清水が笑う。

『うん』

「渋澤でよかったのかもしれないな。目標とするならこの上ない相手だ」

『そうだよ。渋澤くんはぶれないもん』

違いない。俺は見えもしないのに、清水に向かって頷いた。

それから続けた。

「俺、思ってたんだ。あいつが異動の話を一番に教えてくれたから、その気持ちには応えられるようになりたいって。せめて心から祝ってやって、笑って送り出してやりたいって」

もうじき送別会がある。俺は渋澤の隣に座る約束になっている。あいつの隣を死守して、なおかつ楽しい送別会にしてやりたいと思う。

それと、ちゃんと礼も言いたい。俺だってあいつには世話になった。

『播上らしいね』

「そうか？　勝手に嫉妬したり、祝ってやりたがったり、忙しいよな」

『うん、そういうとこも含めて播上っぽいよ』

「よくわからないけど、清水がそう言うなら、そうなんだろうな」

自分の自分らしさがよくわからない。

けど、清水は俺の俺らしさを知っているらしい。そのことが少し、くすぐったかった。

「清水」

『ん？』

「いろいろありがとう」

『うん。あ、こちらこそって言うべきなのかな』

彼女もこそばゆそうに答えた。

『とにかく、お互い様だよって言いたかったんだ。そういうのはみんなあるよ。私だってそうだったから、嫉妬しちゃ駄目ってことになったら困るなあ』

「駄目なんて言わないよ」

少なくとも俺は言わない。

渋澤はどうだろう。

言わないだろうと思うが、それ以前に本気にしなさそうな気がする。俺が嫉妬してるなんて言っても、きっと取り合わないだろうな、あいつなら。

あいつは誰かに嫉妬すること、あるんだろうか。

誰かを僻んだり羨んだりする渋澤なんて、想像もつかなかった。

『播上っていい奴だね』

ふと、清水が呟いた。

それを聞いて俺は苦笑した。

「俺が？　渋澤じゃなくて？」

『播上も。私はそう思ってるよ』

「そんなことない。それを言うなら清水だって――」

十時過ぎに帰宅して、悩んでる友達に電話をくれる辺り、すごくいい奴だと思う。おまけに掛けてくれる言葉の一つ一つがありがたい。

「すごくいい奴だと思う」

至って真面目に言ったつもりだった。

だが当の清水には、どうしてか噴き出された。

『播上って、なんて言うかさあ』

「な、なんだよ」

なぜ笑われたのかわからない。戸惑う俺に彼女は続ける。

『そこで私のこと、いい女だ、って言わないところが播上っぽいなあと』

「あ！」

指摘されて初めて気づいて、どきっとした。

「い、いや、言って欲しいなら言うけど！」

『ううん、気にしないで！　催促してるわけじゃないから』

電話の向こうで彼女は楽しげな笑い声を立てている。

気の利かない発言だったかなと思う反面、清水をいい女だと思ったことがなかったのも事実だ。

言われてみれば、確かにそうなのかもしれない。

でも、俺にとっての清水はやっぱり『いい奴』であって、『いい女』ではないんだよな。

大体、そう言えるほど俺はいい女ってやつを知らない。

『じゃあ、いっぱい笑ったところでお弁当の準備でもしよっか。それとも温かい夜食でも食べる？』

笑ったのは清水だけだったが、ともあれその言葉には賛成だった。

俺もすっかり腹が減った。現金なものだ。

「夜食か。いいかもな」

『播上は夜食って言ったら何作るの？』

「挽《ひ》き肉《にく》のストックがあるから、担々麺《たんたんめん》でも作るかな」

先日の休みに近所のスーパーが特売をしていたので、俺の冷凍庫は現在挽き肉帝国と化している。挽き肉はいい。ハンバーグに餃子《ぎょうざ》、シュウマイ、コロッケ、肉団子、ドライカレーと料理に幅が出る。

『へえ、いいなあ！　今度作り方教えて』

「いいよ」

『私は素うどんの予定だったけど、播上の話聞いたらお肉が食べたくなってきた。どうしよう、こんな時間なのに！』

苦悩する清水の声を聞いた時、俺もようやく笑った。

笑えた。


三月の〆日を過ぎた頃、渋澤の送別会が催された。

すすきのの居酒屋で、俺は約束通り渋澤の隣に座った。そのことで一部女性陣から落胆の視線も向けられたが、とりあえず気にしないようにした。

渋澤が笑って目配せをしてきたから、俺も頷いた。そういう意思の疎通《そつう》を、なんのわだかまりもなくできたことが嬉しかった。もちろん清水のお蔭だ。先日の夜の電話が、俺の気持ちを切り替えさせてくれた。

ただ一つだけ、引っ掛かることがあった。

俺が渋澤の隣に座った時、藤田さんはなんの反応も示さなかった。渋澤から離れた位置に座り、空恐ろしいおとなしさで酒を飲み、料理を食べていた。最後まで渋澤には目もくれず、近寄ってくることもなかった。

おぼろげに察していた。渋澤と藤田さんの間に何かがあったんだろう。


送別会の間、渋澤はずっと笑顔だった。皆の前できちんと挨拶もしていたし、一人一人に声を掛けられて丁寧に応対もしていた。

俺が言葉を掛けた時だけは、皆に向けるような笑顔とは違う、にやっとした表情を向けられたが。

「……この後、二人で飲まないか」

声を潜めた俺の言葉に、渋澤は笑んで頷いた。

「いいよ。そうしよう」

それで揃って二次会の誘いを断ることとなった。

俺はともかく、渋澤が一次会だけで帰ることについては残念がる声も多かったが、異動と共に引っ越しを控えて忙しいからと言い訳を並べて切り抜けていた。


ざわめく繁華街の一角で、ようやく二人きりになった時、渋澤がふと笑い出した。

「男にこうやって誘われたのは初めてだ」

やけに愉快そうに言われた。

「なら、女にはあるのか」

気になって思わず尋ねれば、さも当然といった口ぶりで答える。

「なくはないよ」

どうやら一回や二回ではないらしい。

今更だがやっぱり思う。羨ましい。

「どこの店に行く？」

渋澤が腕時計で時刻を確かめている。

「もう九時を過ぎてる。いい店知ってるけど、今から行ったら混んでるかもしれないな。

それでもいいか？」

金曜の夜、繁華街はどこもかしこも賑々《にぎにぎ》しかった。気安い店を探すのは難航しそうだ。根雪の残る夜道は風が冷たく、すぐ店に入れなければ風邪を引いてしまうかもしれない。

だから俺は別の案を提示した。

「俺の部屋に来ないか？　つまみでも作るよ、金は取らない」

そうしたら、渋澤にはまた笑われた。

「この流れで部屋に誘うか、お前」

「なんだよ、文句あるなら来るな」

「冗談だよ。ただその台詞、かわいい女の子の口から聞きたかったと思ってさ」

奴の言葉に俺は呆れた。

飲み会でも昼休みでも注目の的だった男が何を言うのか。

「かわいい女の子ならいっぱいいただろ。誰かと付き合おうって気にはならなかったのか？」

こういう言い方は品がないかもしれないが、実際よりどりみどりだったはずだ。あんなに女の子に囲まれていた渋澤が、送別会の後に俺との時間を選択する必要があるのか。

そこで不意に、渋澤の顔から笑みが消えた。

代わりに冷めたような表情が浮かんで、呟きが後に続く。

「思わなかった」

あれ、と思う間に渋澤が、

「歩かないか？」

そう聞いてきたので、俺は慌てて応じる。

「ああ、部屋飲みでいいんだよな？」

「いいよ」

「じゃあ地下鉄乗るから、駅まで行こう」

俺は渋澤を促し、賑々しい界隈を離れて歩き出す。

少し速いペースの渋澤は、人波が途切れた辺りで口を開いた。

「結局、恋愛する余裕なんてなかったからな」

つい最近、清水の口からも同じ言葉を聞いていた。

渋澤ですらそうなのか。仕事に追われていっぱいいっぱいの俺や清水より優秀なはずの渋澤も、残念ながらその特権にはあずかれなかったようだ。

「それに、追われるより追う方がいい」

軽い調子に戻った渋澤が、そこで少し笑う。

「播上も思うだろ？　恋愛は追い駆けてる方が楽しくて、追い駆けられる方は疲れるだけだ。そう思わないか？」

俺は苦笑して、返事はしなかった。

正直に言えば一生に一度くらいはきゃーきゃー言われてみたいし、一人くらいには追い駆けられてもみたい。渋澤みたいなことも言えるようになりたい。

まあ、相手にもよるっていうのもあるな。追い駆けてくる人が藤田さんみたいな人だったら困る。そんな可能性もないくせに、脳内で勝手に困っておく。

ただ今は俺も、友達を大切にできたらそれでいい。

俺にはかけがえのない友達が二人もいるからな。


渋澤と二人ですすきの駅の改札をくぐった。この時間帯は本数も多く、さして待たずに乗り込めた。

並んで吊り革を摑んでから、俺はふと思い出して尋ねる。

「藤田さんとは何かあったのか」

渋澤は目の端で俺を見た。軽く笑う。

「どうなんだろう。挨拶だけはされたよ」

「挨拶だけ？」

「『東京行っても頑張ってね』って、それだけ」

電車が動き出す。がたごと揺れて騒々しい音を立てる。

「藤田さんにとっての僕は、その程度だったたってことだよな」

そうつぶやいた渋澤の横顔は心なしか柔らかい。

だが俺は驚いていた。藤田さんは渋澤が好きなんだと思っていた。いや、そうだったはずだ。俺や清水に質問攻めするほど渋澤のことを知りたがっていたのに。

「本気じゃなかったんだろう、きっと」

「そうかな……そうは見えなかったけど」

内心、がっかりしている自分がいる。

藤田さんのことは好きではないし、時々弄られて、へこまされるのもしょっちゅうだ。でも渋澤に対する気持ちは本当だったのだと思いたかった。あの人にもかわいらしい面があるのだと――結局、清水と同じことを思っている自分にも気づいて、苦笑したくなる。

「一時期言い寄られてたのは事実なんだ。でも断り続けてた。そのどこかで愛想尽かされたんだろうな」

渋澤のその言葉に、俺はふと、いつだったか拾ったストラップのことを思い出す。あんなふうに愛想が尽きてしまったんだろうか、渋澤に対しても。

「揉めるよりはずっといいよ」

渋澤は気にしたそぶりもなく言い放った後、畳みかけるように続けた。

「播上はどうなんだ？　今は恋愛してるのか？」

それもつい最近、清水に聞かれたばかりだ。まるっきり同じ答えを返した。

「全くしてない。ご縁がないからな」

すると渋澤は含み笑いを浮かべる。清水とは違う反応だった。

「気づいてないだけじゃないのか、自分で」

「は？　何を？」

「いや、言ってみただけだよ。傍観者としてはそんな気がするな、ってね」

からかうような顔つきをされ、俺は困惑するしかない。

もしかして酔っ払ってるのか。送別会ではあまり飲んでいるようでもなかったのにな。困ったものだ。

会社の人間を部屋に招いたのは初めてだ。

そもそも今までそういう機会も、必要もなかった。学生時代の付き合いとは違うから、部屋に呼んで酒を飲むことなんてしなかった。

今日、渋澤を呼んだのには理由がある。

ちゃんと話しておきたかったからだ。今日に至った感情の変化。今なら心から、渋澤を祝ってやれるんだということも。

その渋澤は、俺の1DKの部屋に入るなり絶句した。

「なんでこんなにきれいなんだ」

呻くように言われた。

「一人暮らし始めたての頃はこんなんじゃなかった。でも他に掃除してくれる人もいないし、ちょっとずつ徹底するようにしたら身についてきたよ」

「だからって男の一人暮らしでこんなに部屋がきれいな奴を、僕は初めて見た」

「だって、汚い部屋で食べる飯なんて美味くないだろ？」

炊事、洗濯、掃除は家事の基本だ。一人暮らしをする以上、そのどれもを怠《おこた》るわけにはいかない。

なぜなら美味しいご飯が食べたいから、その思い一つに尽きる。

美味しい食事のために必要なものは何か？

料理の腕、鮮度のよい食材、もちろんそれらも大切だが、いざ腕を振るって自慢の逸品を仕上げたところで、散らかった部屋や汚れた服で食事をするのは気分がよくない。楽しく美味しい食事は、人間らしい生活によって成り立つ。

　人間らしい生活は、衣、食、住の全ての充足によって成り立つ。だから炊事はもちろん洗濯も掃除も、料理を愛する者としては決して怠ることなどできないのだ。

　――ということを渋澤に話して聞かせたら、軽く引かれた。

「徹底してるにも程があるぞ、播上」

「おかしいか？」

「おかしい。言ってることは間違ってないけど、やっぱりおかしい」

　渋澤とは多少相容れないようだ。残念だがしょうがない。

「とりあえず、座ってくれ」

　俺が座布団を勧めると、奴はコートを脱ぎながらその上に座った。足を崩してあぐらを掻く。

「ビールしかないから、つまみの好みは聞く」

　そう告げて、俺は奥の部屋へと一旦入った。手早く普段着に着替え、愛用のエプロンを着ける。

　冷蔵庫からビールを取り出し、渋澤に渡した。

「とりあえずお通し出すから、ちょっと待っててくれ」

　そう告げると、珍獣でも見るような目つきをされた。

「なんかもう……」

「言いたいことがあるならはっきり言えよ」

「いや、いい。どこから突っ込もうか考えてたけどどこもかしこも突っ込みどころだから、素直にお前を見習うことにする」

いやに深刻ぶって溜息をつかれた。相当酔ってるのかもしれない。

俺が顔を顰めていれば、やがて向こうから尋ねられた。

「それで、つまみの候補は何？」

「挽き肉で一品作ろうと思ってた。餃子か肉団子か、軽く揚げてあんかけにしてもいいし、腹に溜まるものがいいなら担々麺とか、ジャージャー麺でも」

「ただ食いするのが申し訳なくなってきた」

渋澤が苦笑いを浮かべ、その後でふと、

「……挽き肉？　挽き肉のメニューならなんでもいいのか？」

と聞いてきた。

「いいよ。注文があるなら聞く」

「じゃあ、ハンバーグがいい」

「ハンバーグ？」

奴がためらいもなく口にした注文に俺は危うく噴き出すところだった。

「おかしいか」

「い、いや、おかしくはないけど……渋澤にハンバーグって、イメージじゃないなと」

清水が聞いたら目を丸くするだろうな。あるいは遠慮なく笑うかもしれない。

「好きなんだ、ハンバーグ。一人暮らししてるとあまり食べる機会がないけど。そうやって笑われるから人にも言いにくいし」

どこか拗ねたような口調で渋澤が言う。

だから俺は、粛々《しゅくしゅく》とご注文を承った。

冷奴《ひややっこ》と浅漬けをお通しとして出した後、ハンバーグ作りに取り掛かる。

酒のつまみということで、小さめのをたくさん作ることにした。ソースを数種類用意して、その代わり肉には特別な工夫はしない。塩コショウとナツメグだけのシンプルな味付けにする。

ハンバーグのソースもオーソドックスなものばかりを選んだ。ケチャップソースにデミソースにチーズディップ、大根おろしとポン酢、照り焼きソースにマヨネーズとレタスを添えて、好きな味を好きなだけ食べられるように器を並べていく。気分はハンバーグのカナッペだ。

宣言通り、渋澤はよほどハンバーグが好きなようだった。全てのソースを試してから、結局満遍《まんべん》なく食べていた。

「美味いな」

しみじみ言ってもらえると作り手冥利に尽きる。

俺もビールで付き合いつつ、ハンバーグは渋澤に譲ることにした。餞別《せんべつ》代わりと言えばそれらしい。

「播上、もったいないよ。これだけ作れるんだから店でも開けばいいのに」

相好《そうごう》を崩した渋澤の言葉に、複雑な思いが過《よ》ぎった。

俺の実家のことは、職場では誰にも話したことがない。ここから三百キロ離れた故郷について話題に上ることはあっても、そこで両親が店を出している事実はずっと秘密にしてきた。正直、情けない話でしかないからだ。

でも渋澤とはもうじき会えなくなる。最後くらい、正直に打ち明けたっていいのかもしれない。

酔いに任せるように俺は言った。

「うちの親、函館で小料理屋をやってるんだよ」

「へえ」

渋澤は驚き半分、納得半分の顔をする。

「どうりで美味いはずだ。基礎から教わったんだろ」

「まあな」

「じゃあ、将来的には地元帰って店継ぐのか」

「それは考えてない」

悪気なく聞かれたので、俺も笑ってかぶりを振った。

勢い任せにビールを呷り、一息ついてから答える。

「悩んだんだ。でも向いてないと判断して、諦めた」

「そうかな。どこが？」

即座に渋澤が尋ね返してきた。その速さがちょっとおかしい。

「全体的に」

「こんなに料理上手いのにか？」

「それだけでいいなら、まだ希望も持てたんだろうけどな」

料理の腕を上げるだけでいいなら、俺も開き直って父さんに教えを乞えただろう。でもそれだけじゃない。あの店を継ぐために必要なものはたくさんあった。

「さっきも言ったけど、料理を楽しむには環境が大切なんだ」

俺は渋澤に、挫折というほどでもない諦念《ていねん》と、それがあるからこその今について語った。

「お客さんからお金を貰うなら尚のこと、そうだ。幸せを売る仕事だから、こういうふうに自分の部屋で手料理ふるまうのとは訳が違う。料理の味はもちろん、店の雰囲気も、接客態度も、全てを含めて味わってもらえるようでなくちゃいけない」

笑いながら続けた。

「俺は、高校の頃くらいまでは店を継ぐ気でいた。それで大学も経営学科を選んだ。店のためになる勉強をしようと思って——でも、もっと根本的なところで向いてないと気づいて、怖くなった」

渋澤は驚いてでもいるのか、ぽかんと口を開けている。

「大学に進んで、一人暮らしを始めた時に気づいたんだ。料理を楽しむため、環境を整えることの難しさ。掃除をしなければ部屋は汚れていく一方だし、洗濯をしなければ着るものがなくなる。他のことに時間を取られて、最初のうちは自炊を軌道に乗せるのも大変だった。今でこそ慣れたけど、それでも、自分のことも面倒見切れない人間に経営なんてできるかと思った」

誰かのために料理を作るのは難しい。

それが例えば家族とか、あるいは清水や渋澤といった知り合いならまだいい。店をやっていれば知らない人の方が多くやって来る。そういう人達のために料理も、店の雰囲気も、全て誂《あつら》えるのは難しい。

俺が一人でできることじゃないと思った。

そう思った時、店を継ぐことを諦めた。

「うちの父親は、あんまり愛想のいい店主じゃない」

両親について触れるのは面映《おもはゆ》かった。

「料理は上手いけど、接客とかはからきしだ。そういうのは全部母親がやってる。あの店は、両親が二人で切り盛りして、ようやく続いてきた店なんだ。それを俺が一人で継ぐのは無理だと思った。俺は一人っ子だから他に頼れる相手もいないし、自分でなんとかしていくしかないのに……そう思うとつくづく、俺には向いてない気がしたんだ」

そこで渋澤が口を挟んできた。

「じゃあ二人で継げばいいじゃないか。それこそ嫁さんでも貰って」

「簡単に言うなよ」

モテる奴に言われるとへこみたくなる。探したって見つからない人間もいるのに。

「ごめん」

渋澤は慌てたように謝り、それから続けた。

「でも、差し出口だけど、つまりそういうことじゃないか？　お前が一人で背負い込もうとすることなんてないだろ？　誰か、一緒に店をやってくれる相手でも探して、それから考えたっていいはずだ」

「そうかもしれない。けど、店のために彼女とか、結婚相手を探すのも違うと思った」

店のために、好きでもない人と結婚するつもりはなかったし、例えば奇跡的に彼女ができたとして、一緒に店をやりたくないと言われたら無理強いはできない。

要は自信がなかった。何もかもに。あの店を継いだら、一人で生きていくことも、誰かと生きていくことも難しいと思った。だから今の仕事を選んだ。

「一度向いてないと自覚したら、切り替えようもなかったんだ。両親が築き上げたものを俺が一代で壊すのかと思うと、怖くて堪らなくなった。だから就活して、うちの会社に入った」

努めて明るく打ち明けたつもりだった。

そのせいか渋澤も少し笑った。気遣うような笑い方だった。

「難しいんだな、家業を継ぐっていうのも」

「そう思う。親のやってきたことを踏み躙《にじ》りたくないって考えると、余計に」

「立ち入ったことを聞いて、悪かったよ」

「気にしなくていい。親の希望は叶《かな》えられないけど、今の仕事もなんとかやってけるしな」

喉が渇いたので、もう一口ビールを飲む。そして続ける。

今日、一番伝えたかったことを。

「渋澤。お前の栄転が決まった時、悔しかったんだ」

俺はなるべく静かに切り出した。

「先を越されたことも、お前が評価されてることも、すごく悔しかったし羨ましかった。素直にお祝いができるかどうかすらわからなかったくらいだ」

はっとしたように、渋澤が居住まいを正す。

その改まった様子がおかしくて、もう少しで笑いかけた。

「でも、今は思う。お前が俺よりも先にいるから、前にいるから、俺も負けてられないと思える。辛いこともあるけど、この仕事を続けていく気にもなれた。俺はこっちで、お前がいなくなる分も頑張るよ」

そういう考え方ができたのは清水のお蔭だ。

でもそのことは渋澤にも言いたくなかった。なんとなく照れるから、秘密にしておく。

「だから渋澤も、向こうで頑張ってくれ」

本心からそう言えた。

渋澤はにやっとした。今度は照れたのを隠すような、子供みたいな笑顔だった。

「ありがとう。頑張るよ」

言えてよかったと心から思った。

言えるような気持ちになれたこと。ちゃんと渋澤を祝って、応援してやれること。本当に、本当によかった。

すると今度は渋澤が、

「実は僕も、お前のことがずっと羨ましかったんだ」

秘密を明かすように、そう口を開いた。

「俺が？　なんで？」

「だってお前には、清水さんがいるだろ」

これには俺の方がぽかんとさせられた。

「前に言ったよな？　お前らは人から羨まれる関係だって」

どこか揶揄するように渋澤は言う。

「僕も、播上にとっての清水さんみたいな人に出会いたい」

不意打ちを食らい、俺は言葉に詰まった。

「何、言って……」

「大切にしろよ、あんないい子は滅多にいない」

そんなことは言われるまでもない。

清水はすごくいい奴で、大切なメシ友だ。自分でもわかっている。

わかってはいても、面と向かって告げられたせいか、妙にそわそわした。


三年目と三月が終わろうとしていた。

昼休みの食堂の空気もほんの少し変わり始めていた。去る人と見送る人とがちらほら散見されるようになり、ごくささやかな送別会の会場としてテーブルを囲んでいるグループもある。そうかと思えば年度末の慌《あわただ》しさに追われて、食堂ですら食事どころじゃない人もいる。いつもと変わりなく食事をする人もいる。

食堂は食事を楽しむだけの場所ではない。そのことは俺もよく知っていた。

清水もいつもと変わりない。相変わらず日々忙しそうな様子で、でも今日は前もって連絡もしておいたせいか、俺とほぼ同着くらいのタイミングで休憩に入っていた。

「せっかくの播上のハンバーグ、食べなきゃ損だもんね」

俺は昨日の晩から、約束のハンバーグソースを弁当に持参することを清水に伝えていた。この間、送別会の後に渋澤にふるまったのと同じやつだ。自分で食べてみていいと思ったデミソース、チーズディップ、それに照り焼きソースを用意して、小さめのハンバーグを三つ焼いた。自分の弁当とは別に容器に詰めた。

「これはお礼だ。この間の」

そう告げて差し出すと、清水はくすぐったそうに首を竦めた。

「お礼なんていいのに……遠慮はしないけど！」

「だろうと思った」

つられて笑う俺の目の前で、彼女はいそいそとハンバーグの容器の蓋を開ける。

「いただきまーす」

嬉しそうにしながら、まず照り焼きソースに箸を伸ばす。一口大に切って口に運ぶと、嬉しそうな顔は次の瞬間、美味しそうな顔に変わる。

「美味しい！」

小さく叫んだ清水は、その後で俺に視線を投げかけてきた。

「いいなあ、渋澤くん。これをお腹いっぱい食べてったんでしょ？」

「かなり食べてた。しまいにはビールもそっちのけで」

「それもうおつまみじゃないよ！」

笑う彼女をすぐ隣で見ている。俺まで、美味しい気分になる。

「しかも作り方も聞いてった。向こうでも食べたいからって」

あの夜の帰り際、渋澤はハンバーグとソースのレシピをくれと言ってきた。俺を見習って、毎日じゃなくても自炊をしたいのだそうだ。まさか渋澤に料理を教える日が来るとは思わなかった。もちろん、快くレシピを贈った。

清水が笑うのを止めて、きょとんとする。

「渋澤くんって料理するの？」

「一応するらしい。普段は麺類専門らしいけどな」

「へえ」

感心したような声の後、清水の視線が食堂の奥へと動いた。

「渋澤くんが料理上手くなったら最強だろうね。モテっぷりに拍車が掛かるよ」

そうだろうな、と俺も答える。そして彼女の視線の先を追った。

社員食堂の奥、テーブルの一つに渋澤を囲む女の子達が見える。

あいつが『去る人』だからだろうか、彼女らの表情は明るくなく、囲まれている渋澤も少し寂しそうだった。

あの光景ももうじき見納めだ。三年目と三月は終わる。

俺のことが羨ましいと、渋澤は言った。

いつか、渋澤の気持ちも誰かによって動くのだろうか。それとも奴なら自分自身で動かしたいと思うようになるんだろうか。どちらにしてもそれは一人きりではできない。

恋愛に限らず、思い合ったり、必要とし合ったり、大切にしたりできる人と出会うことはとても貴重だと最近思う。渋澤でさえそういう相手になかなかめぐり会えないんだから、俺の隣に清水がいることも奇跡みたいなものなんだろう。

隣に座る彼女を見やった。

彼女は再びハンバーグを食べ出していた。自分の弁当のご飯と一緒に黙々と食べている。その姿を見下ろしていたら、ふと幸せが込み上げてきた。

後悔はしていない。この仕事を選んだことも、今日まで続けていることも。料理を自分と、ごく少数の親しい相手のためにだけ作る今にも。

「渋澤に、ちゃんと言えたよ」

俺も自分の弁当を開け、それから呟くように教えた。

「頑張れって言った。俺も頑張るからって。ちゃんと笑って言えた、心から」

面を上げた清水が、ふっと優しい顔をする。

「そっか。よかったね」

その一言がとても嬉しい。

俺一人では辿りつけなかった。清水がいてくれて、本当によかった。

「それと、この間のストラップ。あれやっぱり藤田さんのだったよ」

「メロンかぶってたやつでしょ？　見つけてあげられてよかったね」

「ああ」

例のストラップは結局、送別会の数日後に俺の机から消えていた。オフィスの清掃が入ってもなくならずにずっとあったくらいだ。誰かが黙って持っていったに違いない。そして塗装の剝げてしまったストラップを欲する人なんて、一人しか思いつかなかった。

「いいことしたね、播上」

清水は我が事のように微笑んで、それから思いついたように口を開いた。

「私ね、疑問に思ってたんだけど」

「何を？」

「どうして渋澤くんはモテるのに、播上はそうでもないのかって」

「へこむから、そういう比較はするなよ」

俺は苦笑した。

そこは言われるまでもなくわかっている。顔とか、性格とか、仕事においての有能さとか――比べるまでもなかった。渋澤がモテるのは当然だ。前よりもずっと穏やかな胸裏で思う。

だから、奴に羨ましがられた自分が誇らしくもある。

渋澤が評価したのは俺じゃなくて、清水だ。こんないい奴とメシ友でいられるのが、俺にとっても誇らしかった。

「多分、播上はアピールが足りないんだと思うよ」

その清水が、思いのほか真面目な調子で続ける。

「もっと料理の上手さを、自信を持ってアピールしたらいいんじゃない？　そしたら播上も女の子にきゃーきゃー言われるようになるかも」

「別に、きゃーきゃー言われたいって程では」

「そうなの？」

「……まあ、多少は思わなくもないけど」

一生に一度くらいは。いや、騒がれたり囲まれたりしなくてもいいから、かわいくて気立てのいい女の子に追い駆けられてみたい。集団じゃなくてもいい。一人くらいでいいから。


でも現実として、いざそういう事態になったら困るだろうなとも思う。

渋澤はああいう性格だから当たり障りなく接していられるんであって、俺ならまず無理だろう。それにもしも他の女の子と仲良くなったとして、清水と一緒に過ごす時間が少なくなったらそれも困る。清水といても嫌がらず、うるさくも言わない、かわいくて気立てのいい女の子がいてくれたら——いや、夢を見るにもほどがあるな、全く。

むしろ逆のパターンがないとも言えない。清水に彼氏ができて、そいつが俺のことをよく思わなくて、清水が俺を遠ざけるようになったら。

可能性としてはゼロじゃない。彼女だって今でこそいっぱいいっぱいかもしれないが、そのうちに落ち着いて、恋愛でもして、結婚だってするのかもしれない。そうなったら今の幸せはなくなるんだろう。

ここにあるのは、いつまでも続くような幸せじゃない。

当たり前のことを今更のように自覚して、なのに往生際悪く思う。

清水、一生独身でいてくれないかな。

そしたら俺も、一生メシ友でいられるのにな。

すぐ隣にいる清水は、なぜか心配そうにしていた。人のことはいいから自分のことを考えろと、暗に告げられているような気がした。

「もうちょっと頑張れば絶対モテると思うのになあ」

彼女はまだ言い募る。

「頑張るって言ったって、努力にも限度があるだろ」

俺は箸を置き、お茶の水筒に手を伸ばす。

コップに注いで一口飲み、それから彼女に目を戻す。ちょっと不満そうにしている。

「努力もしないうちからそういうこと言わないの。ほら、美味しいご飯で女の子の一人や二人、手懐《てなづ》けちゃえばいいのに」

「簡単に言うなよ、お前も渋澤も」

昔、それをやって、思いっきり振られたことがあるのに。

「渋澤みたいに完璧な奴が、おまけとして嗜む程度ならいい。俺みたいな奴が料理だけできてもしょうがない。変わり者と思われるだけだ」

諦め半分で言う俺に、清水は眉尻を下げてみせた。

「そりゃあ私も変わってるって言っちゃったことあったけど。でも人と違うからいいってこともあるじゃない。特に播上の場合は、その特徴が本当にすごいんだから」

「フォローしてくれるのは嬉しいけど、これぱっかりはもう諦めてる」

俺が誤魔化すつもりで笑った時だった。

清水がきゅっと眉を顰めた。

そして次の瞬間持っていた箸を置き、空いた両手で、俺のコップを持ったままの右手に触れてきた。包むように、そっと。

彼女の手は柔らかかった。

彼女の目は、真剣だった。

「――播上の手は、魔法の手だよ」

冗談はひとかけらも含まれていないような声で言われた。

「こんなに美味しいご飯が作れるんだもん、ただの手じゃないよ。毎日のように美味しい料理ができるってすごいよ。他の人がどんなに頑張ってもできないような、すごいことが播上にはできるんだよ」

柔らかい手はほんのりと温かく、ほんの少しの力だけで俺に触れていた。なのに手だけじゃなく、心臓ごと強く掴まれたような感覚だった。

彼女の手と俺の手の中、水の波立つ音がしていた。

「だから、大丈夫」

清水が笑う。

女の子らしい、かわいい笑い方ではなくて、むしろにんまりと自信ありげに笑っていた。

「播上のことを好きになってくれる子はいる。いつか、魔法の手の価値がわかるようない子が来てくれるよ。その時のために自信を持って、胸を張っておきなよ」


社員食堂のざわめきが掻き消えた。

――ような気がしたのは多分、錯覚だろう。何もかもがそうだ。清水の柔らかい手に心臓を握りつぶされている気がするのも、あるいは彼女が口にした言葉も、彼女が俺を魔法使いのように評するのも、きっと全て錯覚に違いなかった。

俺も、そんなことはどうでもよかった。全ての疑わしい感覚の、その真偽を確かめる気など端《はな》からなかった。

俺のことを好きになってくれる奇特な女の子がいるかどうかはわからないし、どうでもいい。俺の料理の腕がすごいのか、大したことないのかも、どうでもいい。はっきりさせたところで何かが変わるわけじゃない。清水の言葉が本当だろうと錯覚でしかなかろうと、この先の俺の日常が変わるはずもなかった。今までだって、そうだった。

それらよりももっと大きな、横っ面《つら》を引《ひ》っ叩《ぱた》かれるような衝撃と変化が、俺の思考のほんの一部分だけを残して、全て飲み込んでしまった。

清水はいい女だ。

何の脈絡もなくそう思った。

それがどうしてなのかもよくわからなかった。手がほんのり温かくて柔らかいせいか、あるいは言葉が力強かったせいか、あるいは笑顔が自信に満ち溢れていたせいか——そのどれでもなく、錯覚でそう思えただけなのか。

ひらめきみたいに思った。

清水は、きっとすごくいい女だ。他にはいないくらいに。めぐり会える確率がそれこそ奇跡的なくらいに。

そのことに気づくのに、三年掛かった。

四年目　鶏の唐揚げとポテトサラダ

「播上《はたがみ》くんって、わかりやすいよね」

ぽつりと、藤田《ふじた》さんがそう言った。

やぶからぼうの一言に俺は戸惑う。一体、何について『わかりやすい』と言いたいのかわからなかった。

それに加えて、どうしてここに藤田さんがいるのかもわからなかった。

ここは埃っぽく蒸し暑い、好き好《この》んで来たがる奴もいないであろう備品倉庫だ。

発注のための在庫確認をしていた俺は、それでも手を止めざるを得ず九年目の先輩に顔を向ける。藤田さんは財布とスマホを手に、倉庫の戸口に立っていた。

「休憩ですか？」

「まあね。播上くんもそろそろでしょ？」

「これが済んだら入ります」

そう告げると藤田さんはにっこり笑んだ。

「清水《しみず》さんと約束してるよね？　だったら急ぎなよ」

その言葉はもちろん事実なのだが、それ以上に俺はこの人の上機嫌さが不思議でならない。

近頃の藤田さんはいつもこうだ。勤務中も休憩中もやたらにこにこしていて、浮かれているようですらある。昨年度の終わりに渋澤《しぶさわ》が異動したからさぞかし荒れるだろうと思っていたのだが。

「なんかご機嫌ですね」

俺が声を掛けると、なぜか目を逸らし口をとがらせる。

「べっつに」

「総務でも噂になってますよ。何かいいことあったのかなって」

「あったらいいんだけどね」

そこで小さく息をついた後、藤田さんは意味ありげに唇の端を吊り上げた。

「播上くんこそ、最近いいことあった？」

なぜそこで聞き返してくるのか。

「いえ、特には」

俺は作業を再開すべく、備品の棚に目を戻す。

明かり取りの窓から射し込む真昼の光が、スチール棚の枠を鋭く照らしている。空気中に浮かぶ埃まできらきら光り、まるで美しい光景に見えてくるから奇妙だ。

「最近仕事が手早くなったって評判だよ」

「ありがとうございます」

「いえいえ。モチベーションってやつが違うからかな？」

藤田さんはむしろ感心したように語る。

「雰囲気もなんだか柔らかくなったし、やっぱり恋をすると人って変わるよね。最近、清水さんといると幸せそうじゃない」

それで俺もようやく『播上くんって、わかりやすいよね』の意味を把握した。

確かに、自覚はある。俺はそういうところが態度に出やすい質だと思うし、清水の前でそういう顔をしていた記憶もあった。

だがそれを藤田さんに指摘されると少し気まずい。

「なぜ、そんな話を？」

思わず聞き返した俺を、藤田さんはただでさえ大きな瞳を丸くして見つめてきた。

「私の言ったことが正しかったって証明できたでしょ」

「証明、ですか？」

「男女の友情なんてないんだよ。そう言ったよね？」

もちろん覚えている。

一昨年《おととし》の夏、ちょうど今くらいの時期だった。

そして舞台となったのも、ちょうどこの備品倉庫だった。

あの時は口論みたいになってしまって肝が冷えたものだが、くしくもと言うかなんと言うか、藤田さんの言った通りになってしまったことは否《いな》めない。今の俺が清水をどう思っているか、彼女に対する接し方までがらりと変わってしまった四年目に、藤田さんも気づいていたんだろう。

とはいえ、あの時はすみませんでした俺が間違ってましたと頭を下げるのも違う気がする。一時期の俺は間違いなく彼女に友情を感じていたし、清水の方は今でも俺を友達だと思ってくれているからだ。

「伺いました」

とりあえず頷いた俺に、藤田さんはたったそれだけで満足そうな顔をする。

「わかればいいの。私の言うこと正しかったでしょ？」

それからうきうきと踵を返した。倉庫を出ていく数歩の足取りすらいやに浮かれているように見え、俺はやっぱり確かめずにはいられなくなる。

「藤田さん、どうしてそんなご機嫌なんですか？」

すぐさま振り返った藤田さんは、含みのある表情で答えた。

「これから、いいことありそうだから」

意味深な言葉の後で倉庫の戸が閉まる。

それを見届け、俺は仕事を再開した。

早くしないと清水と一緒に休憩に入れない。今日は唐揚げを作ってくるから、是非味を見て欲しいと言われていた。そんなふうに言われると張り切りたくもなる。

藤田さんの態度は本当に謎だ。俺の態度の変化を察して文句の一つも言う気かと思えばそうではなく、しかし何かにこだわっているようにも見受けられる。だが何が言いたいのかは全くわからず、機嫌のよさを目《ま》の当たりにしてかえって戸惑う始末だった。だからあえてスルーしようと思う。

俺が考えるべきなのは、俺自身の気持ちだけだ。

今までの三年間を下敷きに、ようやく、幸せな片想いをしていた。

備品の発注を終えると、弁当片手に社員食堂へと駆け込んだ。

たとえ食堂内がどんなに混み合っていても、清水の姿はすぐに見つけられる。俺よりも先に来ている時、彼女はいつも入り口に背を向けるように座っていて、奥の方のテーブルにいることが多い。こちらを向いていなくても俺が見つけられるってわかっているからだろうか。

実際、遠くからだと意外に小さく見える背中と、時々形を変えつつも伸ばされることのないショートボブは、捜しやすいことこの上ない。毛先がほんの少し内向きに丸まっているあの髪型はなんて言うんだろう。女の子の髪型なんて詳しくないが、短めの前髪と合わせて、清水にはよく似合うと思う。

弁当箱と弁当袋を集めるのが趣味だという話は、今年度になって初めて聞いた。そういえば模様が毎日同じじゃないなと思って、尋ねてみたら教えてくれた。ゆうに十数種類は持っているらしく、その全てが動物柄らしい。いい年して子供っぽいよねなんて彼女ははにかんでいたけど、俺はそういうのもいいと思う。

今日の弁当袋は黒い子猫の柄だった。それが目視できる距離にまで来ると、なんだか妙に緊張してくる。どう声を掛けようか今更のように考え出して、そして結局考えても意味がなくなる。

椅子を引こうと隣に立った途端、清水が先に声を上げるからだ。

「あ、播上。お疲れ！」

見慣れているはずの笑顔も、今は向けられるだけで頭の中が真っ白になる。

「遅くなってごめん」

どうにかそれだけを口にして、椅子を引き、腰を下ろす。

清水もいそいそと弁当袋を開き始める。

「ううん。どうしても播上に教わりたいことがあったから、一緒に休憩入れてよかった」

「そんなことをさらりと言ってくるものだから、額面通りの言葉だとしてもどぎまぎしてしまう。

盗み見た視界の隅、清水の手が黒猫柄の弁当箱を引っ張り出す。

きれいな手をしているなといつも思っている。指の長さもそうだが、爪が特にきれいだ。

短く切り揃えてある爪は桜貝みたいにつややかで、女の子の手だ。

蓋を開ける直前はいつも一呼吸だけためらい、俺の方を窺ってくる。

そして目が合うと、ちょっと恥ずかしそうにする。

「早く、胸を張って見せられるお弁当が作れるようになりたいな」

清水の今日の弁当は、予告通りの鶏の唐揚げだ。

ただし衣が若干《じゃっかん》黒ずんでいて、焦げてしまった色をしている。本人もそれはわかってい
るらしく、蓋の上に乗せてこちらへ差し出してくる時、困ったような顔をしていた。

「播上から教えてもらったレシピで作ったんだけどね、なかなか火が通らなくって。中の
赤みが消えるまでと思って揚げてたら、衣が焦げちゃったんだ」

そう説明する彼女の視線が真っ直ぐで、うろたえたくなる自分がいる。

清水は何も変わってない。こちらを見る視線も俺に対する態度も、負けず嫌いらしくお

弁当作りを日々継続しているところもなんら変化がない。

なのに俺だけが変わってしまった。

彼女を見る目、彼女に対する態度、弁当を作ってくることの意味、全てが変わった。

「わ、美味しそう！　やっぱり全然違うなあ……」

俺が弁当の蓋を取ると、清水は素直な声を上げた。

彼女が是非にと言ったので、今日は俺も唐揚げを作ってきた。早速弁当の蓋に乗せ、互いの唐揚げを交換する。すぐに俺は箸を伸ばし、清水お手製の唐揚げの味を見る。

外観からの予想通り、衣はがりがりと硬めだった。加えて鶏肉も硬めに仕上がっていたが、これも冷めているせいではないようだ。どうも揚げ過ぎではないかと思われた。味自体は醤油としょうがの風味がちゃんと染み込んでいるのが余計にもったいない。刻みネギもアクセントとして利いていて、いい感じだ。あとは、揚げ方をもう少し改良できれば。

「どう？」

清水に尋ねられ、正直に答える。

「やっぱり、揚げ方がまずいんじゃないかと思うな。鶏の唐揚げの場合は、揚げ油を加熱した後で一旦下げるのが重要なんだ」

「温度を下げるの？」

彼女は怪訝そうに瞬きをする。

睫毛の長さに気を取られ、答えるのに一瞬間が空いてしまう。

慌てて語を継ぐ。

「そうだ。具体的には、肉を鍋いっぱいに投入して、多めに揚げ始めること」

「でも衣がべたべたにならない？　天ぷらはちょっとずつ揚げるのが基本っていうよね？」

「鶏の唐揚げはじっくり時間を掛けて揚げる方がいい。実際やってみるとわかる」

俺の話に、清水は真剣な面持ちで聞き入っている。

「あとは、時間に余裕があるならだけど、一旦油から引き上げて肉を休ませるのもいい」

「どういうこと？」

「中まで火を通すのに、肉表面の余熱を利用するんだ。十分くらい休ませてから揚げ直すと、外側が焦げないうちに中まで火が通る」

「ふうん」

目を丸くした彼女が、唸った後で問い返してきた。

「それも何か、衣がべたしそうな気がするけど……播上の唐揚げはちゃんと揚がってるよね」

分けてあげた俺の唐揚げはきつね色をキープしている。俺はからっと揚げるのが好きだが、うちの母さんはしっとりした皮の方が好きだと言って聞かなかった。唐揚げの作り方はその母さん直伝《じきでん》だ。基本の味だけを受け継いでいた。

そうして今、俺は両親から習ってきたことを清水に教えている。

「じゃあ、試しにいただきます」

清水が両手を合わせ、それからきつね色の唐揚げに齧りついた。さっくりいい音がして、彼女の表情がゆっくりと綻ぶ。美味しそうな顔をしている。

「うん、美味しい」

俺の好きな子が俺の作った料理を食べている。そして美味しいと言ってくれている。

果たして、これ以上の幸せがこの世にあるだろうか。

「播上みたいにとは言わないまでも、もうちょっとましな出来にしておきたいな」

唐揚げを一つ食べ終えてから、清水は言った。

それから俺の方を見て、おずおずと尋ねてくる。

「ねえ、また今度作ってくるから、味を見てもらってもいいかな？」

「もちろん。いつでも歓迎だ」

「あと、何かいい付け合わせのアイディアがあれば教えて欲しいの」

「いくつか見繕《みつくろ》っておくよ」

頼られるのは嬉しい。俺が清水に頼られることなんてそれこそ料理以外にはなかった。

俺は今年度まで散々彼女の世話になっているのに、負けず嫌いの彼女は滅多なことで弱音を吐かないし、吐いたとしても軽口にしてしまえるくらいに打たれ強い。

だから、こういう機会ではいくらでも力を貸したいと思う。

「明日は水曜日でしょ。水曜は部長会議があるから、お昼休憩はずれ込むんだ、いつも」

眉間に皺を寄せ、清水は続けた。

「だから明後日。木曜にしようと思うんだけど、播上はどう？」

「いいよ、それで」

俺は頷き、内心ほんの少しだけ疑問に思った。

ここ最近、清水はやけに鶏の唐揚げにこだわっている。以前から弁当に入れてきていたから、彼女の好きな献立であるのは間違いない。でも上手に作りたいんだと言い出したのはつい先週のことだった。

何かあるんだろうか。

彼女がそうまでして、唐揚げを上手く作りたくなるような理由が。

例えば、作ってあげたい相手ができた、とか。

まさか。そうは思いたくない。でも思いたくないというだけで排除するには危険過ぎる憶測でもある。

事実そうだったら立ち直れないかもしれない。だからといって憶測だけで尋ねるのも失礼な気がする。いや、もう長い付き合いだし、そのくらい聞いたっていいんじゃないだろうか。

聞いて、もし憶測が当たっていたら、午後の仕事も頑張れるだろうか。

無理だ。じゃあどうする。

「そういえば播上、最近仕事どう?」

不意を打つように清水が、そんなことを聞いてきた。

考え事をしていた折も折、唐突な質問に俺が目を見開けば、彼女は優しい口調で言い添えてくる。

「ほら、渋澤くんがいないから寂しくないかなって思って」

「寂しくはあるけど、業務に限ってはそんなことも言えない状況だからな」

渋澤の抜けた穴を埋めるのは当然ながら大変なことで、春先はずっと仕事に追われていた。夏を迎えてようやく一息つけたところだが、来月はお盆休みがあるので気も抜けない。俺の能率が上がった理由の一つは、単純に場数を踏んだからでもあるのかもしれない。

一番の理由は、やはり清水のお蔭だと思っている。

「清水は仕事慣れたか？」

「全然慣れた気がしないよ。毎日忙しいし残業は多いし、早く異動にならないかななんて」

そこまで言ってから、ちらっとおどけた表情を浮かべる。

「部長は優しい人なんだけど、ちょっと働き過ぎっていうくらい働くから、こっちもついてくのがやっとって感じ。そろそろ受付とか事務担当に回りたいよ」

「大変そうだな」

俺も、清水の力になれることがあればいいのにな。

そう思っても、そのための手段がまるで思い浮かばないのが歯痒《はがゆ》い。俺には料理以外の取り柄もないから、教えられるのもせいぜいが料理の作り方だけだ。彼女から持ち掛けられるのも、料理と仕事の話題ばかりだった。

彼女はきっと俺のことをメシ友としか見ていなくて、だからメシ友としてと、同期としての話題以外、滅多に口にはしないんだろう。

今の関係でも、幸せじゃないことはない。

だが気持ちはもう既に、一歩先へ踏み込むことを望んでいた。

友人同士として歩んできた三年間を悔やんではいない。あの三年間で俺は清水のいいところをたくさん見つけてきた。彼女がいてくれるありがたみ、彼女の大切さもたびたび痛感してきた。だから決して無駄な時間ではなかったと思っている。むしろ友人同士でいた時間がなければ、彼女を好きにはならなかったはずだ。

だが同時に、三年間で俺と清水の関係は、友人として確立されてしまったようにも思う。


その日の夜、清水からメッセージが送られてきた。

ご丁寧に画像つきだった。ちょっと期待してしまったのに、画像の中身はいい色をした鶏の唐揚げだけで、清水の姿はどこにもなかった。

俺の気も知らない彼女は、文面から弾む声が聞こえてきそうな報告をくれる。

『教えてもらった通りに揚げてみたら美味しそうにできたよ。明日のお弁当にも持っていくから、また味見してね。本当にありがと!』

なんだかんだ言ったって、たったそれだけの言葉でも無性に嬉しくなる。部屋にいるのをいいことに、一人で密かににやついてしまう。

とはいえ、退勤後の交流も相変わらずだった。

電話で話したりもするものの、内容は依然として料理と仕事の会話に留《とど》まっている。

俺はもっと他の話題も話してみたいと思っているのに、その糸口さえ摑めない。清水は清水でこちらに気を遣っているらしく、用件が済むとさっさと連絡を終えてしまう。そういうさりげない気配りはいかにも彼女らしいふるまいだと思うが、疎まれているわけではないはずだと自分を励ましたくもなる。

『どういたしまして。役に立てて嬉しいよ』

自分でも不器用過ぎると思う返信を送りつけてから、俺はしばらく携帯電話を握り締めていた。

他に用がなければメッセージは一往復が基本で、つまりこれ以上いくら待っても彼女が返事をくれることはないはずだった。それでも未練がましく十五分待ったがやはり、来なかった。


夜、アパートの部屋に一人でいると無性《むしょう》に寂しくなる。

一人暮らしの寂しさも今更のはずだったが、最近ではテレビや読書で気を紛らわすことができなくなった。手が空くとすぐに清水のことを考えてしまう。あれこれ考えて、現状打破のための策を練り、しかし最後にはいっそ短絡的な結論に行き着く。

――告白、しようかな。

口にするのも憚《はばか》られるような甘酸っぱいその単語を、たびたび頭に思い浮かべるようになったのも最近のことだ。

多分、俺の誕生日が近いからだ。来週の金曜日だった。一昨年のカボチャの一件からか、去年の誕生日は清水もちゃんと覚えていて『おめでとう』を言ってくれた。だから今年も、忘れてないといいなとこっそり思っている。

しかし簡単なことではない。俺のような料理以外の取り柄がない奴には勝算なんてなきに等しい。

その上、相手は清水だ。友人歴だけは長い彼女との関係を、唐突な告白一つでぶち壊しにしてしまうのが怖かった。せっかくこの出会いをお互いに喜んでいられるところなのに。お互いに出会えただけでも、あの会社に就職してよかったと思っているところなのに。

じゃあ、このままメシ友としてカテゴライズされていてもいいのか。友人の一人としてその立場に甘んじているだけでいいのか。

絶対に嫌だ。

大体、清水にだって他の出会いもあるだろう。それでなくとも秘書という肩書きは男にモテるという話だ。俺が日々を安穏と過ごしている間に、彼女を他の男に攫《さら》われたらどうする。行動に出るなら、早ければ早い方がいいに決まっている。

それに今回の唐揚げだって、どうして彼女がここまでこだわるのか気になった。

俺くらいの年代で唐揚げが嫌いな男はまずいないと思う。清水は健啖家《けんたんか》の割にカロリーだのなんだのを気にする性質らしく、その彼女が揚げ物ばかりを作っているのも奇妙な印象がある。気のせいだろうか。誰かのために作ってやろうと練習しているんじゃないか。

夜、アパートの部屋に一人でいると、推測と妄想とが幅を利かせ始めるから困る。

時刻を確かめる。まだ日付が変わるまでには猶予《ゆうよ》がある。

意を決した。

『ところで、最近唐揚げにこだわってるみたいだけど、何かあるのか?』

そんな文面を送ってみた。

送ってからしばらくの間、恐ろしく後悔した。もっとスマートな聞き方はないのかとか、友人とはいえ立ち入った質問じゃないかとか、もし他の男の名前が出てきたらどうするとか、いろいろ考えてしまう。

返事は、少しの間を置いてからあった。

『そうなの。どうしても今週中に、上手く作れるようになりたかったんだ』

求めている答えとは違った。はぐらかされたのか、それとも聞き方が悪かったのか。後者だと思いたい。

手のひらに汗をかいていた。お蔭でスマホをタップする指が滑った。

『誰か、作ってあげたい相手でもいるのか』

恐ろしい質問を送ってしまった。

送信直後に思った。およそスマートな聞き方ではないし、立ち入った質問だし、答え方次第では自爆スイッチにもなりうる。

胃の痛みを覚える暇もなく、スマホが鳴動した。

こわごわ画面を覗き込み。清水からの返信を開く。

『うん、お兄ちゃんだけどね。今週末から仕事の都合で泊まりに来るから、もてなしてあげようと思って』

そのメッセージは、三回読んで確かめた。

そして、煩悶《はんもん》のあまり自分の目がおかしくなったわけではないことも確かめた。

書いてあるよな。お兄ちゃんって書いてあるよな。間違いないな。

心底、ほっとした。

ほっとしてからようやく驚く。清水にはお兄さんがいたのか、知らなかった。そういえば家族の話なんて滅多にしない。お互いに親元を離れての一人暮らしだからだろう。

『清水、お兄さんがいたんだな。知らなかったよ』

今回は少し楽な気分で送信した。

彼女からの返事も、実に穏やかな心境で受け止められた。

『言ってなかったっけ、うち四人兄弟なんだよね。私が一番末っ子で、上にお兄ちゃんが三人。今度来るのはすぐ上のお兄ちゃんなんだ』

でも、その内容にはさすがに驚かされた。

お兄さんが三人。大家族じゃないか。俺は一人っ子だから余計に思う。

『初めて聞いた。兄弟が多いと、楽しそうでいいな』

『楽しいけど、すごくうるさいよ。子供の頃はご飯のおかずも取り合いになってたし、エンゲル係数高めで、お母さんはきっと大変だったと思う』

子供の頃の清水がどんな子だったのか、ちょっと想像してみる。

負けず嫌いの性格を存分に発揮して、三人のお兄さんとおかずの取り合いをする姿。末っ子でも一歩も引くこともなく果敢に挑んでいく姿を勝手に想像して、らしいなと思う。

『お兄さんのために唐揚げの練習をするなんて、清水はお兄さん思いなんだな』

『それを言うなら播上は、すっごく友達思いだよ。美味しい唐揚げの作り方、丁寧に教えてくれたし、お蔭でお兄ちゃんにも喜んでもらえると思うんだ。本当に感謝してます！』

照れ隠しのような、だが彼女らしい素直な言葉を、俺はしばらくにやにやと眺めた。

それからは、普通に挨拶だけでやり取りを終えた。

告白どころか、いつもより長めにメッセージを送り合っただけなのに、やけに満ち足りた気分でいる俺がいた。

スマホを握り締めた自分の手を見下ろす。この手のことを彼女は『魔法の手』だと言ってくれた。そこまで大層なものではないと自分では思っている。でも。

俺はもう一生、清水のためだけに料理を作ってもいい。

清水が食べるためだけに腕を振るい、そして彼女に美味しいと言ってもらえたらそれだけでいい。

両親から教わり、受け継いだ料理の知識も、ただひたすらに彼女のためだけに使いたい。

だから俺は、彼女とメシ友同士のままでいるつもりはなかった。


明日、勝負に出る。

といっても今回はあくまで前哨戦《ぜんしょうせん》だ。決戦は来週の金曜日。清水にはなんら関係のない俺の二十六歳の誕生日だ。その日に彼女をデートへ誘うつもりでいた。

もちろん断られる可能性だって大いにある。

この三年と三ヶ月の間、彼女と二人でどこかへ出かけたことは一度としてなかった。

一昨年、誤解を招くことは止めようと言い出したのは俺の方だ。

清水には、何を今更と思われるかもしれない。あるいは彼女のことだから、俺に迷惑が掛かりはしないかと気を遣ってくるかもしれない。その場合は焦らずじっくり時間を掛けて、俺の考えが変わったことを伝えたい。

もし何もかもが全て上手くいって、誕生日のデートを快く承諾してもらえて、そして当日、俺の気持ちを告げられるような状況まで踏み込めたらその時は、はっきり言おう。

そう思う。

◇◇◇

清水と一緒に食べる約束ができた昼休み、午前の仕事は気合で片づけた。

そして休憩に入り社員食堂へと向かう廊下で、またも藤田さんに呼び止められた。

「播上くん、これから休憩？」

「そうです。藤田さんもですか？」

俺は少し早口気味に応じた。

ロッカールームから弁当を取ってきて、あとは食堂へと向かうのみ。清水はもう来ているかもしれないから急ぎたかった。

「まあね」

藤田さんは財布を軽く掲げた後、

「播上くん、この後話があるんだけどお昼ご一緒してもいい？」

妙なことを言い出した。

「えっ、俺とですか？」

この先輩に誘われたのは入社直後、まだ俺が新人だった頃以来だ。

それからも社員食堂で行き合い、やむを得ず同じテーブルに座ることもあったものの、それが楽しいと思えたことはなかった。俺と藤田さんはおしゃべりが盛り上がるという仲では決してないからだ。

そんな相手からの突然の誘いに、俺は困惑した。

「すみませんが、今日は先約があるんです」

「清水さんでしょ？」

間髪入れず聞き返してきた藤田さんが、にっこり笑顔を見せる。

だがその笑みは昨日までと違い、無理に作ったようないびつさがあった。今日はあまり機嫌がよくないらしい、と総務でも話題になっている。

「なら大丈夫。一緒に聞いてもらえたらいいから」

「清水にもですか？　聞くって何をです？」

「一言報告したいことがあるだけ」

追及したがる俺を強い口調で制すると、言い聞かせるように続けた。

「すぐ済むから、二人で待っててよ」

そして食堂とは反対の方向へと歩いていく。財布を手にしていたから、外で何か買ってくる気なのかもしれない。

しかし、報告とはなんだ。俺は首をひねったものの、答えが浮かぶはずもなかった。

清水とは、無事に食堂で落ち合えた。

手を振って出迎えてくれる彼女に、とりあえずさっきのことを話しておく。

「藤田さんが来るかもしれない。何か報告があるらしくて」

「報告って？」

清水が怪訝そうにしたが、あいにく俺も答えられない。

「わからない。でも一緒にお昼食べたいって」

「え、そうなんだ。来るまで待ってた方がいいかな？」

「いいよ、先に食べよう。外へ買いに行くみたいだったし」

報告があるというなら食べ終わってから聞いてもいいはずだ。とにかくここで、藤田さんが来るのを待っていればいい。

あの人の近頃の情緒不安定さについては、清水にも話していなかった。正直、機嫌がいいなら問題はないからだ。今日はそうでもないから、この後の報告とやらに一抹《いちまつ》の不安が過ぎるが。

「今日の唐揚げは自信作だよ」

清水が弾む声を上げたので、ひとまず藤田さんについて考えるのをやめる。

隣を向けば彼女がとびきりの笑顔を向けてきて、それだけで頭が真っ白になった。

「自信作っていっても、播上から教わったことをそのままやっただけなんだけど」

謙遜と共に差し出された弁当箱の蓋の上に、いい色の唐揚げが乗っかっている。昨日貰ったメッセージの添付画像と変わりなく、素晴らしい出来映えに見えた。

俺はその唐揚げを受け取り、早速齧りつく。

うん、美味い。衣は硬過ぎずさっくりとしているし、肉は程よく柔らかく、ジューシーに仕上がっている。下味は前回と同様にきちんとついていて、醤油としょうがと長ネギの風味が後を引く。

「自信に違《たが》わぬ出来だと思うよ」

そう告げると、清水は胸を撫で下ろしてみせる。

「よかった。播上にそう言ってもらえると嬉しいな」

「これでお兄さんにも自信を持って出せるな」

「うん。あんまり出来が悪いと文句を言われるだろうし、どうせなら美味しく作れるようになっておきたかったんだ」

彼女が、妹の表情で笑う。

「一番下のお兄ちゃんは唐揚げ好きなんだ。今は上京しちゃってるんだけど、向こうだとこっちのと違うでしょ？」

「向こうの唐揚げって、ザンギとは違うらしいよな」

「そうそう、下味薄めなんだって」

北海道にいると鶏の唐揚げイコールザンギ、なのでその違いを意識することはまずない。

だが道外から来る人は、北海道のザンギを食べて『しっかり濃厚な味』だと思うらしい。

そういえば渋澤もこの間、ザンギが恋しいなんてメッセージを寄越してきたっけ。

「だからうちに泊まってく間、お兄ちゃんには美味しい唐揚げ食べさせたくて。『お母さんより美味しい』って言わせたいな」

清水とすぐ上のお兄さんは仲がいいらしい。ほんのちょっと話を聞いただけでも、端々から仲睦まじさが窺えた。

それと清水がそう言われるからには、清水のお母さんはきっとすごく料理が上手いんだろう。

どんな人なのか見てみたい。うちの母さんよりは落ち着いた人だろうなと思いかけて、いや、比較対象がまずかったと考え直す。俺の母より落ち着きと年甲斐のない母親は、日本全国を探してもまず見つかりはしないだろう。

「付け合わせによさそうなポテトサラダを作ってきた」

俺の方はと言えば、唐揚げに添えるのにぴったりのおかずを用意してきた。

ジャガイモをなめらかになるまで潰したポテトサラダは、茹でた玉ネギとニンジン、それに枝豆入りだ。具はなんでもいいのだが唐揚げの味が濃い目なので、今回は野菜中心に作ってみた。

ポテトサラダを一口食べた清水が、あ、と声を上げる。

「酸っぱくない。マヨネーズは入ってるよね？」

「少し牛乳を足してる。マヨだけだと酸味が強いかなと」

「どうりで優しい味してる。枝豆入りなのもいいね」

「夏場は生野菜だと不安だしな」

ポテトサラダは冷凍保存もできるが、具によっては水分が多くて向かないものもある。それさえクリアできれば作り置きもできる便利な一品だ。

「自分で作るとマヨ多めになっちゃうのか酸っぱいんだよね。牛乳足すのいいね」

清水は満足そうにポテトサラダを味わってくれた。作り方も丁寧にメモして、覚えて帰るつもりのようだ。

「枝豆の食感も好みだったな。キュウリより好きかも」

「役に立ててよかったよ」

俺は胸を撫で下ろす。

どうにか彼女に力添えができたようだ。役目を果たせた達成感と共に、決意の心が湧き起こる。

そろそろ、言おう。

「そういえば、播上の誕生日って来週だよね？」

くしくも、清水がそう尋ねてきた。

この後、まさにそれについて切り出そうと考えていた。藤田さんの用が済んだらか、あの人が来る前か。どちらにせよ機先を制され、ごくりと喉が鳴る。

「あ、ああ。来週の金曜だ」

俺はぎこちなく頷き、清水もそこで柔らかく微笑む。

「だよね。七月の今頃だったなって思って」

「覚えててくれたのか。ありがとう」

「そのくらいはね。ほら、カボチャのプレゼントなんてなかなか印象深かったし」

確かにあれは衝撃だった。いくら美味しいカボチャだからって、誕生日のプレゼントにすることもないのに。うちは父さんも母さんもちょっと変わっている。

「もう少し料理が上手くなってたらなあ。誕生日プレゼントって言って、播上の度肝も抜いてやれたのかもしれないのに」

俺がぼんやりしている間に、清水がそんなことを言った。

「いつか、播上のことを私の料理でびっくりさせたいと思ってるんだ。普通のご飯じゃ無理だろうから、お菓子とか、私の得意分野で。今年こそはそれができるかなと思ってたんだけど、やっぱりまだまだかな」

以前にもそんな言葉を聞いていたような気がする。それこそ一昨年、カボチャでパイを作った時に。

あれから二年。清水の料理の腕はめきめきと上達しているとは感じているものの、お菓子を作ってもらう機会はまだ訪れていない。その時が来たら全力で作ると言っていたが、果たしていつ頃やって来るんだろうか。その時を待っていてもいいんだろうか。

「来年の誕生日に間に合うよう、頑張ろうかな。今年は真心だけってことで。駄目かな?」

調子のいい台詞を口にして、清水が一人で照れている。

言われた方は照れるどころの騒ぎではなかった。

駄目なわけがない。むしろ清水の真心が何よりも欲しい。

息をつき、激しい動悸《どうき》を落ち着ける。今言わなければ、弁当も開かずにタイミングを計っていた意味がなくなってしまう。

一旦引き結んだ唇を、開いた。

「その、誕生日の話なんだけどな」

いきなり声が震えた。

でも噛まずには済んだからまだましだ。はっきりと聞こえるように切り出せた。

言おう。次の言葉を。

「……清水。来週の金曜日、仕事の後、空いてるか？」

上滑りの口調で俺が告げると、彼女は小首を傾げる。

「播上のお誕生日？」

思わせぶりな間があって、

「まあ空いてるといえば空いてるかな、残業は普通にありそうだけど」

「な、何時くらいまで掛かる？」

俺は勢い込んで問う。清水の眉がきゅっと寄る。

「多分、八時くらい。九時過ぎるってことはないと思うよ」

ほっとした。そのくらいならどうにかなりそうだ。俺は構わない。次の日は土曜で休日だし、少しくらい帰りが遅くなったっていい。

もし、清水さえよければ。

もしもその日、付き合ってくれるなら。

「でも、どうしてそんなこと聞くの？」

彼女が怪訝そうに問い返してくる。もっともな質問だった。

俺にとっても重要なポイントだ。きちんと伝えておかなくてはならない。そこに誤解があってはいけないし、誤魔化しがあってもいけない。

呼吸を整えた。

なけなしの勇気を振り絞った。

その後でようやく本題を、

「よかったらその日、飲みにでも——」

口にし始めた時、だった。

視界の隅で捉えていた清水の目が、すっと横に流れた。

直後、彼女がその目を見開く。

俺もつられるように、清水が見ていた方向を見た。

テーブルを挟んだ向こう側、収められた椅子の背から身を乗り出す藤田さんがいた。

目が合うと、また作ったような笑みを浮かべてくる。

「播上くん」

忘れかけてた。

そうだ、この人が来るって言ってたんだ。だけどさっきまで姿も見えなかったのに、どうしてこのタイミングで。

「知らなかったな、播上くんって来週の金曜が誕生日なんだ？」

「そうです、けど」

「そっか、ごめんね」

一応は眉尻を下げ、残念そうな口ぶりで言われた。

「来週はすっごく忙しくなると思うんだ。私、転職するから」

その笑みに気を取られてか、告げられた言葉を把握するのに時間が掛かった。

「転職？」

「そ。ついでに結婚もね」

「えっ！」

「環境を変えるなら二十代のうちがいいと思って。ちょうど知り合いが起業するから、その手伝いをするつもり」

藤田さんは歯切れのいい調子で続ける。

「播上くんには、私の分の仕事も引き継いでもらわなくちゃいけないでしょ。だから当分忙しくなるよ？」

騒がしい社員食堂内でも十分聞き取れる、はっきりとした物言いだった。なのに藤田さんの話の内容が頭に入っていかない。

転職。

結婚。

藤田さんが？　誰と？

「迷惑掛けちゃうけどごめんんね、播上くん」

藤田さんは苦笑いと共に手を合わせてくる。

呆然とする俺よりも先に、清水が口を開いた。

「藤田さん、おめでとうございます」

その声も驚きと衝撃に彩られている。

当たり前だ、急に告げられて驚かないはずがない。転職にしろ結婚にしろそういう話を匂わされたことは今までなかったし、それに渋澤が異動してから三ヶ月しか経っていない。

藤田さんはあいつのことが好きなんだと思っていた。

渋澤曰く、『愛想を尽かされたかもしれない』とのことでもあったが――。

「そうなの。まあ転職はともかく、結婚は決めたってだけなんだけどね」

藤田さんはちらと清水を見た。口元から笑みが消える。

「式とか具体的なことはなんにも決まってないけど、辞表はもう書いたの。これから課長に出しに行くとこ」

今から出しに行くところなのか。総務課長もきっと大いに慌てるだろう。そんなことを急に言われてもとうろたえる様子が想像できる。

いや、俺だって他人事じゃない。藤田さんの業務を引き継がなければならないのだとしたら、これから先は恐ろしく多忙になるだろう。

来週の誕生日のことも諦めなければならない。

「課長のお許しが出るなら、さくっと今月中にでも辞めちゃおうっかな。引っ越しもするから忙しくてね」

藤田さんはどこか投げやりに言った。

「だから播上くんも、なるべく迅速に仕事を引き継いでよね？　来月はお盆もあるし」

お盆前後は当然の如《ごと》く繁忙期だし、そこに通常業務以外の仕事を持ち込んでいる余裕はない。だからお盆前までに、欲を言うなら八月前に引継ぎまで片づけておく必要がある。

「じゃあ私、課長のとこ行くから。よろしくね」

藤田さんは手をひらひら振る。

「播上くん、私の分まで頑張ってよね」

俺と清水が、藤田さんの姿が食堂から消えるまでしばらく目で追っていた。

その姿が廊下に消えて、ようやく周囲にざわめきが戻ってくる。どっと疲れも押し寄せてきた。

「急すぎてびっくりだ……」

呆然としたままつぶやいた。

「本当に唐突だね。そりゃあ、おめでたい話ではあるんだろうけど……」

驚いた様子の清水に言われて気づく。そういえば『おめでとうございます』を言うのを忘れた。

「藤田さん、付き合ってる人がいたのか。渋澤に本気なんだと思ってた」

昨年度までの渋澤とのやり取りを見ていれば、そんな可能性は考えがたかった。彼氏がいたにもかかわらず渋澤にちょっかいをかけていたなら、ちょっと引いてしまう。

しかし清水の思いは違ったようだ。

「出会ってすぐに結婚を決めちゃうような人だっているしね。三ヶ月もあればもう次の人に恋くらいできるよ」

「切り替え迅速すぎるだろ」

「人によるだろうけど、速い人は本当に速いよ」

清水が浮かべた苦笑は妙に色っぽく映り、場違いにどきっとする。

「ただ結婚はともかく、この時期の急な退職となると大変になっちゃうね」

その言葉で現実に引き戻された。

来週はきっと忙しくなるだろう。

誕生日なんて構ってもいられなくなるだろう。

「清水、さっきの話だけど」

諦めなければならない。そう思い、俺は彼女に切り出した。

「また機会があったらってことにしよう」

清水はきょとんとしてから、残念そうな顔をする。

「来週の金曜日の話だよね？　播上の誕生日の……」

「そう。誘っといてなんだけど、今回はなかったことにしよう」

「うん……わかった」

気づかわしげに頷く清水を見て、俺も心底落胆した。

藤田さん退職の影響は、その日のうちにやってきた。

総務課一同、寝耳に水の退職だった。

課長を筆頭に引き継ぎの段取り決めや分担のための打ち合わせに追われた。もちろん並行して通常の業務も行うというめちゃくちゃな進行ぶりだ。藤田さんの希望は月末での退職、それを叶えるためには実にタイトなスケジュールをこなさなくてはならない。

ただ、おめでたい話だというのも事実だ。俺自身、個人的な印象はともかくとして、藤田さんが辞めること自体に不満を唱えるつもりはない。この忙しさだっていつまでも続くものではなし、少しの間頑張ればいいことだと覚悟を決めた。

来週の金曜日、二十六歳の誕生日についても、しょうがないと諦めがついていた。

現実とはつまりこういうものだ。

「頑張ってよね、播上くん」

キーを打つ音の合間に、藤田さんが発破《はっぱ》を掛けてくる。

顔は見えない。見たいという気持ちも起こらなかったし、顔を上げたところで机に積まれた資料が邪魔で、藤田さんのいる席まで視線が届かなかった。

夜半過ぎの総務課オフィスで、俺は当然のように残業している。そして当の藤田さんと二人きりで、引き継ぎのための資料作りをしているところだ。

藤田さん謹製の資料の一部が今、俺の机の上に積み重なりつつある。九年目の先輩の受け持っていた業務は多岐に及び、引き継ぎに当たっては紙資源を大量に消費することとなりそうだ。今時紙でやり取りかと思わなくもないのだが、藤田さんはデータだけを残すことにいまいち信用が持てないらしい。

「転職してから問い合わせもらっても対応できないし。きっちり残していかないとね」

「……ですね」

俺が力なく同意を示すと、藤田さんがそこで笑った。

「元気ないね、私のおめでたい時だっていうのに」

「いや、元気ですよ」

「嘘ばっか。清水さんにお誕生日祝ってもらえなくなっちゃったんでしょ？」

冷やかす口調で告げられ、苛立ちよりも先に恥ずかしさを覚える。既に見抜かれているとはいっても、自分の下心を指摘されるのは気まずいものだ。

俺は資料に目を通しながら聞き返す。

「なんでそんなこと知ってるんですか」

「聞いてたらわかるよ」

「聞かないでくださいよ」

「だって聞こえちゃったんだもん、しょうがないじゃない」

開き直るように言い、藤田さんは明るく続けた。

「ま、これでチャンスが全部潰《つい》えちゃったわけじゃないんだし。播上くんはこれからもこの会社で、清水さんと一緒にいるんでしょ？　だったら飲みに行くチャンスくらいいくらでもあるじゃない。向こうにその気があるかは別としてもね」

この人に励まされてもどう反応していいのかわからない。職場の先輩と恋バナに興じる趣味もなかった。

俺が黙っていると、しばらくしてから長い溜息が響いた。

「いいよね、近くにいられてさ」

寂しそうな呟きだった。

藤田さんは転職と結婚をするにあたり引っ越しをすると聞いている。ということは結婚相手はここではない、遠くに住んでいる人なのかもしれないと思う。

「藤田さんって、どちらに移られるんですか？」

数秒の間《ま》があり、藤田さんの鋭い声が答える。

「釧路《くしろ》。彼が地元で起業するっていうから一緒にやることにしたの」

どうやら起業するという知り合いが、藤田さんの結婚相手でもあるらしい。

「夫婦で夢を叶えるんですね。いい話じゃないですか」

「でも、ないけどね……」

俺が珍しく先輩を持ち上げようとしたからだろうか。そこで藤田さんは声を曇らせる。

「彼の夢は応援してるし、私自身も自分のキャリアが無駄にならないのはうれしいんだけど。なんか、がっかりしてるところもあってさ」

結婚を控えた人が、夫になる人に対してそんな単語を使っていいのか。

と思った俺は、

「プロポーズ、私からしたんだよね」

続いた言葉で、ほんのわずかながら藤田さんの気持ちに寄り添いたくなった。

「藤田さんから、だったんですか」

「そう。今時男からが当然、なんて言う気もないけどさ」

「なんか、かっこいいですけどね。女性からの求婚っていうのも」

「ありがと。でもね、『一緒に仕事しよう』とは誘ってくれたんだ。向こうから」

もしかすると藤田さんは、その人からのプロポーズをずっと待っていたのだろうか。だがそれが叶えられないままずるずると来て、起業のタイミングでもしかしたらと思ったらその時すらなくて、痺れを切らして自ら切り出したという経緯なのかもしれない。そう考えると少し気の毒にもなる。

「どんな方なんですか、そのご婚約者さんって」

「元バンドマンの会社員。普通の人」

質問に対する藤田さんの答えは素っ気なかった。

「あ、播上くんに似てるかもね。趣味以外の話はできないところとか、下心を隠すのが上手くないところとか、でも友達としてはすごく大切にしてくれるところとか」

俺ってそんなふうに思われていたのか。自覚のある指摘もあって痛い。

「でも十年も友達やってたら、いい加減腹立ってくるでしょ？」

その言葉に、反射的に顔を上げたくなった。

上げたところで藤田さんの表情は積まれた資料に遮られて見えない。

ただこちらの驚きだけは伝わったらしく、向こうで微かな笑い声がした。

「びっくりした？」

「ええ、まあ」

俺が頷くと、更に笑われた。

「男女の友情なんてないって言い張ってた理由、わかったでしょ？」

わかった。

つまり、藤田さんの結婚相手というのは――。

「学生時代からの付き合いなんだけどね」

タイプ音に交じって、どこか呆れたような語りが聞こえてきた。

「これがもう煮え切らない男で。私のこと好きなくせになーんにもしてこないし、なーんにも言ってこないしね。態度でばればれなのにばれてないと思い込んでるし、あまりにも及び腰だから、こっちだって真面目に構ってられなくなっちゃった」

身につまされる話だ。資料を読もうとする視線が、紙の上を滑っていく。

「播上くんの方がまだマシだよね。播上くんはまだ清水さんを落とそうと頑張る意思があるけど、あの人は行動に出ようとしないんだもん。私が『彼氏作ろっかな』とか言うと慌てるくせにね」

言葉からは、藤田さんがその人のどこを好きなのかよくわからなかった。

「どうして、そういう人と結婚しようと思ったんですか」

つい尋ねたら、鼻を鳴らされた。

「長い付き合いだし、他に相手いないから。それ以外に理由ある？」

「いや、でも――」

「渋澤くんには相手にされなかったしね。彼、けっこう好みだったのに」

それは、違う気がする。

渋澤が言っていたはずだ。藤田さんに愛想を尽かされたのかもな、と。相手にされなかったのは事実だろうが、最終的に相手にしなくなったのは藤田さんの方だった。

藤田さんはその時、渋澤ではなく別の人を選んだのだろう。十年来の友人というその人を。

「播上くんもプロポーズくらいは自分からしなよ。あんなの女からしたって、なんにも面白くないから」

そう言い切った藤田さんが、帰り支度を始めたようだ。てきぱきとパソコンの電源を落とし、椅子を収め、こちらに声を掛けてくる。

「あ、新人研修用の資料もできたから、イントラで送信しといたよ。あとで確認してね」

「わかりました」

俺が頷くと、藤田さんはにっこり笑って手を振った。

「じゃあお先に、播上くん」

俺はその背中を横目で見送る。

照れ隠しなのか、本音なのか――わからなかったが、なんだか落ち着かない気分になった。

次の週末を、俺は引き継ぎ資料の読み込みと食事のストック作りに費やした。

来週はずっと慌しいだろうし、遅くまでの残業も余儀なくされるだろう。そう踏んで土日のうちに備えておくことにした。食材を買い溜めし、下ごしらえをした後で小分けにして冷凍保存。これで食事の支度が楽になる。

清水から連絡があったのは日曜の夕方だった。

『唐揚げ、大成功だったよ。見事お兄ちゃんの度肝を抜いてやりました。ポテトサラダも喜んで食べてて、お母さんより上手だって言ってもらえたよ！』

彼女のメッセージは無機質な文字まで躍って見える。

微笑ましく思いながら返事を打った。

『よかったな、おめでとう』

送信してから、その文面のそっけなさに苦笑したくなる。清水とのこうしたやり取りはもう三年以上も続いていることなのに、文章が簡素なのは相変わらずだった。

藤田さんの言う、趣味の話以外ができないという指摘は実に的を射ていた。料理以外の話を女の子とするのは得意じゃない。たとえ相手が付き合いの長い清水でもだ。

その清水が、再度メッセージをくれた。

『ありがと。播上もお仕事大変みたいだけど、頑張ってね。また月曜日にね！』

月曜日はどうだろうな。

しばらくは昼休みも惜しいし、食堂には行かず、総務課で弁当を食べるかもしれない。

ふと、藤田さんとの会話を思い出す。

あの人と十年も友人でいた男の気持ちはよくわからない。どうして十年間、なんの行動も起こさずにいたのか。そのくせ藤田さんからのプロポーズはすんなり受ける気になったのか。

会ったことすらない相手だ、何を思ってそうしていたのか知るよしもない。

藤田さんの気持ちは、それでもわかるような気がする。

あの人が俺と清水の関係を、どれほど歯痒く思っていたか。

そこに自分と、もうじき結婚する相手とを重ね合わせて、どれだけの苛立ちを覚えていたか。

あの人からすれば男女の友情なんてできの悪い張りぼてみたいなものなのかもしれない。決してきれいじゃない本音を覆い隠して、それでも隠しきれずにつぎはぎの隙間から下心が覗いてるような、そんな絵に映るのかもしれない。

もちろん、異性間においても純然たる友情は成立する。俺は今でもそう思うし、清水のことを純粋な友人として見ていた時期もあった。その時期があったからこそ今があるとも思う。

ただ、今の俺は友情を騙《かた》って彼女の隣にいるだけに過ぎない。そして藤田さんの結婚相手も、きっとそういうふうにしていたんだろう。藤田さんはそれを目の当たりにしてきたからこそ、男女の友情を否定するんだろう。

週明けからはいよいよ慌しい日々がやってきた。

総務課で一番仕事が増えたのは俺だった。藤田さんが受け持っていた仕事の大半を引き継ぐことになっていたからだ。

それでも業務から業務へと追われるうち、不思議と楽な気持ちになっていた。集中しなければならない事柄があって、余計なことまで考えずに済んでいるせいかもしれない。総務の仕事にもようやく慣れてきたからかもしれない。食事の支度の手間を省けるよう、休日のうちにあれこれ準備をしておいたお蔭かもしれない。

何にせよ仕事量の格段に増えた一週間も、どうにか乗り切ることができそうだった。ただ仕事以外のことにかまける時間は減っていた。

といっても料理の他に趣味があるわけではないから、要は清水と連絡をする機会が減ったということだ。

月曜からずっと社員食堂に行く暇もなく、昼休みは総務で過ごしていた。だから清水とは顔を合わせることもなかったし、彼女からの励ましのメッセージも月曜と木曜に一通ずつ来ただけで、例によって一往復半で終わってしまうようなやり取りだった。彼女は普段通りの文面で、今週の金曜日について触れてくることもまるでなかったから、俺も過剰な期待をせずに済んだ。

そして迎えた金曜日。

俺の、二十六歳の誕生日だ。

当然ながらこの日も残業だった。午後八時を過ぎると、総務課に残っているのは俺と藤田さんだけだ。

「弁当食べてもいいですか」

「どうぞ」

了承を取る俺に、見えない位置にある席から藤田さんが答える。

退職を控え、課長から『今のうちに片づけておいて欲しい仕事』を押しつけられたとのことで、あまり機嫌のいい様子ではなかった。

「お弁当、播上くんが作ってきたの？」

自分の机で弁当箱を開けようとすると、藤田さんからそう聞かれた。

「そうですよ」

夜用の弁当は食中毒対策のため、凍らせたものを会社で解凍して食べることにしている。ピラフと唐揚げ、それにポテトサラダ。もう一品欲しくなる組み合わせだったが、忙しい時は仕方がない。

「こういう時こそ清水さんに作ってもらえばいいのに」

藤田さんはぼやくように言い、言われた俺は思わず苦笑した。

「清水だって忙しいですし、自分で作った方が手っ取り早いですよ」

唐揚げを一口頬張る。解凍の済んだ鶏肉は、ちゃんと中まで味が染みていた。冷めても美味しいというのは出来がいい証拠だ。

ノックの音がしたのは、一つめの唐揚げを飲み込んだ直後だった。

俺よりも先に藤田さんが反応した。

「はい、どうぞ」

おざなりな返答の直後にドアが開く。どうせ総務の誰かだろうと視線を上げた俺は、次の瞬間、箸を取り落とすところだった。

清水が、開いたドアの隙間から顔を覗かせていた。

「播上、お疲れ様」

一週間かそこらぶりの彼女が、少し疲れた顔で笑う。

その姿が妙に懐かしく思えて、途端に言葉も出なくなってしまった。

どうして彼女がここにいるんだろう。

「清水さん？　どうしたの？」

藤田さんが訝しげな声を上げると、清水はぎこちなく会釈をしてみせた。

「播上の陣中見舞いに来ただけなので、すぐ帰ります。入ってもよろしいですか？」

「まあ、いいです」

「失礼しまーす」

先輩の許可を得て、清水は総務課の中へと立ち入った。後ろ手でドアを閉め、俺の机の傍まで寄ってくる。

俺は箸を摑んだまま、ぽかんとしてその姿を見守る。とっさのことにどう反応していいのかわからない。

「あ、ご飯中だったんだね」

清水が机の上の弁当箱を見てちょっと笑った。

「私もさっきまで残業。これから帰るとこなんだけど」

言いながら彼女はバッグを開け、中から何かを取り出すと俺の机の上に置いた。

「これ、あげる。誕生日プレゼントって言ったらちょっと無骨かな」

「プレゼント……？」

「割とよく効くよ。私も夏場はこれ飲んで凌《しの》いでるんだ」

机の上に置かれたのは、栄養ドリンクの三本パックだった。

肉体疲労時の栄養補給に飲む類《たぐい》のあれだ。それも結構きついやつだった。

「誕生日おめでとう、播上。頑張って乗り切ってね！」

妙に威勢よく清水が言う。その笑顔が輝いているのも栄養ドリンクの効き目なんだろうか。

「あ……ありがとう、清水」

まだ混乱する頭で、それでもどうにかお礼を言った。突然のことで思考が追いついてなくても、当たり前だが嬉しかった。

「うん。じゃあお先！」

清水はもう一度にっこりすると、そのまま総務課を出ていった。

退出する直前、

「お邪魔しました」

と、藤田さんに挨拶をしていくのも忘れなかった。

滞在時間はものの一分ほど、だったと思う。

だけどそれだけの時間でも、彼女はしっかり俺のポイントを稼いでいった。もちろん清水自身にはそんな意図なんて微塵《みじん》もないだろう。あったら無骨な栄養ドリンクなんぞをプレゼントにするはずがない。

「なかなか強烈なの飲んでんのね、あの子」

いつの間にか傍まで来ていた藤田さんが、ビニール包装されたままの三本パックを手に取った。

無遠慮なふるまいを怒る気にもなれなかった。顔がにやつくのを堪えるのに必死で、藤田さんのことまで構っていられない。

「でも播上くん、これって脈なくない？」

「……ですよね」

その言葉には、頷かざるを得なかったものの。

脈があろうとなかろうと清水は俺のことを心配してくれた、それは確かだ。

俺は彼女のそういうところに惹かれているんだと思う。一友人に対しても優しく、気を配ってくれて、辛い時にはいつもさりげなく励ましてくれる。普段は明るく、さっぱりとしているが、時折見せる細やかな心配りにはごっそりポイントを稼がれてしまう。

でも、惚れ直したなんて本人にはまだ言えそうにない。

いつか言えたらいいな、とも思う。

「浸ってるとこ悪いけど」

無粋な藤田さんの声がして、あえなく俺の意識は現実に引き戻される。

「こんなの貰って喜んでるうちは、まだまだだと思うよ」

藤田さんは栄養ドリンクを俺の机へ戻した。

清水からの誕生日プレゼント、及び陣中見舞い。透明なビニールだけの包装は、気心の知れた友人相手だからこそ贈りつけられるもののはずだ。そう思いたい。

「いいんです。俺は誕生日を覚えててくれただけでも十分です」

藤田さんは俺の背後へ回り、腕組みをして壁にもたれている。椅子に座ったままの俺を見下ろし、心配そうに呟いた。

「私だったら、たとえ本命相手じゃなくてもこんなプレゼントしないけどね」

胸に突き刺さるような言葉だった。

「でも清水が俺のためにって選んでくれたものですから」

傷つきかけた心を奮《ふる》い立たせて虚勢を張ってみる。

「俺はそれだけでも嬉しいくらいです」

誕生日を覚えていてくれるだろうことは、ほんの少し、いやかなり期待していた。話題を出したのも先週のことだし、いくら清水が多忙でもそのくらいは覚えていてくれるだろうと思っていた。過剰な期待をしていなかったのは、いわゆる予防線というやつだ。

だが、それに加えてプレゼントまで貰えるとは予想もつかなかった。

去年、一昨年とくれなかったプレゼントを、今年の清水がくれたのはどうしてなんだろう。期待してもいいんだろうか。いや、したい。ものすごく期待したい。

俺の誕生日が今年はたまたま平日だったからとか、案外そういう理由かもしれないが、心は早くもお礼をどうするかという悩みに辿り着いていた。

「そっか」

ぽつりと、藤田さんが声を漏らす。

「どんなものでも、自分のために選んでくれたものなら嬉しかったりするもんだよね」

「そうですよ」

「私もね、そうだったんだ」

急に俯いた姿が、らしくもなく弱々しく見えた。

「私がたまたま何かのキャラもの持ってたらそれが好きだと思われたらしくて、出張の度にお土産買ってくるの。ご当地キーホルダーとか、ストラップとか。いい歳した女にくれるものじゃないって内心思ってたけど……」

その後に、自嘲めいた笑い声が続いた。

「でも嬉しかった。嬉しかったんだよ、私のために選んでくれたのが」

ご当地ストラップと言われて、俺の脳裏にもひらめくものがある。

「俺の机に置いといたストラップ、持ってったの藤田さんですよね」

「当たり前じゃない、私のだもん」

「やっぱり大事なものだったんですね」

生意気な発言かな、と思いつつ突っ込むと、藤田さんは頬を赤らめて俺を睨んだ。

「あの後、気が変わったの。っていうか播上くんのせいだからね！」

「な、なんでですか」

「播上くんが『大事なものじゃないんですか』って聞かなかったら、本気で失くしてもいいと思ってたんだから。あんなの私の持ち物には子供っぽいし、古くなってたし……」

気が変わったのか、そうか。

俺は先輩の前でにやにやしないよう、口元を引き締めるのに必死だった。すっかり赤くなった藤田さんは、俺の視線から逃れるようにそっぽを向いている。

「なんなの、もう……播上くんだって幸せそうじゃん！」

「藤田さんほどじゃないです」

素早く言い返す。

俺の幸せは片想いの幸せで、それはどうしても、これから結婚しようっていう人の幸せには敵わない。たとえ他人から幸せそうに見えていたとしても、どんなに羨まれる関係を築いていたとしても、望んでいる幸せまではちっとも足りなかった。

「私はそこまで幸せじゃないから」

藤田さんが更に反論してくる。

「十年も待たされたんだからね。その間にいろんなもの失ったし、そもそも昔ほどの一途《いちず》さだってないし。戻れるなら、播上くん達と同じ頃に戻りたいくらいなのに」

「じゃあ、幸せになってください。これから」

この人に対して、言えるかどうか自信のなかった言葉を、今ならようやく告げられそうな気がした。

「ご結婚おめでとうございます、藤田さん」

十年分の感情全てがない交ぜになった顔は、その瞬間、困ったような微笑に変わった。

「――ありがとう」

拗ねた口調で、そのくせ消え入りそうな声でそう言った。

「ずっと前からあの人のこと、好きだったんだ」

しばらくしてから、藤田さんは独り言のようなトーンで語り始めた。

「でも打ち明けたら友達ですらいられなくなる気がして言えなかった。向こうは向こうで思わせぶりな態度ばかり取ってきて……でもね、プロポーズしたら言われたんだ。『好きでいてくれてると思わなかった』って。だったら十年も経つ前に言えよって話じゃない？　聞いて欲しいとは言われなかったし、聞きますよとも言わなかった。だから俺も弁当を食べながら耳を傾ける。

「播上くんと清水さんがずっと羨ましかったな。私がもう戻れないところにいるんだもの。傍で見ていても、羨ましくて妬ましくて仕方なかった」

二人きりでいる総務課の空気と、先輩の声とが、いつになく穏やかに聞こえた。

「もちろん、それだっていつまでも続くわけじゃないけど」

笑い声も、今はどこか優しい。

「だとしても私には、今更頑張ったって取り戻せる関係じゃなかった。絶対に手に入らないってわかっていたら、尚のこと悔しく思えた。どうしても手に入れられないものがある時って、諦めればいいのにそれができなくて、持ってる人のことを妬みたくならない？」

「……わかります」

十分過ぎるほど、わかる。俺にとってのその対象は渋澤だった。乗り越えるには時間も掛かった。今はようやく穏やかな気持ちでいる。

「馬鹿みたいだよね」

きっと今の藤田さんもそうなんだろう。小さく首を竦めていた。

「プロポーズだって結局、私が好きだからしたのにね。どっちからかなんてどうでもいいのに、今更こだわって、そのくせ彼にしがみついて……本当、馬鹿みたい」

一つのことにこだわってしまうのは、それしか自分にはないと思い込んだせいかもしれない。

それがなくなれば自分の価値もないのだと、一面的な物の見方で思ってしまうからかもしれない。

本当は、人間なんて多面的な存在だ。こだわるものも、しがみつけるものも、一つきりである必要はない。

俺も、今の仕事しかないと思っていた。この仕事ができなければ、もう存在価値すらないと思っていた。そうじゃないと教えてくれたのは清水と渋澤だった。だから俺は、四年目の今も仕事を続けていられる。

「藤田さんは、きっと幸せになれますよ」

ピラフを飲み込んでから、俺はそう告げてみた。

全面的に本音のつもりでいたのだが、若干からかったような物言いになっていたかもしれない。藤田さんはくすぐったそうに首を竦めた。

「なるよ、幸せに。彼の事業も成功させるし、温かい家庭も築いて、絶対に幸せになってやるんだから」

なれるだろうと思う。十年越しの想いがあるなら。

「そういう播上くんこそ、もうちょっと頑張った方がいいんじゃないの」

今度は仕返しとばかりに言われてしまった。

「言っとくけどあの子、相当手強いタイプだと思うよ。日々全力で生きてるって感じだもの、まずちょっとやそっとじゃ妥協しなさそう」

「俺もそう思います」

骨の髄まで負けず嫌いだし、根性はあるし、目標も高く持ちたがる。恋愛する暇がないと言い切るくらい、今は仕事と料理に夢中のようだ。俺のつけ入る隙なんてあるだろうか。

そんなものなくても、俺にできることなんて当たって砕けるくらいのものか。

「さてと、仕事しよっかな」

藤田さんが大きく伸びをして、寄り添う影も同じポーズを取る。

それからふと俺の手元を、着々と減りつつある弁当箱の中身を見た。

「美味しそうだね、唐揚げ」

そう言われてしまったら、こちらも黙っているわけにはいかない。

「一つ食べます？」

「いいの？　じゃあ食べる」

藤田さんは全く遠慮をしなかった。唐揚げを指先でつまんで、ぱくりと食べた。

しばらくしてからその唇が緩んで、なぜか腑に落ちた顔をされた。

「なるほどね。これじゃあ彼女なんてできないはずだ」

「普通に美味しいって言ってください、藤田さん」

「美味しいよ、これだけ作れたらいいよねって悔しくなるくらい」

それもまたいかにも、この人らしい口ぶりだった。恐らくこの人なりの、後輩に対する最高の誉め言葉だろう。

「ありがとうございます。よかったら作り方教えましょうか」

俺は切り出して、あとの言葉はからかいにならないよう、慎重に続ける。

「是非作って、ご夫婦で仲良く食べてください」

それでも、藤田さんにはまたむっとされた。当然頬も赤かった。

「目上を冷やかすとか、播上くんって生意気だよね」

「すみません」

「でも、美味しかったよ。本当に上手なんだね、料理」

一転、怒りの感情をどこかへ追いやって、にまっとした九年目の先輩。

この人はきれいな人なんだよなと、俺はこっそり、改めて思う。

「付け合わせにポテトサラダもどうですか?」

「じゃあ一口。……あ、酸っぱくない」

「マヨネーズに牛乳を足してるんです」

「こっちの方が美味しくていいね。どのくらい足すの?」

「ほんのちょっとですよ。マヨが大さじ一なら、小さじ半分くらい」

「覚えとく。今度作るわ」

藤田さんとそんなやり取りをしつつ、俺はしみじみ実感していた。

美味しいって言われるのはうれしいことだ。

相手が誰でも。好きな子じゃなくても。長らく好きになれなかった人でも、いろいろきついことを言ってきた人でも、俺の作ったものを食べて美味しいと言ってくれたら、やっぱりうれしい。たった一言だけで何もかも帳消しにしたっていいくらいだった。

清水のためだけに料理ができたらいいと思っていた。

清水のためだけに作って、食べてもらえて、彼女が美味しいと言ってくれたらそれだけでいいと思っていた。

でも本当は、そうじゃないのかもしれない。

俺の望むことはもっと別にあるのかもしれない。

清水だけでいいなんて、それこそ一面的なものの見方でしかない。本当はもっと大きな、途轍《とてつ》もなく大きなことを望んでいて、それをどうしても叶えたいって思っているのかもしれない。

藤田さんの美味しそうな顔を見た時、そんな気がした。

残業を終えた俺は、藤田さんに挨拶をして帰途につく。

既に午後十時を回っていたが、オフィス街はところどころ明かりが点《つ》いていた。真夏の夜のじめっとした空気の中、俺は地下鉄の駅を目指す。

大通駅《おおどおりえき》周辺には居酒屋や飲食店が多く、そこの前を通りかかるといい匂いとお客さんの賑やかな声が漏れてくる。実家を思わせる懐かしい空気に胸が締めつけられた。思わず目を逸らした時、何軒か先の店から小柄な姿が出てくるのが見えた。

ネオンの明かりに照らされたショートボブの女性が、何気なくこちらを振り返る。

「あれ？　播上？」

「清水⁉」

声を掛けられ、俺は思わず駆け寄った。

清水は何やら恥ずかしそうに笑ってみせる。

「一人居酒屋してるとこ、見られちゃった」

「飲んでたのか？」

「そう。よく来るんだ」

言われてみれば彼女の頬はほんのり赤く、目元にも酔いの気配が漂っていた。スーツの上着を片手に抱え、ブラウスの袖をまくっている。

「播上は？　今帰り？」

「ああ。……そうだ、誕生日プレゼントありがとう」

改めて告げると、とびきりの笑顔が返ってきた。

「どういたしまして！　飲んでみた？」

「いや、まだだ。飲み時がわからなくて」

「疲れた時に飲むんだよ。すっごい効くよ！」

彼女がそう言うので、俺は行儀悪いと思いつつ鞄の中から一本取り出し、蓋を捻《ひね》り開け飲んでみた。一口目からかなり強烈な味がして、舌先や喉がちりっと焼けるようだった。

それでもどうにか飲み干すと、清水が親指を立ててくる。

「これで明日もばっちりだね」

「明日は休みだけどな……」

「お休みの日の朝に起きられないってことなくなるよ」

と話すからには、彼女にはそういう朝もあるってことなんだろう。

それに、一人飲みなんてしているのも初めて知った。

「帰るでしょ？　駅まで一緒に行こうよ」

彼女が誘ってくれたので、それはありがたく受け取る。

「ああ、行こう」

内心、残業がなければ誕生日の夜だし、二人飲みだったのになとも思いつつ。


この時間帯の大通駅は混んでいて、俺たちは相談の上で一本見送ることにした。

地下空間のホームに並んで立ちながら、暇つぶしに他愛ない話をする。

「今夜はどのくらい飲んだんだ？」

「ビール一杯と水割り二杯、あと日本酒もちょっと」

「ずいぶん飲んだな……酔っ払ってるだろ」

「そんなことないよ、けっこう強い方なんだ」

清水は胸を張ったが、話しぶりがふわふわしていて明らかに酔っていた。こういう酔客も実家にいた頃よく見たものだ。

「居酒屋の雰囲気、好きなんだ」

彼女は口元を綻ばせて語る。

「お酒もそうだけど、食べたいものが注文したらさっと出てくるじゃない。しかも洋でも和でも中華でもあるし、美味しいし」

「居酒屋でご飯食べる人も割といるよな」

「それ、わかるなあ。女一人で入りやすい店が増えたらいいのに」

苦笑いで零す清水に、俺も頷いて答える。

「一人客も増えてきたけど、酔っ払い多い場所だし絡まれたりもあるしな」

「あるある。こっちは静かに飲んで食べたいのに」

「そういう時は一人でも小上がりに通したりするよ」

ふとそこで、彼女が俺の顔をじっと見た。

「播上、居酒屋で働いたことあるとか？」

今の言い方だと確かにそれっぽいな。少し気まずく思ったが、正直に打ち明けておく。

「うちの実家も小料理屋やってるんだよ」

「へえ！　初耳だよ、地元って函館《はこだて》だったよね？」

清水はほろ酔いの目を丸くしていた。

「ああ、なんか言いそびれてた」

「いいなあ、播上のご実家の店なんて絶対美味しいじゃない」

「向こう行くことあったら寄ってくれ」

「うん、行きたい！　最近旅行なんてしてないし」

言われてみれば俺もずっと旅行はしていない。帰省ももちろんしていないが、社会人になってからというもの、まとまった休日は掃除と買い出し、それにおかずの作り置きばかりに費やしていた。

彼女も同じなんだろう。どこか物憂げに溜息をついた後、ちらりと俺を見た。

「あのさ、変な質問するけど」

「どうした？」

「播上はなんでうちの会社入ったの？」

「就活して、受かったから。受かればどこでもよかったんだ」

「私と同じだね」

清水が呟いたタイミングで、電車がちゅんちゅん音を立てながらホームに滑り込んでくる。降りる人と入れ違いに乗り込めば、運よく二人並んで座ることができた。鞄を抱える俺の腕に清水の腕が柔らかく触れる。ブラウス越しの体温がほんのり温かく感じた。

ドアが閉まり電車が動き出した後、清水が言葉を継ぐ。

「今の仕事にすごく不満があるってわけじゃないんだ。そりゃ忙しいし大変だけどなんとか乗り越えられてるし。でも同期の子たちもみんな辞めるか転勤するかで、気づけば私と播上だけじゃない？」

「そうだよな」

渋澤もいない。同期ではないが藤田さんもいなくなる。

そういう時、ふと自分の身の振り方を考えたくなるのも自然なことだろう。

「別に、具体的に転職とか考えてるわけじゃないけど……」

彼女はまくし立てるように言った後、また目の端で俺を見る。

「ね、播上って子供の頃の夢とかあった？」

酔いのせいだろうか。今夜の清水はいつも以上によく喋る。そして話題が二転三転する。

「あったよ」

俺も今夜は、素直に口にすることができた。

「どんなの？」

「実家の店を継ぐこと。さっき言ったろ、小料理屋だって」

「そうなんだ！　播上がお店やったら絶対繁盛しそうだね」

それはどうかな、と普段なら自虐するところだが、言わなかった。

今は違う思いを持っている。ずっと不可能だと思っていたことを可能にしたい。俺なら、できそうな気がする。

「俺、ずっと自分のために料理作れたらいいやって考えてたんだよ」

こっちは全くの素面だが、せっかくなので思いを打ち明けてみた。

舌ももつれず話せるのは、もしかしたら栄養ドリンクの効果かもしれない。

「俺と、ごく親しい人たちに喜んでもらえたらそれでいいや、って」

「それはちょっともったいない気がするね」

「ああ。でも、気が変わったんだ。今日、藤田さんが俺の唐揚げを味見してさ。あの人には珍しく褒めてくれて。そうしたら俺、もっといろんな人に食べてもらいたくなったんだ」

故郷に戻って店を継ぐ。それが簡単なことではないのも十分わかっていた。

だが、挑戦してみたくなった。

もっともそうなると清水とも離れてしまうことになるわけで――その前に言いたいことは打ち明けておかねば。

「そっか……」

清水はぼんやりと呟いた後、思い出したように笑みを浮かべた。

「あの藤田さんに褒められたなんてすごいね、播上」

「だよな。正直奇跡だ」

「播上ならお店継ぐのも上手くいくよ、きっと」

彼女に保証されるとますます勇気が湧いてくる。本当に実現できそうな気がした。

「ところで、清水の夢は？」

電車が途中の駅で停まる。俺が下りるまであと二駅、彼女は確か終点の麻生《あさぶ》まで乗るはずだった。聞きたいことは今のうちに聞いておかないと。

「私はね……」

はにかみ笑いの彼女が答える。

「お母さんになりたかったんだ」

「お母さん？」

意外な回答に俺が目を剝くと、清水も慌てたように言い添えた。

「あ、違うよ。子供が欲しいとか、結婚したいとかじゃないの。うちのお母さんみたいになりたかったってこと」

清水家と言えば上男三人の四人兄弟だ。子供たち全員の胃袋を満たすためにどれだけの料理が必要か、想像するだけでも大変そうだ。

「お母さんは料理上手い人なんだ。あ、播上ほどじゃないけどね。でも三度のご飯は何食べても美味しかったし、時々手作りおやつも用意してくれてね。ホットケーキにドーナツにクレープ、あとカップケーキとかも……どれも本当に美味しかったな」

彼女は思い出を嚙み締めるように語る。

「お母さんの手は魔法の手だって、私、ずっと思ってたの」

なるほど、それで『魔法の手』か。

俺だけのための言葉ではなかったようだ。それは少し寂しく思ったが、同時に誇らしくもあった。

「私もお母さんみたいに、いろんな料理を次々作って、みんなに美味しいって喜んでもらえて。そういう人になりたかったんだ、まあ叶ってないけど」

彼女の夢は俺とよく似ている。

一緒に叶えられたらいいのにな。ふとそんな考えが浮かんだ時、

「そうだ。播上がお店継いだら、私のこと雇ってよ」

思いがけない言葉が彼女の口から飛び出てきた。

「え？」

「播上ほど料理はできないけど、配膳とか接客ならできそうだし。そうやっていろんな人の美味しい顔を見る仕事ってすごく楽しそうじゃない？」

酔いのせいか清水の口調は軽く、実にたやすそうに言ってのける。

だが同時に、俺の脳裏にも不思議なくらいたやすくイメージが浮かんだ。

同じ店で料理を作る俺と、それをお客様に運んでいく清水。俺一人では行き届かないところも彼女の細やかな心配りでカバーしてもらえる。逆に俺は、彼女の夢を代わりに叶えてあげられるかもしれない。

とはいえ清水は酔っている。

俺は彼女の顔を覗き込みつつ、慎重に尋ねた。

「本気なら、その時が来たら声掛けるよ」

窓の開いた地下鉄の車内で、前髪を揺らす清水が見つめ返してくる。その瞳はアルコールのせいか潤んでいて、だからか揺らいでいるようでもあった。

でも最後にはふっと破顔して、こう言った。

「じゃあ、約束。忘れないでよね」

彼女がどこまで本気かなんて、この瞬間には読み取れなかった。

だがそれでもよかった。それこそ『その時』が来た時にもう一度聞いてみればいい。

俺にはたくさんのやっておくべきことがある。ずっと放置してきたせいで山積みになっているそれらの問題を一つ一つクリアして、初めて『その時』はやってくるのだ。

やがて電車が停まり、俺の降りる駅に着く。

「じゃあまたな、清水」

席を立った俺に彼女は勢いよく面を上げ、何かを言いかけた。

だがすぐに取り消すように手を振る。

「えっと、またね。播上」

その顔が少し寂しげに見えたのは、単なる願望の表れだろうか。

後ろ髪を引かれる思いもありつつ、電車を降りた。ホームから振り返るとすぐにドアが閉まり、こちらを見ている清水とは一秒でも目が合ったかどうか。電車はすぐに走り出し、あっという間に遠ざかっていった。

改札を目指しながら息を吐く。これは寂しい溜息じゃなく、決意を込めた深呼吸だ。

俺は夢を叶えたい。

そのための一歩を今、ちょうど踏み出したところだった。

五年目　だし巻き卵とチョコブラウニー

「播上《はたがみ》さん。な、内線で、お電話です」

堀川《ほりかわ》が、震える声でそう言った。

今年度の総務のルーキーは、学生時代にスポーツをやっていたそうだ。だから俺よりはるかに体格がいいのだが、自信のなさそうな態度とまっさらなリクルートスーツが堀川を妙に小さく見せていた。

今だって呼ばれたから何かと思えば、ただの内線というからおかしい。

俺は笑いを堪えつつ顎を引く。

「そうか、ありがとう」

内線の引き継ぎくらいで緊張しなくてもいいんだけどな。

受話器を取り、保留ボタンを押す前にふと気づいて、もう一つ尋ねた。

「ところで、どこから掛かってきた？」

たちまち堀川の顔が強張る。

直後、勢いよく頭を下げてきた。

「あの、聞くのを忘れました、すみません！」

「……いや、いいよ。大丈夫だ」

俺にもこんな頃があった。ぼんやり思い返しながら、一呼吸置いて保留ボタンを押す。

社会人になって五度目の五月がやってきた。

今年は例年よりもより忙しい。去年までは藤田《ふじた》さんが新人の研修を担当していたが、彼女はもう退社して、ここにはいない。代わって俺が新人教育を受け持つこととなった。人にものを教える難しさを、俺は五年目にして初めて思い知った。

藤田さんも俺の教育には手こずったことだろう、何せ一年目の俺ときたらしばらく使い物にならなかった。そのくせ殊勝《しゅしょう》さとは無縁だったのだから、先輩から見れば腹立たしいルーキーだったに違いない。ご苦労がわかりましたと本人に言ったら呆れられそうだ。

藤田さんからは、先月、写真入りのハガキが届いた。新天地である釧路で親族だけの式を挙げたのだという。

ウェディングドレスを着た姿を見て、やっぱりきれいな人だな、と思った。ちなみに相手の方の顔も初めて見たが、なかなかに男前で、優しそうな雰囲気をしている方だった。藤田さんが十年待った気持ちもわかるような気がした。

でも俺は、十年も待てないと思う。叶うかどうかは別として、行動に出ることは決めていた。今はそのための準備の時だ。

次の五月には、俺もここにはいないだろう。

内線は通用口受付からで、発注していた備品が搬入されたことへの連絡だった。

ゴールデンウィークを控えているため、業者の営業日を考慮して各備品を多めに発注していた。ちなみにうちの社は暦通りの連休となる。それでも休みがあるだけましだ、文句は言えない。

通話を終え、受話器を置いてから俺は新人へと告げた。

「下に荷物が来てるから、取りに行こう」

傍で突っ立っていた堀川は、その言葉で石化が解けたみたいに表情を変える。慌ててついてくるのを横目で見つつ、俺は総務課を出る。

一度倉庫へ寄り、台車を持ち出してから一階通用口へ向かった。

堀川もこの辺りは心得たもので、台車は自分で押すと言い出した。さすがは体育会系だ。

俺は快くその申し出を受け、代わりにエレベーターのボタンを押す。

「さっきはすみませんでした」

エレベーターに乗り込んでから、堀川は頭を下げてきた。

「前に教わっていたのに……つい緊張して、相手の名乗った内容が真っ白になってしまって。本当にすみません」

遊園地のアトラクションにも似た浮遊感の中、俺はその態度にかえって恐縮させられた。

「気にすることじゃない。次から気をつけてくれればいいよ」

「すみません。この間も同じ注意を受けていたのに」

堀川はすっかりしょげ返っている。

普段ははきはきとして威勢のいい奴だが、自信のないそぶりを見せる時がたまにある。

研修をようやく終えたばかりの新人だ、同じ注意といったってたかが知れているのにな。

「落ち込むなよ。誰だってするミスだ」

取り繕うように言ってみたものの、上手いフォローではないと自分でもわかった。

　こういう時はなんと言うべきなんだろう。藤田さんがしていたように、いっそきつく指摘してみる方がいいんだろうか。でもあまり厳しく言うほどのミスでもないだろうし、他人を怒るのは苦手だ。なるべくなら穏便に注意がしたい。

　堀川が男でよかった、とも思う。肩を落とす堀川を見て思う。

　これが女の子の新人さんだったりしたら、フォローの言葉すら浮かばずに一人でまごまごさせられていただろう。下手に注意する立場になってうっかり泣かせでもしたら、むしろこっちが立ち直れなくなる。

「これが終わったら、休憩入っていいからな」

　とりあえず、この言葉が一番効果的かなと思って、告げてみた。

　案の定、堀川は緊張の解けた顔を見せた。

「はい！　頑張ります！」

　返事は今日一番の威勢のよさだった。

　一年目なんてそんなものだ。俺だってそうだったから、わかる。

　ルーキーイヤーはひたすら清水と過ごす昼休みだけが救いだった。

　通用口で備品を受け取り、再度エレベーターで上へ戻る。

　備品をしまうために倉庫へ向かえば、その途中、廊下で清水《しみず》に出くわした。

「あ、播上！　いいところに！」

声を上げるなり駆け寄って来る彼女。

俺は堀川の目を気にしつつ、照れながら応じた。

「清水、どうかしたのか？」

「どうかしたから来たの。うちの課の蛍光灯が一本切れちゃってて」

目の前で立ち止まり、清水はにっこり笑う。五年目の笑顔は一年目の頃とさして変わらず、とてもかわいい。こっちまでつられて笑いたくなる。

今年度から彼女は秘書課の事務担当となった。それまでの部長秘書から配置転換したわけだ。

事務の仕事を嫌がる子も多いらしいと聞いていたが、清水は人についての業務よりもデスクワークの方が余程気楽でいいらしい。

彼女が事務に回ったことのメリットは俺にもあった。彼女が時間通りの昼休みをもらえるようになり、一緒に過ごせる回数がぐんと増えたのだ。

「急がないんだけど、あとでいいから届けてくれないかな？」

その清水が頼み込んでくる。

「うちの課、今空っぽでさ。持って来てもらえたら助かっちゃうんだけど……」

「いいよ。これ置いたらすぐに行く」

「ありがと、助かる！　じゃあ待ってるから、都合のいい時によろしくね！」

言い終えると、清水はそのまま飛ぶように廊下を戻っていく。

短い髪がふわふわ揺れるのをしばらく見送っていたら、ずっと黙っていた堀川が、ふと口を開いた。

「きれいな方ですよね、清水さんって」

「――え?」

俺はぎょっとして、思わず堀川の顔を見た。

同じくらいの背丈のルーキーが、遠慮がちな笑みを浮かべてこちらを向く。

「俺、播上さんがちょっと羨ましいです」

どういう意味だ。

自分がどんな顔になったかはわからないが、胸裏を悟られないよう口元を引き締めた。

そのせいか堀川は急に気まずげにする。

「あ、すみません。からかいとかじゃなくて本気で思うんですよね。同じ会社に彼女がいたら幸せなんだろうなって」

「……清水は、彼女ってわけじゃない」

俺は四つも年下の後輩に、そう答えるのが精一杯だった。

堀川を昼の休憩に上げてから、俺は蛍光管と脚立《きゃたつ》を抱えて秘書課へ向かった。

秘書課には清水だけがいた。机に向かっていた彼女の頭上ではちかちかと蛍光灯が明滅《めいめつ》している。

俺が入っていくと、彼女は一度笑んでから、あ、と口を開けてみせた。

「そうそう、脚立も必要だったよね! 持って来てくれてありがとう」

その後で立ち上がり、俺の手から脚立を受け取ろうとする。

当たり前だが俺はそれを拒んだ。

「いいよ、俺が替えるから」

「え、いいの？」

清水が目を丸くする。

「こういう仕事は総務の役目だ」

俺は言って、替えの蛍光管を手に脚立へ上がる。

「さっすが総務課、気が利くんだから！」

「それほどでもないよ」

「それほどでもあるよ！　助かっちゃう！」

清水は俺を随分と誉めちぎってくれた。悪い気はしない。

脚立の上から手を伸ばし、ちかちかしているくせに熱い蛍光管を外した。

代わりに新しい蛍光管を填《は》めるとすぐに白い光が灯《とも》り、二人だけの空間を静かに照らしてくれた。

「そういえばさ」

脚立から降りようとする俺に、清水がふと切り出す。

「さっきの子、堀川くんって言ったっけ。播上のところの新人くん」

「ああ、堀川で合ってる」

「あの子にこないだ挨拶されたよ」

「挨拶？」

俺が床へ下りると、彼女は苦笑いで続けた。

「『播上さんに、いつもお世話になってます！』って」

「なんだそれ。どうして清水に言うんだ」

「多分、勘違いしてるんじゃないかな。私と播上が付き合ってるって」

俺は慌てた。どうして俺じゃなくてわざわざ清水に言うんだ。

「堀川くんって体育会系って感じだしね」

意外にも清水は愉快そうにしている。

「お世話になってる先輩の彼女には挨拶しなきゃ、って考えそうじゃない？」

「いや、それはそうかもしれないけど……」

確かに、堀川ならそういうことをしそうな気もする。

「し、清水も、否定しなかったのか？」

「否定しようにも暇がなくて。出くわすなり思いっきり頭下げられたから」

俺の動揺をよそに、彼女はくすくす笑っていた。

「でもさ、こんな誤解されたの久々じゃない？　むしろ懐かしくて」

「懐かしいって、笑い事じゃ……いや、そうだな」

仕方なく俺も笑い飛ばすことにする。

少々複雑だったが、同じように懐かしく感じたのも事実だ。

思えばそういう誤解をされるのも久々だった。渋澤《しぶさわ》も藤田さんもいなくなった今、面と向かって俺達の関係を勘繰ってくる相手はいなかったし、五年も『メシ友』でいる間柄を改めて気に掛ける人はそう多くもないようだった。

堀川もそのうちに、俺と清水の関係を理解するんだろうか。

それとも俺と清水の関係が変わる方が先だろうか。

俺が見つめる先で、清水はおかしそうに笑っていた。

「渋澤くんや藤田さんがいた頃はよく誤解されてたよね」

「そうだったな、毎日のように言われてた」

やけに遠い昔のように思えるが、あの二人と毎日顔を合わせていた頃があった。

「渋澤くん、課長になったんだって？」

「そう言ってた。すごいよな、本社で総務課長だぞ」

あいつとは未だに連絡を取り合っている。昇進したこともわざわざ電話で知らせてくれた。光栄なことに、今回も『真っ先に』知らせてくれたらしい。

「ね、すごいよね。我々の中で一番の出世頭だよ」

嬉しそうに笑う清水と、一緒に笑っていられるのが嬉しかった。

「藤田さんは元気にしてるかな。あ、名字変わったのか」

「変わってた。それに元気にしてたよ、こないだ結婚式のハガキが届いた」

「へえ……きれいな人だからドレスが似合っただろうね」

「写真で見ただけだけど、似合ってたよ」

貰ったハガキにはあの人の字で、鶏の唐揚げを作ったことが記されていた。播上くんほどじゃないけど美味しくできたよ、と添えられていて、俺も幸せのお裾分けをされた気分だった。

あの人のお蔭で、俺は目標を手に入れた。取り戻した。

「——そうだ、清水」

脚立を携《たずさ》えて秘書課を出る直前、俺は思い出して口を開く。

再び机に向かった清水が怪訝そうにこちらを見た。

「なあに？」

「連休は俺、実家に帰るんだ。土産は何がいい？」

「え、お土産？　函館《はこだて》ならやっぱお菓子かなあ」

うちの地元にも銘菓はいくつかある。そのほとんどはこの辺りの駅や空港でも買えてしまうのだが、逆に言えばそれだけ人気があるということだろう。だいたいなんでも買っていけば喜ばれる。

「また美味しそうなの見繕っとくよ」

「ありがと！　楽しみにしてるね」

清水は微笑んだ後、そういえばと目を瞬かせた。

「播上、最近よく帰省してるね。今年のお正月と、春のお彼岸も帰ってなかった？」

よく覚えているなと思う。

逆に言えば清水に記憶されるくらい、今までずっと帰省していなかっただけだ。

「ああ、帰ってこいって言われてるからさ」

「偉いなあ、親孝行してるね」

　本当の理由はまだ言えなかった。

　親孝行というのもあながち間違いではない。だが現実に孝行するまでには、もう少し時間が掛かりそうだった。


　五月二日の晩、俺は夜行バスに乗って帰省した。

　故郷の函館駅前に着いたのは翌朝、午前六時過ぎのことだ。

　バスを降りてすぐに懐かしい潮風の匂いがした。ここからはまだ海が見えないのに、海があるのがはっきりとわかる。

　五月晴《さつきば》れの空の下、路面電車も市営バスも動いておらず、街全体がひっそりとしていた。駅前通りを走る車も少なく、連休中の人出はどうだろうと観光都市と銘打つ故郷を案じてしまう。

　俺は鞄を肩に引っ掛け、静かな駅前通りを歩き出す。

　故郷のビル群は俺が暮らしている札幌《さっぽろ》よりも背が低く、今は一様に朝焼けの色をしている。駅前の百貨店も、アスファルトのひび割れた道路も、路面電車のための線路も何もかも。

　この街を、清水は好きになってくれるだろうか。などと夢みたいなことを思う。

　そして今から不安になる。函館は海があるし温泉もあるし、美味い食べ物もある。観光都市と名乗るだけあって、観光客の喜びそうなものもいくつかある。でも買い物をするのは不便だし、こじゃれた店も札幌のようにはない。清水みたいな都会っ子には少し退屈かもしれない。

でも、いつか連れてくる機会があったら、清水がこの街を好きになってくれたらいいと思う。

もっともその前に、俺を好きになってもらえたらいいんだけどな。

冷たい潮風に吹かれつつ、俺は実家への道を辿った。

俺の実家は海岸沿いの温泉街近くにある。

趣《おもむき》のある古びた家が立ち並ぶ一角で、景観に配慮するあまり地味過ぎる佇まいの小料理屋――当たり前だが今時分は暖簾が引っ込んでいて、だから余計に目立たなく見える。和風建築の店構えが植え込みの緑にすら負けている。だが温泉客がふらりと寄ってくれる立地のお蔭で、どうにか経営も成り立っていると聞いた。

店の入り口を通り過ぎ、裏の勝手口へと回る。俺が帰る日にはいつもここを開けておいてくれる。このご時勢に無用心じゃないかと思うのだが、田舎《いなか》だから大丈夫よと母さんは聞く耳持たない。

勝手口を開けると、まずご飯の炊ける匂いがした。それから煮しめの匂い。こんなに早くから、朝飯の用意をしておいてくれたんだろうか。店は午前一時までの営業だから、この時間じゃ二人とも眠いに違いないのに――。

「ただいま」

声を掛けてみる。しかし、返事はない。

台所は炊飯器がしゅうしゅうと音を立てているだけで、人の気配はなかった。俺は靴を脱いで上がり込み、とりあえず居間を目指す。

居間には父さんが座っていた。

既に着替えを済ませ、髭《ひげ》も剃《そ》った父さんが、にこりともせずにこちらを見た。

「おう、正信《まさのぶ》」

眠そうな低い声で言う。

再会の挨拶はそれだけ、いつものことだった。

「ただいま」

俺も短く応じ、それからすぐに尋ねた。

「母さんは？　台所にはいなかったんだけど」

「コンビニまで買い物に行った」

答えた後で父さんは、皺の増えてきた顔をわずかに背けた。

「お前も二言目には『母さんは？』だな。『父さんは？』ってことがない」

「いや、そういうんじゃないけど」

「もうじき帰ってくる。座って待ってろ」

宥《なだ》めるように言われて、俺はとりあえず従った。

座卓を挟んで父さんと差し向かいの位置に座ると、父さんはこちらを見ずにずっと黙っている。

俺もお喋りな方ではないから同じように黙る。

就職してから三度目の帰省でも、父さんと俺の間に必要以上の会話はなかった。

南向きのベランダにはこの時分、かすめるようにしか陽が射し込まなかった。お蔭で外よりも薄暗く感じる。部屋の中が薄青がかって見える。父さんの顔もそうで、白髪交じりの頭が今はそれほど目立たない。

「父さん、起きてたんだな」

俺は時計を確かめてから尋ねた。

時刻は午前七時少し前。営業日の朝、父さんが起きてくるには早いくらいの時間だった。

父さんはその問いには答えず、視線をベランダの外へ向けた。

「バス、混んでたか」

「満席だったよ。ゴールデンウィークだし」

「そうか。温泉街も今年はそれなりに賑わっているそうだ」

「店は？　忙しい？」

「まあまあだな」

店のことを尋ねられると、初めて父さんは笑った。

「お前の仕事はどうなんだ、正信」

「俺も、まあまあだよ」

真似をして答えてみる。また父さんが笑う。

「今は何をやってるんだ」

「新人教育、かな。結構考えさせられることが多くてさ」

父さんと仕事の話をするのは新鮮だった。いい機会だと、俺は本音を打ち明ける。

「思ってたより大変なんだ。人にものを教えるのがこんなに難しいとは思わなかった」

「そんなものだ」

深く、父さんが顎を引く。

「教わるより教える方が大変だ。自分の実力が、教え方にそのまま出るからな」

「教え方にか……そうかも」

今はまだ堀川に対して注意さえままならない。教える側としての俺もまるっきりの新人だった。

「仕事、楽しいか」

その問いには、今度は俺が詰まった。

「楽しい……かな。うん」

どうしても曖昧な答え方になってしまう。

今の仕事に不満があるわけじゃないし、大変だがその分やりがいもある。もう五年目になる総務の仕事を、俺はそれなりに気に入っていた。

でも。

「実は、他にやりたいことができたんだ」

はっきり言えと言われそうな気がしたから、思いきって切り出すことにした。

父さんは驚きもせず、顔色一つ変えなかった。

ここ半年ほどの俺の頻繁な帰省、その裏側にある意思を感づいているのかもしれない。

「小さな頃から夢だったこと、もう一回挑戦してみたくなったんだ」

俺はもう一度口を開き、力を込めてそう告げた。

すると父さんはやおら立ち上がり、俺を見下ろし尋ねてきた。

「疲れてないか」

「え？　ああ、平気だけど」

俺が頷けば台所へ顎をしゃくる。

「台所、立てるか」

「……うん、いいよ」

不器用な誘いだと思った。

うちの父さんらしいといえばそうかもしれない。ましてや俺の父さんだ、器用なはずがない。

「母さんが帰ってくるまでに朝飯を一品増やしといてやろう」

言いながら父さんは奥へ引っ込み、二人分のエプロンを出してくる。片方を俺に差し出す。用意がいい。

「きっと母さんは、どこかで立ち話でもしているんだろう」

「俺もそう思う」

同意を示すと、父さんはまた少しだけ笑った。

「だし巻き卵、作るのも久し振りだ」

菜箸《さいばし》で卵を掻き混ぜながら、俺は呟く。

父さんは用意周到だった。俺の分のエプロンだけではなく、調理器具も、一番出汁までちゃんと準備ができていた。今は隣で鍋を空焼きしている。

「作らないのか、あまり」

ぎりぎり疑問形になりそうなトーンで、父さんが応じる。台所に並んで立っても、滅多にこちらを向かない。手元と火元をじっと見ている。

俺はボウルに目を戻し、出汁で卵を伸ばしていく。

「何か物足りない気がしてさ。卵一個で作ると迫力ないし、でもカロリーも気になるし」

作るのは久し振りでも、実家の味は大体覚えている。砂糖と醤油とみりんを入れて味を見ると、記憶の通りの味がした。

「母さんと同じことを言う」

呟きながら父さんも卵液の味を見る。微かに頷いた。

「及第点だ」

「よかった」

認められて俺は胸を撫で下ろす。

「母さん、カロリーを気にしてるのか」

「あいつはそういうのにうるさいからな」

父さんはぶっきらぼうな言い方をする。母さんに対してはいつもそうだ。

「卵料理でもなんでも、とにかく栄養を考えて必ず野菜を入れろとうるさい」

「ああ……わかるよ」

そして母さんは、本当に栄養素だのなんだのにうるさい。俺が実家にいた頃からそうだった。

「この間は賄《まかな》いのオムレツにほうれん草を入れてやった。母さんが言うには、鉄分は特に女性が必要とする栄養素なんだそうだ」

いかにも自分の知識じゃないんだと言いたげに父さんが語る。母さんのことを考えて作った、とは絶対に言わない。指摘するのも野暮《やぼ》だろう。

「母さん、喜んだだろうな。緑黄色野菜大好きだし」

ちらと父さんが俺を見る。目元にだけ照れの色が滲んだ。

「ああ。うるさいくらいだった」

一人息子がいようがいまいが、両親の夫婦仲にはさしたる影響もないらしい。仲良きことは美しき哉《かな》。

空焼きを終えた卵焼き鍋を再び火に掛け、ごく薄く油を引いた。

卵液を静かに流し入れる。たちまち焼ける音といい匂いが台所に満ちていく。

直ぐにふつふつと出来始める気泡は菜箸でやっつける。卵の表面が乾き出した辺りで、手前に向けて巻く。手首のスナップを利かせつつ鍋を揺らす。

「思い切りよくやった方がいい」

父さんが俺の手元を見ながら言う。

「今のうちならまだ直しが利く。多少崩れてもいいからどんどんといけ」

アドバイス通り思い切って鍋を振ると、確かに右端の方が多少崩れた。すかさず箸で形を整える。ちょっとでも手間取ると父さんが口を開く。

「もたもたするな。巻いたらすぐに位置を移して、卵を足せ」

巻いた卵を奥へ押しやり、卵液を足す。既に巻いてある部分の真下にもいき渡るように、箸で卵を持ち上げる。柔らかい卵は扱いが難しく、知らず知らずのうちに息を詰めてしまう。

何せ父さんの前だ。失敗はしたくない。

卵液を数回に分けて流し入れ、焼けた卵をどうにか巻いた。

鍋蓋に空ける時が一番緊張した。まな板の上まで、形を崩せずに移せた時はほっとした。

久し振りのだし巻き卵。湯気と共に上がる匂いに、改めてお腹が空いたなと思う。形はまずまずの出来映えだった。焼き色が付き過ぎたようにも見えるのは反省点だ。焼き時間がやはり長かったのだろう。

「緊張したか」

出来上がりを見た父さんがそう尋ねてきた。

「そりゃあそうだよ」

本職の人の前で普段通りの料理ができるはずもない。もっと根本的なところから鍛え直さなければいけないだろう。

「身内に作る分としちゃ上出来だ。店には出せないがな」

父さんの率直な評価にも納得したが、それでいいとはもう思わない。

上を目指したい。前に進みたい。だから、故郷へ帰ってこようと思った。

「どうしたら、店に出せるようになる？」

俺は、隣に立つ父さんの横顔に尋ねた。

皺の深い顔には常日頃から柔らかさがなく、あの店を開くためにどれほどの苦労をしたのかが自然と読み取れてしまう。だからこそ長い間、俺はあの店と父さんから逃げていた。

尊敬なんて、身内に使うのは薄っぺらな言葉かもしれない。

ただ俺は、父さんの料理の腕も、父さんを支えてきた母さんも、確かに素晴らしいと思う。一朝一夕では叶わないことだ。

後を継ぐなら、同じくらいの年月と努力とを重ねていかなければならないはずだ。

父さんは目の端で、ほんの一瞬だけ俺を見た。

そして視線をだし巻き卵へ戻してから、ぼそりと答えた。

「失敗を恐れるうちは無理だ。失敗するかもしれない、そう思いながら作ったものを、お客様に出せるわけがない」

じゃあ失敗しなくなるためには、失敗しないとはっきり思えるようになるには、一体どうすればいいんだろう。

俺の疑問は声にしないうちから、父さんの低い声によって答えられた。

「店に出したいと思ってるなら、ちゃんと帰ってこい」

流し台下の戸を開けて、父さんは年季の入った包丁を取り出す。

こちらへ柄を差し出されたので受け取れば、皺だらけの顔には苦笑いが浮かぶ。

「今みたいに、休みの度に帰ってくるだけでは足りない。教えなきゃならないことはたくさんある」

違いない。父さん達と同じだけの年月と努力を重ねるためには、こんな帰省だけでは足りなかった。もう一つ、いよいよ踏み切らなければならないようだ。

「正信」

父さんは静かに、なんでもないことのように言う。

「急がなくてもいい。父さんは、いつでもいいと思っている」

「うん」

俺はその言葉に背を押され、包丁の柄《え》を握り直す。

「あの店だってあと三十年は続けるつもりだ」

すごい覚悟だ。改めて尊敬する。

「お前も好きな時に帰ってくるといい。会社には迷惑を掛けないようにしてな」

「わかった」

三十年後には八十過ぎのはずだが、父さんなら現役を続けていそうだなと思う。俺は今の父さんと同世代になる。その頃までにはしっかり後を継いでいたい。

「ちゃんと帰るよ、必ず」

就職してから三度目の帰省で、とりあえずそこまでは告げられた。

その先の言葉は、本当にちゃんと帰ってからだ。

父さんもわかっているんだろう。何も答えずに包丁を入れろと促された。だから俺も緊張しながら包丁を握り、だし巻き卵を切り分ける。

ちょうどその時、玄関のドアの開く音がした。

「ただいま！　あら正《まさ》ちゃん着いてたのね。何作ってるの？　玉子焼き？」

途端に母さんの賑やかな声が家の中に響き渡る。がさがさとビニール袋の擦れる音も聞こえる。

「あらあら、二人で台所にいたの？　スマホスマホ、写真撮らないと！」

台所を覗き込んできたと思えばこの騒ぎだ。

「お父さん、こっち向いて！　正ちゃんも包丁持ったままにっこりして！」

母さんはうきうきとスマホを構える。広告でよく見る最新機種だ。

もちろん父さんはその言葉に従わないし、俺もいきなり言われてにっこりできるほど器用じゃない。

「止めてよ母さん、恥ずかしいから」

「恥ずかしがらなくてもいいのよ。いい男が二人、エプロン姿で台所に並んでるなんてすごく絵になるじゃない！」

「だからそれが恥ずかしいんだってば……」

俺が思わず溜息をつくと、母さんも呆れた様子で言い返してくる。

「じゃあいいわ、後ろ姿を撮るから。男の生き様は背中に表れるんだものね！」

「いや、父さんはともかく俺はそんな大した背中では――」

「ほらほら二人ともそっちを向いてちょうだい。撮るわよ！」

有無を言わさぬ調子で母さんが言う。こうなると本当に強情だから困る。

俺と父さんは渋々背を向けた。

「なんであんなにはしゃいでるんだろう」

こっそりぼやけば、隣から父さんが囁いてくる。

「正信。お前は無口な嫁を貰え」

直後、強い光が背後で瞬き、ぱちりとシャッター音がした。

しかし残念ながら、父さんの望みは叶えられそうにない。さすがに母さんほど酷くはないが、決して無口じゃない子を好きになってしまった。いつかそういう形で連れてこられたらと思うものの、とりあえずは仕事仲間として紹介したい。

久し振りのだし巻き卵は、空腹のせいかすごく美味しかった。

父さんは黙々と食べてくれたし、母さんはにこにこと堪能してくれた。

◇　◇　◇

辞表を出したのは年が明けて迎えた一月のことだ。

キリのいいように年度末で辞めるつもりだった。五月の連休以降も何度か実家に帰り、その件について両親にも話した。両親も特に反対しなかったのであとは俺が自分で決めた。

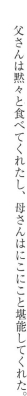

直属の上司である総務課長は、俺の退職理由を聞くと残念そうな顔をした。

藤田さんの時と同様に、慰留《いりゅう》のしようがない理由だからだろう。

「播上は真面目だから、いい後継ぎになれるな。頑張れよ」

「頑張ります」

俺も課長に笑顔を返し、それから詫びと感謝を述べた。

なんだかんだで五年間勤めていた職場だ。辞めるとなると寂しくもなる。それでも一番やりたいことを生業にするという喜びは隠しきれなかった。

もう引き返せない。

だからこそ、一つとして妥協はしない。ここでの残りの日々も悔いのないように過ごす。そして夢を叶えたい。

退職の件は上司にだけ伝えていた。

他の人にも折を見て打ち明けなければならないのだが、どうしても優先させたい相手がいる。決算の準備で忙しかった一月が過ぎてから、俺は改めて清水にどう声を掛けようか考えていた。

『父の店を継ぐために故郷に帰る。清水もよかったら来ないか?』

一昨年の夏に交わした約束通り、そう告げるつもりだった。

だがあの時の約束はまだ生きているだろうか。そもそも清水は結構酔っていたし、もしかしたら冗談のつもりだったという可能性もなくはない。それでも彼女の『お母さんになりたかった』という言葉に嘘はないと感じたし、友達として誘うこと自体に問題があるはずもない。

友達として——ここまできてそんな欺瞞《ぎまん》を思い浮かべる俺も俺だが、彼女への想いと、俺と彼女の夢が同じであることを一緒にして考えるつもりはなかった。もちろん今後も彼女と縁を持ちたいという気持ちはあるし、下心がないとは全く言えない。だがそれを盾に彼女に選択を迫ることだけはしたくなかった。

あくまで、同じ夢があるなら叶えようと誘うだけだ。

彼女に打ち明けるのは今月、二月と決めていた。年明けすぐはどこの課も忙しいし、三月に入ると年度末でまた慌しくなる。もちろん〆日や月末も然《しか》り。

となれば自然と、二月上旬をターゲットに据えることとなった。


だから堀川は、俺が辞めることをまだ知らない。

「播上さん、休憩ですか？」

一年目で驚くほど仕事を覚えた新人は、それでも休憩時間が一番元気だ。今もいきいきと休憩から帰ってきて、弁当片手に廊下を歩いていた俺を見つけて声を掛けてくる。

「清水さんなら秘書課にいましたよ。播上さんが来るのを待ってるみたいでした」

「そうか、わかった」

暗に冷やかされているのがわかって、俺は照れ笑いを嚙み殺す。

堀川のそういう性格は相変わらずで、俺と清水の仲をストレートに羨ましがるのでなんともくすぐったい。

「いいっすよね、俺も一緒に弁当食べてくれる彼女が欲しいです！」

笑いながら言われると反応に困る。

「だから彼女じゃないって」

「まだ付き合ってないんですか？　そろそろ告白しちゃいましょうよ！」

「……お前、面白がってるだろ」

俺が軽く睨むと、堀川は大慌てで逃げていった。

この歳になっても面と向かって冷やかされるのは照れる。

でも実際、堀川の言う通りなんだろう。二人で共に過ごしてきた五年間で、俺と清水は人から羨ましがられるくらいの関係を築いてきた。それは傍から見ればもどかしいような恋愛関係に映るのかもしれない。

本当はそうではない。俺たちはずっと友人として、そして料理を好む同好の士として仲良くやってきた。それ以上の関係を望んでいるのは俺だけかもしれない。

堀川と別れた後、俺は秘書課を訪ねた。

最近では、休憩に入ったらまず彼女の様子を見に行くことにしていた。一緒に休憩に入れそうならそのまま連れ立って社員食堂へ向かう。少しでも長く一緒にいられるように。

清水は俺のそういう行動もごく普通に受け止めていた。訝しがることもなければ不審がることもなかった。それどころか、今日みたいに俺を待っていたりもする。

「あ、播上。そろそろ来る頃かなーって思ってた！」

常に人気《ひとけ》がない秘書課の室内、清水は机に向かって書類を片づけているところだった。

俺が訪ねていくと席を立ち、鞄から弁当箱を取り出して、廊下まで出てくる。

「さっき堀川くんを見かけたから、播上の休憩もそろそろかなって待ってたの」

「堀川も言ってたよ。清水が秘書課で俺を待ってるって」

「伝えてくれたんだ？　律儀《りちぎ》だなあ、堀川くんも」

彼女が笑う。一年目とあまり変わりのない、朗らかな笑顔だ。

でも、それ以外はたくさんのことが変わった。

「じゃ、食堂に行こっか」

「ああ」

頷く俺の、胸裏にある思いも。

こうして食堂まで肩を並べていく時間もそうだ。

変わりつつある。俺達の関係も、五年目の二月を迎えても、当たり前のように。


食堂の隅の方の席に並んで、持参したお弁当を開ける。

清水の今日の弁当箱は黄色い小鳥の柄だった。彼女は勿体《もったい》つけるような手つきで蓋を取るので、俺は隣から覗き込む。

「へえ、美味そう」

いい出来に見えた。メインは酢豚のようだが、つやのある照り具合がなんとも言えず美味そうだった。彼女の弁当は野菜も多い。玉ねぎやピーマンやニンジンがごろごろ入っている。見ているだけで腹が減ってくる。

「播上のだって美味しそうじゃない」

　負けず嫌いの顔をして、清水が言い返してくる。俺は胸を張って答える。

「もちろん、美味いよ」

　不味《まず》いはずがない。ここ一年は父さんからも料理を習い、自己研鑽《けんさん》にも励んできた。

　これからは親しい相手だけじゃなく、誰に食べてもらっても美味しいものを作るつもりだ。

「いいよね、料理上手」

　清水が呻く横で、俺もさっさと弁当箱を開けた。

　今日のメニューは豚の角煮と大根の煮物、炒り卵にさやいんげん、それにミニトマトだ。野菜を多めにしているのは彼女の好みを意識してのことだった。なんだかんだ言って、一番食べてもらいたい相手が清水なのはずっと変わらない。

「清水、何食べたい？」

　尋ねれば、彼女もこちらを覗き込んでくる。

「全部食べたい」

「了解。蓋、借りるよ」

　答えを聞くが早いか、俺は彼女の弁当箱の蓋を取り上げた。そこに自分の弁当のおかずを一つずつ乗せていく。崩さないように丁寧に並べてから、彼女に蓋を返す。いつも通りの弁当交換、これが楽しい。

「角煮、自分で煮たの？」

そう尋ねた彼女が、俺の作った角煮を箸でつまんだ。

昨日の晩に作ったものだ。脂をちゃんと落としてあるから好みに合うはずだが、味つけの方はどうだろう。

角煮を口に運ぶとたちまち清水の表情が緩む。

「美味しい……！　冷めてもしっかり柔らかいし、甘みもあっていいね」

言葉通りに美味しそうな顔をしている。よかった。

「ああ。昨日、休みだったから。夕飯の残りを持ってきたんだ」

「作り方教えて！」

どうやら今日も気に入ってもらえたようだ。ほっとしつつ答える。

「いいよ。あとで送る」

「ありがと。こっちの炒り卵も、味噌味なのがすごくご飯に合うね！」

「気に入ってもらえてよかったよ。これも作り方教えようか」

「是非お願い」

向上心のかたまりみたいに見える表情がかわいい。そういう彼女と弁当の話をするのは、そして料理の話をするのは楽しかった。

「清水は？　今日は酢豚弁当？」

遠慮もせずに弁当箱を覗けば、彼女も慣れた様子で答えてきた。

「ううん、これ鶏肉。食べてもいいよ」

酢豚ならぬ酢鶏か、面白そうだ。

「いただきます」

俺はためらわずに箸を伸ばして、彼女の弁当箱から鶏肉を一つ攫った。

口に運ぶと、その柔らかさに口元が綻んだ。こってり甘酸っぱいソースと、鶏胸肉の淡白さもよく合っている。衣の感じから察するに、唐揚げに甘酢ソースを絡めたのかもしれない。味つけも揚げ方も文句なし。美味しかった。

「美味いな。昨日の晩、鶏の唐揚げだった？」

俺が尋ねると、清水は感心したように頷く。

「よくわかったね。播上から教わったやつ、また作ってみたんだ」

聞いた話によれば、彼女のお兄さんは相変わらず鶏の唐揚げが大好物らしい。清水はその期待に応えようと日々唐揚げの研鑽を重ねていて、俺も彼女の努力にほんの少し力添えをしてきた。

でも本当にほんの少しだ。

彼女自身の頑張りが、今日の弁当に生きていることは間違いない。

「清水も腕を上げたよな」

心からそう思い、俺は呟く。

彼女は本当に頑張っている。一年目とは比べ物にならないほど上手くなったし、その成長を負けず嫌いの向上心がしっかりと支えている。実力もさることながら、俺は彼女のそういう性格が好きだった。

「毎回、播上には敵わないけどね。プロ並みだもん」

清水が苦笑いで応じてくる。

プロ並み、と言われて内心どきっとする。もちろんプロではないし、それほどの実力もまだない。しかしいつかはそうなりたいと思っている。

「清水だってなれるさ、魔法の手の持ち主に」

「なれるかなあ」

俺の言葉に彼女はくすぐったそうに首を竦めた。

「いつか播上に追いつきたいとは思ってるけどね」

「きっとできる。楽しみにしてるよ」

「わ、ちょっと！　本気にしないで、そこ笑うとこだから！」

慌てた声で突っ込まれたが俺は本当にそう思うし、そうなってもいいかとさえ思う。追い着かれたとしても、追い抜かれそうになっても、そこからお互いに全力で駆け上がっていけるような、そういう関係でありたい。負けず嫌いの彼女となら、いくらでも技術を高め合っていけるはずだった。

だから決めた。

五度目の二月、第二週。その中でも業務がさほど忙しくない火曜日、つまり明日だ。

明日、彼女に伝えようと決めていた。

弁当を食べ終えるのは、清水の方が早かった。

同時に食べ始めたなら大抵そうなるくらい、彼女は食べるのが早い。俺がのんびりしすぎなのかもしれない。

「それじゃ、午後も仕事頑張ろうね」

言いながら弁当箱の蓋を閉め、清水がすっと席を立つ。

迷う暇もなく、俺は彼女を呼び止めた。

「清水」

声を掛けた時、既に彼女は小鳥柄の弁当袋を手に提げていた。

こちらに踵《きびす》を返した直後で、再び振り向く。見慣れたその顔が怪訝そうにする。

俺は一度息をつき、気を引き締めてから切り出した。

「明日、なんだけどな」

「明日？」

彼女が小首を傾げる。俺は頷き、続けた。

「よかったら弁当をごちそうさせてくれないか」

「ごちそうって……作ってきてくれるってこと？」

たちまち彼女は小首を傾げる。

「えっと、急にどうして？」

聞き返してくるのも予想の範囲内だ。

とは言えどう説明するかが難しい。今日まで散々シミュレーションを繰り返してきたことなのに、いざ声にするとなるときれいに告げられなかった。

「すごい理由があるわけじゃないんだ。ただ気が向いたからさ」

言い訳にしてもあまり上手くない。

でも彼女なら、その程度の理由でも納得してくれるだろう。そもそも俺達に、相手に何かをごちそうする時の口実はさして必要じゃなかった。

座ったままの俺を見下ろす清水の顔が、ふっと和らぐ。

「明日がバレンタインだから、とかじゃないよね？」

「え⁉　あ、そ、そうだっけ？」

考えてみれば確かに明日は二月十四日だ。俺は毎年あまり関係がないものの、世間的には甘いチョコレートが様々な想いを乗せて行き交う日だった。

しまった。気まずい日を指定してしまったな。

「逆バレンタインってこと、ではないみたいだね」

俺の反応を見て清水は噴き出し、それから明るく言ってくれた。

「播上が作るの大変じゃないなら、是非食べてみたいけど。いいの？」

「一人分作るのも二人分作るのも、大して変わらないよ」

言葉に嘘はなかった。

彼女のために作るものが大変なわけがない。美味しく食べてくれるならなんだって作る。

清水は少し考えてから、にっこりと笑んで言ってくれた。

「わかった。じゃあ、ごちそうになっちゃうよ」

「ああ、任せとけ」

安堵しつつ、大きく顎を引く。

無事に約束は取りつけた。次は明日に備えなくてはいけない。

社員食堂を出ていく清水の後ろ姿を見送った。

意外と小さな背中と、ふわふわ揺れる短い髪。きびきびと軽い足取りまでかわいく見えてきて、眺めているだけでも幸せな気持ちになれる。

でも、隣にいてくれた方がもっと嬉しい。

眺めているだけよりも、もっとたくさん一緒にいたい。話がしたい。俺にとって最も楽しい時、幸せな時を共有する相手が、他でもない清水だったらいい。

そして、お互いの夢が同じなら二人一緒に叶えたい。

その気持ちを打ち明けるのは昼休み、一緒に弁当を食べる時にしようと決めていた。

言葉だけでは足りない。この歳になったって俺は口下手だし、ことこういう問題に関しては不器用だという自覚もある。だから言葉以上に心を込めて、弁当を作るつもりだった。


その日、仕事はできる限り早めに切り上げた。

帰り道にあるスーパーへ立ち寄り、明日の弁当の食材を何点か買い込む。

清水のことを考えながら、買い物カゴを提げて歩いた。野菜や肉や調味料に至るまでを熱心に吟味《ぎんみ》しながら買い物をした。

そしてこれまでのことも思い返していた。

ずっと帰っていなかった故郷に帰り、父さんの店を継ごうと決心するまでに五年掛かった。

逆に言えば、五年掛けなければそこまで思い切れなかった。大学を出て、あの会社に就職して、今日まで勤め上げたからこそやっと辿り着けた結論だ。必死になって働いて、いろんな人と出会って、苦しい思いも辛い思いもした。だからこそやりたいことを悔いのないようにやろうと決めた。

特定の誰かじゃなく、もっと広く、大勢の人に俺の料理を食べてもらいたい。臆病《おくびょう》さや不安を押し退《の》けて、はっきりそう望むようになれた。

清水のこともそうだ。大学を出てすぐに家業を継いでいたら、彼女とはそもそも出会えなかった。仕事での苦しいことや辛いことも、彼女がいたから乗り越えられた。

あの店を継ごうと決めたのも、まず何よりも料理の持つ力を教えてくれた清水がいたからだ。彼女と一緒に店をやりたいと思った。その想いを打ち明ける覚悟と、故郷に帰る用意ができた。

今日までの五年は、何もかもが必要な事柄だった。今は、そう思う。

買い物を終えてスーパーを出ようとした時、ふと出入り口近くの催事コーナーが目に留まった。製菓用のチョコレートにかわいすぎるキャラクターもの、定番のウイスキーボンボンに変わり種のお菓子類——チョコレートが山と陳列されていることに、どうして今日まで気づけなかったのか。

もうじきバレンタインデーなんだなと、他人事《ひとごと》のように考える。

実際、俺にとっての二月十四日は他人事に等しかった。女子社員一同がお金を出資し合って購入する大きな缶のチョコレート、あれを一粒二粒貰うのがせいぜいだった。

バレンタインコーナーに並ぶチョコレートを横目に、俺はいそいそと帰途に着く。二月十四日なんてどうでもいい。明日がその日なのもただの偶然だ。

それよりも重要なのは、明日渡す弁当についてだ。帰ったら彼女にレシピを送り、それから弁当の用意をしよう。

買い物を終えて店を出ると、雪がはらはらと降り始めていた。帰り道は既に踏み固められた雪で覆われていて、俺は買い物袋を提げつつ慎重に、だが着実に歩いていく。この街で過ごす冬もこれで最後だと思うと、一面真っ白の冬景色が名残惜しく思えた。

◇◇◇

翌日、俺は昼休みに入ると秘書課まで清水を迎えに行った。

彼女は昨日と同じように、机に向かって書類を片づけていた。

「清水、行こう」

声を掛けると、彼女が頷く。

「うん」

秘書課を出てきた清水は小さな紙袋を提げており、心なしかそわそわした様子だった。弁当をそんなに楽しみにしてくれているんだろうか。彼女らしい食いしん坊ぶりだな、とこっそり思う。

俺は俺で、やはりどうしても落ち着かない。

廊下を歩く足も自然と早くなっていたようだ。清水は俺の数歩後ろからついてきた。時々それを振り返り、気が逸《はや》っているのを自覚していた。

混み合う食堂の隅で、俺達は並んで座った。

そこで俺は、持参した弁当箱を彼女へ差し出す。清水のかわいいコレクションとは違い、俺の使う弁当箱はいかにも色気のない、アルマイトのつるりとしたやつだ。それを二つ持ってきた。

中身は分量が違うだけで、品目は全く同じだ。

彼女が楽しげに尋ねてきたから、当然胸を張っておく。

「今日も自信作？」

「もちろん、美味いよ」

不味いはずがない。そこだけはめちゃくちゃ自信がある。

それで清水はいそいそと蓋を開け、俺はその様子を隣から眺める。弁当の中身を一目見て、彼女がにんまりするのがわかった。どうやら見た目はお気に召したらしい。

ちなみに本日のメニューはハンバーグ、これは以前好評だった照り焼きソースにした。それからきれいな色をしただし巻き卵。練習を重ねただけあって、だいぶ完璧に近い仕上がりになった。

野菜が欲しかったのでホウレンソウとシメジのソテー、それに箸休めのミニトマトのマリネも合わせた。彩りも完璧で彼女にも喜んでもらえるはずだ。

「美味しそう!」

中身を見るなり、清水は小さく手を叩く。

「実際美味いはずだから、食べてみてくれ」

俺が促すと、彼女は早速箸を取り手を合わせた。

「そうする。いただきまーす」

「どうぞ」

余程お腹が空いていたんだろう、清水が猛然と弁当を食べ始めた。まずはハンバーグを一口頬張り、たちまち目を輝かせる。

「美味しい! 期待通り!」

「安心したよ」

胸を撫で下ろす俺の隣で、清水は他のおかずにも箸を伸ばす。ミニトマトのマリネをつまんでは微笑み、ホウレンソウのソテーには満足げに頷いていた。そしてだし巻き卵を口に運んだ後は、その瞳を大きく瞠った。

「んん……これすごく美味しい! ふわふわ!」

丁寧に焼き上げただし巻き卵は冷めてもきちんと柔らかく、噛むとじゅわっとだしが広がるものだ。上品な香りも楽しめるだし巻き卵に辿り着くにはずいぶん掛かってしまったが、ひとまず彼女に満足してもらえる品には仕上がったらしい。

「新作だね! 播上、これどうやって焼いたの?」

「教えたいけどちょっと面倒なんだ。今度、時間のある時にな」

「ぜひお願い！　私もこのくらい作れるようになりたいよ」

清水は声を弾ませながらまた弁当を食べ始める。その美味しそうな横顔は、見ているだけでこっちまでお腹いっぱいになってくる。

正直に言うと、俺自身はあまり食欲がなかった。これから伝える報告、および誘いの言葉に彼女がどんな反応をするか、まだ読み切れていなかったからだ。

「ところで、播上さあ」

完全に箸の止まっていたところへ、清水が切り出してきた。

「ん？」

すぐに隣を見ると、彼女は笑いながら首を傾げた。

「どうして私にお弁当を作ってくる気になったの？」

直球の質問だった。

これだって予想の範囲内ではある。弁当のおかず交換は普通にしていたし、相手に料理を作ったことだってお互い、今までにも何度かあった。だが弁当そのものを彼女に贈るのは初めてのことだし、疑問を抱かれるのも無理はない。

ただ、それに答えるということは、俺の決意を打ち明けるということでもある。

「播上？」

なかなか口を開かない俺を見かねてか、清水が顔を覗き込んでくる。

俺は彼女の方は見ず、ああ、と短く答えた。

それから賑々しい食堂に紛れるほどの、彼女の耳にだけ届く声量で呼び返した。

「――清水」

「何？」

不思議そうな声がする。

深呼吸をして、切り出す。

「清水には早めに言っとこうと思ってた」

まず、事実を口にした。

「俺、来月でこの仕事を辞めるつもりだ」

その直後も、少し間を置いてからも、彼女は特に反応しなかった。

昼の社員食堂はざわめきに満ちている。その中でここだけがやけに静かだ。ほんの短い間だが、お互い全く口を利かなかった。

俺は続きの言葉を組み立てるために。

彼女は驚きのせいで口が利けないようだった。

驚かれるのは仕方ない。五年も勤め上げた職場を離れるなら、相応の理由があってしかるべきだ。そして俺には理由がある。

「もう辞表も出してきた」

なるべく穏やかに打ち明けようと思った。

「ずっと迷ってたんだけどな。この仕事も楽しいし、悪くなかったけど」

迷いと言うなら、それこそずっと前から迷っていた。

この仕事に慣れる前から。入社してすぐの頃から。家業を継ぐ覚悟がなくて、父さんと母さんの積み上げてきたものを壊してしまうのが嫌で、今の仕事にしがみついてきた。辛いことがあっても、苦しい時があっても、俺にはこれしかないんだと言い聞かせてきた。

でも、気が変わった。

誤魔化すのは止めようと思った。自分の気持ちを。やりたいことを。小さな頃から抱き続けてきた夢を、誤魔化さずに叶えようと思った。

「仕事辞めて、実家の店を継ぐつもりだ」

その夢をはっきりと告げる。

彼女にも共有してもらえたらいい。そしてこれからもずっと、一緒にいられたらいい。

「前に話しただろ？　俺の実家は小料理屋をやってる。そこへ帰って、後を継げるように腕を磨きつつ働くつもりだ」

そこまで言ってようやく、俺は清水の顔を見た。

彼女はまだ驚いているのか、ぽかんと素の表情をしている。

「その時約束したのも覚えてるか？　俺が店を継いだら、清水を雇うって話」

核心に触れた時は緊張感のせいで、ぎこちない笑顔になっていたと思う。

「もしよかったら——その気があったら、清水も一緒に——」

言いかけて、俺はそこで言葉を止めた。

清水の表情は硬く強張っている。じっと向けてくる眼差しは鋭く、それでいて不安げだった。あの時の約束を覚えているのかいないのか、表情からは読み取れない。

むしろ、それどころじゃないようにも見えた。

断られる覚悟ならしてきたつもりだったが、この反応は予想外だった。

きゅっと結んだ唇が震えている。いつもは朗らかな瞳が潤んで、今にも涙が零れ落ちそうだ。

「清水……？」

彼女のそんな顔を目にするのは、五年の付き合いでも初めてだった。

俺はうろたえた。清水は何かあっても泣くような性格とは思っていなかった。入社当初の一番辛そうな頃だって、仕事に追われていた頃だって、絶対にこんな顔はしなかった。負けず嫌いで気が強くて、でも気配りにも長《た》けている清水が、こういう時に泣きそうになるなんて本当に予想がつかなかった。

「あ……っと、急に話して驚かせたか？」

俺が慌てていると、彼女が泣きそうな顔のままようやく動いた。

隠すように置いていた紙袋、そこから何かを取り出す。

「播上、これ、あげる」

グラシン紙に包まれた、これは、お菓子のようだ。

俺が手を出せずにいれば、清水は弱々しく言い添えてくる。

「バレンタインデーのチョコ。少し、早いけど」

今度は俺が驚かされた。

彼女からチョコレートを貰ったことなんて今まで一度もなかった。彼女は義理チョコを配らない主義だと聞いていたから催促したこともない。義理で貰うくらいなら別に貰わなくてもいいと思っていた。

前例のない、催促だってしていない、初めてのバレンタインのチョコレート。

彼女の細い手から、それを慎重に受け取る。

「開けてもいいのか？」

俺が問うと確かに頷いてくれた。

包みを解く。

中から現れたのはチョコブラウニーだった。手作りなのだとすぐにわかった。しっとりと美味しそうな色をしている。

すぐ隣にいる清水の横顔を窺い見た。

彼女は何も言わない。いつもなら自信作だと言い張ったり、頑張って作ったことを誇らしげに語ったりするのに。

俺は貰ったばかりのお菓子を一切れ摘んで頬張った。どっしりと重い生地は甘く、そしてほろ苦く、ほのかにブランデーの風味もしていた。口溶けはなめらかで濃厚でもあり、丁寧に作ってくれた品だと察した。

「美味しい」

すぐに伝えた。

「美味しいよ、清水」

こういう時、口下手なのが実に悔やまれる。

清水は頷き、その拍子に涙が目から零れた。それを慌てて拭ってから、震える声で告げてくる。

「ごめん、泣いたりして……私、思ったより悲しかったみたい」

たった一言だけでは伝えきれない想いが、胸のうちでふくらんでいた。

この期に及んで、俺は清水の内心を読み誤っていたらしい。長い付き合いだから、五年の年月は伊達《だて》じゃないから、彼女の気持ちくらいわかっていると思っていた。彼女は俺をメシ友としか思っていなくて、それでも驚くほどの純粋な好意と友情を抱いてくれていて、この先も一緒にいたいと願っていて、一緒にいることになんの疑いも持っていない——俺の読みはこうだった。

なのに、違った。肝心なところを外していた。

「自分でもびっくりしてる……。播上がいなくなるの、嫌だって思ったんだもん……！」

俺の清水への想いが五年の間に変化したように、彼女の内心もまた移り変わっていたようだ。気づけなかったのは多分、彼女自身が気づいていなかったからなんだろう。

どうして彼女は、初めてのチョコレートを作ってきてくれたのか。

どうして彼女は、俺の言葉に泣きそうな顔をしているのか。

「えっと……なんて言ったらいいのかな」

清水は涙に声をよじれさせながら言った。

「誘ってくれたのは嬉しいよ、でも私、そこまで播上の力になれると思えない。料理だってまだまだだし、自分のことでいっぱいいっぱいだし……」

それでも必死に何か伝えようとしてくる姿に、胸が詰まる。

「でもやだな、離れるの。チョコのお返しにお店の場所教えてよ。絶対行くから」

そんな顔をさせるために打ち明けたわけでも、弁当を作ってきたわけでもない。いつだって清水には幸せな、美味しそうな顔をしていて欲しかった。

もしも俺が幸せにできるなら、そうしたい。

俺は涙に濡れた彼女の顔を覗き込むと、意を決して告げた。

「俺には清水が必要なんだ。俺の分まで明るく笑っててほしいし、俺が気づけない細やかな気配りもお前ならできる。俺一人じゃ至らないことだらけだろうけど、二人でなら夢を叶えられると思ったんだ」

だから、言った。

「女将《おかみ》になる気、ない？」

そう尋ねた。

「女将？」

清水は、知らない単語を発音してみたようにぽかんとしている。

その顔を見つめて、さらに続ける。

「女将として、俺の傍にいて欲しいんだ」

従業員とかメシ友とか同好の士とかではなくて。

俺の、パートナーとして。

「……いつか、一緒に店をやろう」

その相手は絶対に、清水がいい。

告白の後の待ち時間が、ずいぶんと長く感じられた。

数分は経ったと思えてきた頃、清水は今更のように息を呑み、それから頬に伝う涙を手の甲で拭う。

「か、考えとく。前向きに」

らしくもない裏返った声が、早口気味にそう言った。

口元は相変わらずきゅっと結ばれていて、だが頬はほんのり赤い。目がうるうるとまだ涙を湛えていて、それが宝石みたいに美しく見えた。その目で一度瞬きした後、彼女はあたふたと言った。

「前向きにって言うのは、本当に前向きにって意味だから！」

俺の不器用な告白でも、彼女をどぎまぎさせるくらいはできるらしい。

五年の付き合いだっていうのに、今ようやく知った。

急に笑いが込み上げてくる。

狼狽する清水がかわいかった。前々からかわいいのは知っていたが、新たな魅力を発見したみたいだ。とても嬉しかった。

笑い出した俺を見て、清水もつられるように、その時ようやく笑ってくれた。

それから俺達は、弁当とチョコブラウニーを食べた。

清水はいつも通りに食欲旺盛だった。彼女ならいつ何時でもばりばり食べるのかもしれない。隣から眺めていると幸せな気分になれる食べっぷりだった。

「お弁当、美味しいよ」

しきりにそう言ってくれるのも本当に嬉しい。

俺も負けじと食べた。そして褒めた。

「ブラウニーも美味いよ。すごくいいできだ」

「そりゃそうだよ、本気で作ったもん」

彼女は得意げに胸を張ってから、ふっと肩を竦めた。

「でもまさか、本命チョコになっちゃうとは思ってなかったな。お弁当のお礼にデザート作ろうかな、くらいの気持ちだったんだ。自分でも、なんか不思議な感じ」

「虫の知らせって奴かな」

「だったらもうちょっと具体的に知らせて欲しいな」

呟く横顔を眺めてみる。

彼女は、恋愛するだけの余裕を見つけたんだろうか。

それとも、そんなのはまるで関係なく、ある瞬間に『落っこちて』しまったんだろうか。

「播上のために心を込めて作ったよ。それは本当」

清水が小首を傾げると、短い髪がさらっと揺れた。

「ずっと一緒にいられるって、作っている間は疑いもせず思ってたから……こうなるとは予想もしてなかったけどね」

「言うの遅かったか？　もう少し早く言えばよかった」

忙しい時期だからと一月のうちは避けていた。

だが彼女の驚きようを思い起こせば、もう少し早い方がよかったかと思う。

「確かに早くはないよね」

清水はそこで吹き出した。

「残りの日数、もう二ヶ月ないんだもん。そりゃ寂しくもなるよ」

「悪かった」

「ううん。今は平気、これでおしまいじゃないって、もうわかったから」

そう言った彼女の前向きな笑顔が眩しかった。

やっぱりかわいいな、清水。

いっそこのまま連れて帰りたい。駄目だろうか。三月末で一緒に帰るのは無理か。

彼女を連れていくためにはいろいろ用意がいるんだってこともわかってはいるものの
――こんな大切な人としばらく離れなくちゃいけないとは、俺の方がむしろ寂しくなる。

せめてこっちにいる間、彼女との思い出が作れたらいい。

◇◇◇

三月に入り、俺の退職は他の人達にも知られることとなった。

みんなの反応は一様に同じだった。そもそも家業について人に話す機会がほとんどなかったため、退職の事実とその理由とで二度驚かれる。それから大半の人が父さんの店がどこにあるかを聞いてきて、札幌からは車で片道五時間だと答えるとちょっと苦笑いされる。

故郷の函館は観光都市で、温泉もあるし海もある。旅行でお越しの際には是非お立ち寄りくださいと、ついでに宣伝もしておいた。

言いながら、あの街へ帰るんだという実感が湧いてくる。

ただの帰省ではなく、故郷で暮らすことになるのは実に九年ぶりだった。

「播上さんが辞めちゃうなんて、寂しいです」

堀川の反応もまた、他の人達とほぼ同じだった。

「でもしょうがないですよね、ご実家を継がれるんですから……あの、頑張ってください。応援してますんで！」

素直にそう言ってくれる堀川はいい奴だ。三月に入る頃にはもう業務もばりばりこなしていたし、奴についてはなんの心配もなかった。出来のいい新人で本当によかったと思う。

俺が胸を撫で下ろしていれば、

「ところで、清水さんのことはどうするんですか？」

ふと堀川が、これまた皆と同じようなことを聞いてきた。

退職の話が一段落すると、ほぼ全員が清水について聞きたがる。皆から見た俺達はやはりそういう間柄に映っていたらしい。

結婚はするのか、連れて帰るのかと一様に尋ねられるのには困っていた。どんな顔で答えていいのかわからなくなる。

「どうって、考えてないわけじゃないよ」

堀川に対しても、俺は皆に答えたように答えた。

前向きに、現実的に考えてはいるが、今すぐという話ではない。そうしたいのはやまやまだができないんだから仕方ない。

「やっぱりご結婚されるんですか？」

「あ、ああ、そのつもりだ」

ストレートに問い返されて詰まる俺に、奴は更に畳みかけてくる。

「将来的には清水さんと二人でお店をやるとか、そんな感じですか」

「ま、まあな。そういうふうに考えてはいるけど……」

「ちなみにお子さんは何人ぐらい？」

「い、いや、さすがにそこまでは」

「播上さんと清水さん、どっちに似ても料理上手だから安泰ですね！」

「……だからそこまでは考えてないって」

矢継ぎ早の質問内容には冷や汗を掻かされた。堀川のみならず、皆が皆こんな調子で話を進めようとするから困る。俺と清水が結婚するものと決めてかかっている。

考えているのは事実だし、俺自身がものすごくそういう流れを望んでいる。だが、それがいつになるかは具体的なことはまだわからないし、はっきりした予定が言えるわけでもなかった。

清水はと言えば、あれから特別変わった様子はなかった。

三月に入ってからも、彼女とは会社以外で会ったことがない。社員食堂で一緒に昼休みを過ごして、あとは退勤後に連絡を取り合うくらい。お互いに仕事もあるし、俺は引っ越しの準備や手続きに追われている。だから表面上はなんら変化のない関係に見えた。

もちろん実際は、そうではない――はずだ。

「これ、ホワイトデーのお返し」

三月十四日、俺はクッキーを作って持参していた。

彼女が『お返しはお菓子がいいな』と言ったから、その要望に応えて作ったものだ。

「ありがとう！　すっごく期待してた！」

声を弾ませる清水にお返しを渡すと、彼女は弁当そっちのけでクッキーの包みを開ける。

中身はシンプルなロッククッキーだ。ナッツ入りなので食べ応えがあるし、彼女の好みに合うはずだ。

「わあ、いい匂いがする」

一つ指先でつまんで、清水は幸せそうにしてみせた。

その顔を見ただけで俺まで嬉しくなる。作ってきてよかった。

もっとも、食べてもらえた方がより嬉しい。

「匂いだけじゃなくて味もいいよ」

俺が促せば、すかさず笑われた。

「わかってるって！　いただきまーす」

彼女はいい顔でクッキーに齧りついた。

かりっといい音が聞こえて、たちまち表情がほころぶ。どうやらお気に召したらしい。

「さすが播上、お菓子作りもやっぱり上手だね。すっごく美味しいよ」

誉め言葉も貰った。

口元がだらしなく緩みかけたが、どうにか引き締めておく。

「バレンタインにはあれだけの物を貰ったからな。手抜きのお返しじゃ格好つかない」

二月に貰ったチョコブラウニーは、結局その日のうちに食べつくしてしまった。それを伝えたら『来年また作るよ、なんならバレンタインじゃなくたって』と笑ってもらえたので、いつかお願いすることにしよう。

「そうだね。腕はともかく、気持ちの量では私だって負けてないもん」

清水がふふっと声を立てる。

その後、少し照れたようにしてみせた。

「播上のこと、みんなにしょっちゅう聞かれてるよ。辞めるってもう話したんだね」

「ああ。引き継ぎもあるから、総務の皆には言っておかないとな」

「総務どころか、社内全体に広まってるみたい」

彼女の言葉にぎくりとする。

たかが一社員の退職がそこまで話題になっているのか。それも清水のことがあるから、だろうか。

「もしかして、清水もいろいろ突っ込まれてるのか」

俺が問うと、すぐに苦笑いが返ってきた。

「うん。播上が辞めるから、私も辞めてついていくんじゃないかって、皆に思われてた」

「……やっぱり」

ということは彼女も、結婚だの子供は何人だのと聞かれていたりするんだろうか。どう答えてるんだろう。

「きっと、播上がいなくなってからもしばらく聞かれるんじゃないかな」

清水は首を竦めた。

「私はそれでもいいけどね。播上の話を他の人としてたら、寂しさも紛れる気がするから」

口調は明るかったが、どことなく感傷的な言葉に聞こえた。

この会社から俺がいなくなったら、彼女はどんなふうに昼休みを過ごすんだろう。俺はどんなふうに、彼女のいない日々を過ごすんだろう。

どうあっても離れるのは寂しい。

五年もの間、ずっと一緒にいたんだから尚更だ。

「なるべく早く、迎えに来るから」

声を潜めて告げておく。

クッキーを食べていた清水が何か言いたげな顔をしたから、慌てて付け足した。

「もちろん、清水の意思は最大限尊重するけどな」

「尊重してもらうほどの意思はないよ、大丈夫」

彼女はすっきりした様子だった。

二月のあの日から時々寂しそうなそぶりは見せても、泣きそうな顔は一度もしていない。

「私は播上と一緒にいられたら、それだけでいいんだ」

隣に座る清水が俺を見つめて笑う。唇の両端がにゅっと上がった、力強い笑顔だった。

「いつじゃないと駄目とか、待ってられないなんてことはないから。絶対ないから。播上の好きな時、準備のできた時に呼んで。そしたら飛んでいくよ」

なんて頼もしい心意気だろう。

にっこり笑顔で言い渡されて、正直、惚れ直した。

これは頑張らなくてはいけない。こんなにいい女を待たせておいて、寂しいなんて腑抜けたことは言っていられない。

もう絶対に頑張る。あの店を継いでやる。

「ところで、播上はいつまで勤務なの？　有給残ってるんだよね？」

「勤務は来週末で終わり。こっちには三月末までいるけどな」

「そうなの？」

「ああ。送別会をやるからって言われてさ」

肩を竦めて答える。

「俺は断りたかったんだけど、他に退職の人もいるから顔くらいは出しとこうと思って」

年度末の忙しい時期に飲み会のスケジュールを立てるのは難しかったらしい。皆の都合を合わせるうち、結局は三十一日までずれ込んでしまった。

「だから三十一日の晩に夜行で帰る。その日の昼に引っ越しの荷物を出して、大家さんに鍵を返して、夜になったら飲み会に出る」

できればその前に、清水と社外でも会っておきたかったが――年度末は彼女だって多忙だ、あまり無理強いもできない。

向こうに帰ってからだって、落ち着いたらいくらでも会いに来れる。今は昼休みを一緒に過ごせるだけでもよしとしなければ。

「じゃあ、飲み会からまっすぐ駅に行く感じなの？」

「そうなると思う。結構タイトだろ」

「本当だね」

清水は眉を顰める。

その後でいいことを思いついたように言ってきた。

「それなら、車で送迎しようか？　私もお見送りくらいはしたいって思ってたんだよね」

お見送り。

それはなかなか魅力的な単語だった。

見送ってくれる人がいるのはいいなと思う。一人で出て行くのは寂しいし、清水が見送りに来てくれるなら言うこともない。

でも、

「四月一日は営業日だけど大丈夫か？　飲み会も日付変わるくらいになると思うし」

「そのくらい平気だよ。任せて、運転には自信があるから」

俺の懸念を遮って、清水はさらりと言ってのける。

「私がしたいと思って言ってるんだから、播上が心配することなんてないよ」

「それはありがたいけど……」

「播上がこっちにいるうちに、一回くらいは外でも会っておきたいの。ドライブデートだと思えば抵抗ないでしょ？」

重ねて提案されてしまうと、最早断る理由もなくなってしまう。

ドライブデート。

これまた非常に魅力的な単語だった。

◇　◇　◇

三月三十一日。時刻は二十三時を回ったところだ。

俺は五年目にして初めて、清水の車に乗せてもらった。

彼女の車はいわゆるコンパクトカーという奴だった。

女の子の車というと勝手に華やかなイメージを持っていたのだが、彼女の車の内装は実にシンプルだ。せいぜいシートベルトカバーが黄色い熊《くま》なくらいで、あとはおとなしいものだった。

「もっとかわいくしてるのかと思ってた」

助手席のシートベルトを締めながら、率直な感想を口にする。

運転席では清水が笑う。

いた。


「そう？　どんなの想像してたの、播上」

「弁当箱がいつもかわいいから、車の中も同じようにしてるのかと」

「まあね、手を掛ける暇《ひま》もないからこんなものだよ」

ちらと俺の方を見て、それから彼女は車を発進させた。

窓の外の景色が流れ出す。三月の夜はまだ冷え込みが厳しく、街明かりは水滴に滲んでいた。

「それにかわいくするとお兄ちゃんがうるさいんだ。一番下のね」

ハンドルを握る清水の横顔が、その時不満げに歪んだ。

「仕事で来た時とか乗せてあげることもあるんだけどね。少女趣味だってしつこく突っついてくるから、そういうの置かないようにしてるの。自分だってもう三十のくせに、人の趣味にはとやかく言うんだから」

でもその口ぶりは、むしろ仲のよさそうな兄妹像を連想させた。

俺には兄弟がいないから、清水のそういう話が羨ましくなることもある。というかこんなにかわいい妹のいる清水のお兄さん達が羨ましい。近いうちにご挨拶に行くことになるだろうし、お会いするのが楽しみだった。

そんな思いを巡らせつつ、俺は改めて彼女を見やる。

初めてなのは車に乗せてもらったことだけではなく、彼女の私服を見たのもそうだった。白いカーディガンにジーンズというでたちの清水は、社内で会う時よりもずっと穏やかな表情をしていた。めかし込んだ装いではないようだったが、それがかえって色っぽく映った。シートに座る姿をちらちらと眺めてしまう。

ちなみに俺は飲み会帰りの格好のままで、あまりいい匂いはしない。しかもアルコールが入っている。彼女の車はシンプルないい香りがしていたが、俺の存在が全てをぶち壊しにしているような気もする。

心配になったので、一応尋ねてみた。

「俺、臭わないか？」

「別に気になるほどじゃないよ」

清水が答える。臭わないとは言わなかった。

「結構たくさん飲んだ？」

「多少な。これから夜行乗って帰るって言ってるのに、皆でお酌《しゃく》したがるし」

「そりゃそうだよ、今日の主役だもん」

彼女の言葉通り、俺は送別会の主役の一人だった。飲み会でそういう扱いをされたのはそれこそ新歓以来だ。この先の仕事や家業について聞かれ、励ましを貰い、お酌までされて、そして清水のことを突っ込まれて――自分が送られる側になってみて、初めてわかることもある。

「堀川くん、泣いてなかった？」

「え、なんで知ってるんだ」

「そういうタイプって感じするもの。実際泣いてたの？」

「泣いてた。感激屋だからな、あいつ」

送別会の席を堀川は一人で湿っぽくさせていた。俺が辞めるくらいで泣かなくてもいいのに、いかに俺に世話になったか、いかに感謝しているかをずるずるの声で喋り続けていた。大した世話もしていないのにオーバーな奴だと思う。

「でも明日にはけろりとして、一人でもちゃんと働いてるさ」

俺はぼやき、清水はくすくす笑う。

「いい先輩がしっかりご指導したもんね」

「それほどでも……いや、そうだな。教えられることは全部教えたよ」

業務の引き継ぎも終えたし、指導係としての務めは全《まっと》うしたつもりだ。立つ鳥として跡は濁さなかった。

明日からは俺のいない総務課が、それでも平常通りに稼働していくだろう。

ふと、懐かしい思いに駆られる。

俺もかつて、誰かがいなくなった後の総務課で働いていたことがあった。

渋澤が異動になった後の総務課も、藤田さんが退社した後の総務課も、結局は特別な変化もなく業務が行われていった。送る側の気持ちは知っている。泣きはしなかったが、寂しい気持ちは確かにわかる。

そういえばあの二人にも忙しさにかまけて退社の話をしていない。いい機会だから、向こうへ戻ったら報告をしておこうと思う。

清水についても絶対聞かれるだろうから、ちゃんと言っておこうと思う。

会話の合間にも、車は夜の札幌を走る。駅前に近づくにつれ、その進みもゆっくりになってきた。フロントガラス越しに見える前方にはテールライトが延々と連なっている。どうも道が混んでいるらしく、信号が青になってものろのろと動いている。

「バス、何時発だっけ」

清水がそっと確かめてくる。

「二十四時ちょうど」

「そっか。間に合うとは思うんだけど、ちょっとぎりぎりかな」

彼女の視線がデジタル時計に留まる。

表示された時刻は二十三時二十分だ。

「別の道探そうかな。一本奥に入れば、もっと空いてると思う」

気遣わしげに言われて、俺もちょっと申し訳なくなる。

「いいよ、そのくらいなら歩いて駅まで行く」

「でも、それだと見送りにならないし、播上だってお酒入ってるし」

「いざとなったら走れるよ。まだ余裕あるから、もう少し乗せててもらうけど」

間に合わないことはないと思う。もう札幌駅は目と鼻の先で、このまま行けばぎりぎりでも着くはずだ。心配は要らない。

「ここまで送ってもらえただけでも助かったよ、ありがとう」

念のため、前もって感謝を告げておく。

清水は困ったように微笑んだ。

「ううん。私も、少しでも一緒にいたかっただけだから。無理言ってごめんね」

「無理なんて……嬉しかった、本当に」

俺だって、少しでも一緒にいたかった。

これからしばらく会えなくなるから、少しでも長く、清水と一緒の時間を過ごしたかった。

ぎりぎりに着いてもいいから、できるだけ長く。

「もし間に合わなかったら、始発で帰ればいいだけだ」

彼女を急かさないよう、困らせないように俺は言った。

はっと清水が目を瞠る。

その顔に向かって、笑った。

「気にするなよ。そしたらほら、もうちょっと一緒にいられるかもしれないし、俺はそれでも嬉しいからな」

多少の酔いもあってか、普段は言えないことも口をついて出る。

やがて彼女も笑ってくれた。

「播上ってやっぱり優しいよね」

「そんなことない」

「あるよ。入社したばかりの頃とちっとも変わってないよ、播上は」

変わってないと言われると成長がないみたいで複雑だ。

俺は自分が優しい人間だとは思っていない。清水に対して優しいように見えるのだとすれば、それは同期としての同情心と、後に抱いた恋愛感情のせいだ。

でも、清水に対してはいつ何時も、いつまでも優しい人間でありたい。

「清水だって優しいよ」

俺は彼女の横顔に告げる。

車が少し動いてすぐにまた停まり、清水の視線がこちらへ戻ってくる。

目が合って、俺は胸が高鳴るのを感じながら告げた。

「お前がいたから、俺は五年間、潰れずにいられたんだと思う」

わずかな間の後に清水が、

「私もそうだよ」

吐息のような声で言った。

「播上がいてくれたから、私、ずっと頑張れた。播上がいてくれたら、それだけでいいって思ってた」

信号の赤が車内に射し込む。そのせいか、彼女の顔も赤らんで見える。

きっと俺も同じだろう。三月の夜には場違いな赤さでいるはずだ。

「だから、これからは播上のことを毎日考えながら、乗り切るよ。一日だって忘れたりしないから」

結ばれていた視線がその時解けた。

面映そうな彼女がまた正面を向き、ゆっくりと車が動く。

俺は運転席を眺めて、彼女を見つめながらいろんなことを思った。

今日までの五年間で思ってきた、全てのことを思い返した。

それらの思い出が、清水にまつわる何もかもが、今日まで俺を動かし、そして夢見た未来まで運んでくれる。

「清水は優しいし、それに、すごくいい女だ」

酔いに任せて、思いの丈《たけ》を言ってやった。

フロントガラスを注視する清水の横顔が、途端に緊張で強張った。

「播上、相当酔っ払ってるでしょ」

「そうらしい」

「大丈夫？　素面に戻ってから、どうしてあんなこと言ったんだろうって後悔しない？」

さっきの言葉はまるっきりスルーして、清水はそんな心配を始める。話を逸らそうとしているのかもしれない。

「明日からはしばらくお前と会えなくなるし、今ならどんな恥ずかしいことを言っても平気だ」

顔を合わせられないという事態は当分免れることができる。気恥ずかしさも、次に会う頃にはいくらか紛れているだろう。

それどころか、もっとすごいことを言いたくなっているかもしれない。

「なるほど。そういうことか、ずるいなあ」

彼女は唸り、それから目の端で俺を見る。

車はなかなか動かない。

エンジン音の狭間《はざま》に深呼吸が聞こえる。

清水の表情がきゅっと引き締まって、意を決したのがわかった。

「播上」

「ん？」

「……播上も、すごく、いい男だよ」

言葉の端が照れたように笑っていた。

自分で言っておきながら、清水はくすぐったそうに目を伏せる。そのくせ信号だけはしっかり見ている。こっちを見てくれたらいいのに、と酔っ払った俺は思う。

だから、言ってみた。

「俺……やっぱ明日の朝までいようかな」

「えっ、だ、駄目だよそんなの、せっかく恥ずかしいこと言ったのに！」

「今ので帰りたくなくなった」

「駄目だってば、ほらもう着くよ！　駅見えたよ！」

慌てふためく清水に追い立てられるようにして、俺は駅前のロータリーで車を降りる。

そのままバス乗り場へ向かった。

その時、二十三時四十五分。ぎりぎりで間に合った。

間に合わなくてもよかったのにな、とこっそり思ってみたりもする。

夜行バスの座席に着いた後、窓ガラスに映る自分の顔が見えた。

真っ暗な街並みを背景に酔っ払いが一人、やたら幸せそうににやついていた。

清水は今頃、どんな顔をしているんだろう。今日までの五年間を思い出しているだろうか。それともついさっきの出来事を思い出して、やっぱりにやついているんだろうか。

そろそろ二十四時になる。

そして、俺達の五年目が終わる。

六年目　初めてのディナー

「正信《まさのぶ》、ハガキが来てたぞ」

父さんが言って、居間のテーブルの上にそれを置いた。

俺はその時、店で着る作務衣《さむえ》にアイロンを掛けていたところだった。

手が離せなかったので横目でちらっとだけ見た。晴れ空の下に広がる、吸い込まれるような青い湖面——摩周湖《ましゅうこ》のポストカードだ。

「いつもの人だな、昔の先輩だったか」

「うん」

夏場のアイロン掛けは六月の時点で既にきつい。店は夜からだから昼間のうちに済ませておかなければならず、終わる頃には背中まで汗を掻いていた。

もっとも会社勤めの頃だってアイロン掛けは欠かさなかった。掛けるものが変わっただけだ。ワイシャツを着る機会はもうしばらくないだろうが、だからといって俺のすべきことが大きく変わるわけでもない。実家へ戻っても、仕事の中身ががらりと変わっても、俺は自分のペースを保っている。

アイロンの後片づけを終えてから、俺はようやくハガキを手に取った。

差出人はやはり藤田《ふじた》さん——訂正、『旧姓』藤田さん、だ。

俺は会社を辞めて故郷に戻ることをあの人にも知らせた。そうしたらあの人はハガキを定期的に送ってくれるようになった。表面に記されているメッセージはいつも短く、だからこそあの人とも文のやり取りなんてものが成立するのかもしれない。

今日のハガキにはこうあった。

『結婚する時は知らせてよね、待ってるから』

そっけなく見える文面に俺は少し笑った。

手が空いたら返事でも書こうかなと思う。そのうちに報告したいこともできるはずだった。

ハガキを手に部屋へ戻ろうとした俺を、父さんの低い声が引き留める。

「それで、いつにするんだ。結婚は」

問われて、俺は振り向いた。

父さんはこちらを見ずに、床に座ったまま遠くを見ている。南向きのベランダから射し込む光を眺めている。

「いや、まだ決めてない。お互いに都合がよくなったらと思っているけど」

首を傾げて曖昧に答えれば、やはり俺の方は向かず、ぼそりと語を継いできた。

「早めにした方がいい。逃げられるぞ」

冗談でもない口調だった。

「大丈夫だよ」

函館《はこだて》に帰ってきてから、父さんは俺と清水《しみず》のことをよく尋ねてくるようになった。こうして先行きについてずばりと尋ねられるのもしょっちゅうで、生真面目な父さんが息子の色恋沙汰に興味を示すとは意外すぎた。

それだけ心配されているようだから、そのうちに安心させられたらいいと思う。

気に掛けてくれているのは父さんだけではない。

藤田さんだってそうだし、渋澤《しぶさわ》からもよく電話が掛かってくるようになった。

東京にいるあいつと故郷に戻った俺の物理的距離は、海を挟んでいるから以前とさして変わらない。なのに度々連絡をくれるのがなんだか不思議なものだなと思う。話題はお互いの近況や仕事について、もちろん清水についてもよく聞かれる。渋澤の地元の話も、ニュースになる程度のことは教えてやるし、代わりにあいつは東京での出来事をいろいろ教えてくれる。あとは雑多な悩み相談とか。

今日も昼過ぎに電話があった。土曜日だからあいつは休み、掛けてくるんじゃないかと思っていたら大当たりだ。

『――女心って、難しいな』

やぶからぼうに渋澤が溜息をつく。

奴からの電話はここのところ始終《しじゅう》湿っぽい。俺は苦笑いを噛み殺しながら応じる。

「そうだな、難しいよな」

『播上《はたがみ》はいいだろ、清水さんと相思相愛なんだから。僕なんかどうにも……』

「その分だと、相変わらずみたいだな」

『そうなんだよ。彼女は本当に手強い』

春先からずっと、渋澤はこんな調子で溜息ばかりついている。

聞いたところによると奴は、同じ職場で働く女の子にすっかり惚れてしまったらしい。相手は渋澤にとっての部下に当たるらしく、その辺りがネックになっているのかどうか、相手からは今のところ色よい反応を貰えていないのだそうだ。

それにしても、あんなにモテる男を袖にする人とは一体どんな女性なんだろう。渋澤の話を聞く限りでは真面目な子のようだが、俺からすると『袖にされる渋澤』というのがまず想像できない。

俺の知っている渋澤という男は、社員食堂でも飲み会でも女の子に囲まれているのが常だった。それが今やたった一人に振り回されているというんだから、世の中わからないものだ。

『女の子って、なんでああも鈍感なんだろう』

俺の思案をよそに渋澤がぼやく。

『面と向かって口説いたところでこっちの言葉を素直に受け取らないし、それならと思って搦《から》め手《て》でいけば、知らん顔してすり抜けていくんだからな』

わかるような、わからないような。

俺は面と向かって言えたためしはないし、なんだか高次元の恋愛談を聞いている気分だ。たまにネットで特集されるモテる恋愛テクニックなんていうのは単なる眉唾記事だと思っていたが、それが実際に用いられている現場というのもあるのかもしれない。

「わかるよ」

とりあえず同意だけしておくと、渋澤には呆れた声で言われた。

『違うだろ。お前と清水さんの場合は二人とも鈍かった』

「えっ、なんでこっちに飛び火するんだよ」

『お互い自分の気持ちに気づくまで何年掛けたんだ？　なかなかいないぞ、お前達みたいなのんびり屋は』

そうかな。俺は三年掛かったが、そのくらいは普通じゃないか。

清水なんて五年も掛かったんだから、俺より彼女の方が鈍いのは確実だ。五十歩百歩かもしれないが、とにかく。

「俺達のことはいいよ」

やぶ蛇《へび》と踏んで、俺はそこで話題を戻す。

「とりあえず俺が鈍感だって知ってるなら俺に聞くなよ。言っておくけど手練手管《てれんてくだ》なんて知らないし助言なんてできないからな」

そう答えると、渋澤が鼻を鳴らしたのが電話越しにもわかった。

『何を言うんだか。付き合ってもいない清水さんにいきなりプロポーズしたくせに』

「いや、だからそれは……」

俺だって最初からそのつもりだったわけじゃない。

『それで上手くいっといて、何の手練手管も使ってないなんて言わせないぞ播上』

むしろ疎いからああまで単純にできたのだと今は思う。あれは相手が清水だから通じたやり方だ。

『それで、いつ頃結婚するんだ？』

「まだ決めてないよ。お互いに落ち着いてからだと思う」

『そうか。遠距離恋愛、辛くないか？』

「寂しくないとは言わないけど、こっちはこっちで忙しいしな。彼女も仕事がある」

日中は店の仕込を手伝い、時間があれば父さんから料理の基本を習っている。

夜は店が開くからその手伝いをして、寝つくのはいつも日付が変わってからだ。

清水とは毎日のように連絡を取り合っているが、時々声が聞きたくもなるし、電話をすればしたで顔が見たくなる。

『よくやってるよ、播上。店の方だって大変なんだろ？』

「そりゃあな。でもまだまだ、大変なのはこれからだ」

『すっかり落ち着いてるな、立派じゃないか』

そこまで言われるとこっちも妙に照れてしまう。

立派と言われるほどのことはしていない。店でもまだ下働き扱いだし、清水のことだって結局は何もできていないのに等しい。彼女は文句の一つも言わずにいるものの、寂しい思いをさせている罪悪感もある。

だからもう少し、どちらの面でもできることを増やしたかった。

『僕は駄目だ。寝ても覚めても彼女のことを考えてしまって、とてもじゃないけど播上のように泰然《たいぜん》としてはいられないよ』

俺も泰然としているわけではないのだが、渋澤はそう言ってまた溜息をつく。

『何かいい手はないかな、播上』

「だから俺に聞かれても。女心についてなら、いっそ清水に聞けばいいじゃないか」

特に案も浮かばずそう言えば、渋澤からは挑発的な物言いが返ってくる。

『いいのか？　僕が個人的に、清水さんと連絡を取り合っても』

ほんのちょっと、どきっとした。

「……べ、別に。俺はそういうの、ちっとも気にしないし」

『今の微妙な間はどうした。嘘はいけないな嘘は』

一応、嘘ではないつもりだった。

が、俺の提案は結果的に立ち消えとなった。


うちの店が開くのは午後五時だ。

夏場なら、まだ辺りの明るい頃。暮れ出した空の下、点在する水銀灯がぽつぽつ灯り始める頃。

外の看板にも明かりを灯せば、お客さんもぽつりぽつりとやって来る。

隅々まで気が配られた店内に作務衣を着て入ると、否応なしに気が引き締まる。

間接照明の柔らかい光の中、壁や天井は白粉《おしろい》を叩《はた》いたような淡い色合いで照らされていた。内装は飾り気こそ少ないが無骨ではなく、掛け軸や花瓶に至るまで父さんと母さんが念入りに選んできたものだった。

店の広さは、カウンターや小上がりを含めても二十人入れるか否かというほどだ。そのせいか週末はすぐに満席となってしまう。一方で平日の夜にはカウンター席しか埋まらないこともあったりする。静寂も賑わしさも似合う店、というのが俺の印象だ。

いろんな匂いもする。焼き物、煮物、揚げ物、それから酒の匂い。

小さな頃から嗅ぎ慣れている、美味しいものの幸せな匂い。

今日は土曜日だった。騒々しくなる店内で父さんは料理の腕を振るい、母さんはてきぱきと配膳をする。

そして俺は、確実にできる範囲内の仕事をこなす。今のところはビールのケースを運んだり、配膳に皿洗いにと下働きが主だ。俺の料理はまだ人前に出せるものではなかった。


常連さんの中には、俺のことを覚えている人もちらほらいた。

戻ってきたのがほぼ九年ぶりとあってか、俺の顔を見る度に驚かれた。

「へえ、正信くんも大人になったもんだ。昔はひょろっとしてたんだがねえ」

さすがに十年近く昔と比べられれば面映い。俺だってもうじき二十八だが、年上の人達からすればまだまだガキでしかないんだろう。

「大将も安心したでしょう、正信くんがお店継いでくれるんだから」

カウンター席の常連さんに声を掛けられ、父さんは平然と答える。

「まだ安心はできませんよ。今の腕じゃあ店なんて譲れませんからね」

そんな時の父さんは実に嬉しそうな笑みを浮かべている。

「そうそう、まだまだなんですよ」

母さんが相槌を打つ。

お客さんのところへ瓶ビールを運んでいきながら、うきうきした声で続けた。

「まだ作務衣に着られてるありさまですもの。まずは似合うようになってくれないとね」

皿を洗う俺は、その言葉にそっと苦笑する。

久し振りに袖を通したせいか、あるいはこの間までスーツにネクタイという生活を送っていたせいか、俺の作務衣の似合わなさといったら酷いものだった。

着続けていれば向こうが合わせてくれるわよ、とはうちの母さんの弁だ。

だが今のところは、調和のとれた店内の中で唯一浮いているのが俺、という現状だった。

「それに正信も、お店を継ぐよりかわいいお嫁さんをもらう方が先だものね？」

母さんは、店では俺のことを『正信』と呼ぶ。

お客さんの前だからということらしいが、だったらどうして普段からそうしてくれないのか非常に疑問だ。

そして店で俺のことを話の種にするのもやめて欲しい。

「あれ、正信くん。もしかして決まった相手でもいるのかい」

早速、常連さんの一人が食いついてきて、俺より早く母さんが答えた。

「そうなんですよ。正信ったら、向こうで彼女を作ってきたんですって」

「ちょ、ちょっと母さん……！」

制止を口にしようとしても時既に遅し。

お客さんは次々と話題に乗っかってきた。

「おお、そりゃめでたいね！」

「やっぱり将来は女将さんになってもらうんだろうね？」

「かわいいお嫁さんが店に出るなら、通う楽しみも増えるなあ！」

「どんな子なんだろうな。早く連れといでよ正信くん！」

囃《はや》し立てられた俺は黙って母さんに抗議の視線を送った。

しかし母さんはどこ吹く風で、カウンター越しに父さんへと水を向ける。

「お客さん達も若い女の子の方がいいんですって。ここは早いうちに身を固めてもらわないとね？」

包丁を持つ父さんは少しだけ笑う。

「そうだな。早い方がいい」

母さんの言葉を否定したり、咎《とが》めたりはしない。

例によって父さんは、俺が清水に愛想を尽かされないかがいたく心配らしい。

当然、早いうちの方がいいのは俺だって同じだ。

遠距離恋愛は辛くはないがどうしても寂しいし、メシ友として毎日顔を合わせていた時間がいかに貴いものだったかを思い知らされている。

早く彼女と一緒に店に立てたらと、一番強く思っているのは俺自身だった。

店が閉まるのは日付が変わった午前一時頃だ。

暖簾や看板をしまい、洗い物などの後片づけをして、自分の部屋に戻る頃には大抵二時を過ぎている。この生活リズムにもようやく身体が慣れてきた。

俺の部屋は実家の二階、階段を上がってすぐのところにある。向こうの仕事を辞める前、何度か帰省していた頃からきれいにされていて、お蔭で引っ越しの荷物を運び入れやすかった。

今はその荷物も片づき、すっかり生活スペースとしての環境が整っている。健全なる生活は衣、食、住の充足から。その心がけを今も忠実に守っている。

就寝前の日課は、スマホに届いたメッセージをチェックすることだった。ベッドにごろりと横になり、眠気を堪えつつ画面を確認する。返事を打つのは一眠りして、朝が来てからでなければいけない。なぜかと言えば彼女はこの時間、とっくに寝入っているはずだからだ。

小料理屋で働く俺と会社勤めを続けている清水とは、当然のことながら生活の時間帯が合わない。電話ができるのは土日の日中くらいだ。

そしてこんなふうに物理的距離が開いてからも、俺達のメッセージの内容は代わり映えしなかった。

俺は父さんから習った料理の話や、日常で起きたごく些細なことを彼女に教え、彼女はその日の弁当の中身や、夕飯の献立などを送ってくる。

清水が言うには、仕事の話は毎日ほとんど変わりなく、特に報告することもないのだそうだ。ただ時々、堀川《ほりかわ》を始めとする会社の人間と、俺についての話をしたと教えてくれたりもする。この間は会議のために出張してきた渋澤と顔を合わせたと言っていた。

今日のメッセージにはこうあった。

『明日、電話してもいいかな。都合のいい時間を教えてね！』

送信時刻は午後六時過ぎで、俺が店で働いていた頃だ。

返事は明日にしよう。清水はもう寝ている頃だろうし俺だってそろそろ眠い。もう少しだけ我慢すれば、明日には電話で彼女の声が聞ける。

そう思うと、やけに幸せな気分で眠りに就くことができた。


日曜日の正午過ぎ、清水に電話を掛けた。

座布団と冷たい麦茶、それにうちわを用意しておく。六月も半ばを過ぎて、夏らしい気温になってきた。彼女と話せば更に暑くなるから、電話の際は涼むための道具が必要だった。

座布団を床に置き、その上であぐらを掻く。右手で電話を持つので、麦茶のコップは左手側へ。うちわは既に左手に持っている。今はまだ弱めに、温み出す空気を扇《あお》いでおく。

スタンバイオーケー。いざ電話だ。

『――あ、播上。元気にしてた？』

彼女の声が聞こえてくる。

最近じゃ耳にする度に懐かしくて、無性に胸が熱くなる声だ。

俺は久し振り、と言いたいのをどうにか堪えた。時間的にはたったの一週間ぶり、懐かしいと感じるのも妙なものだ。四月からずっと顔を合わせていないから、彼女が恋しくて仕方がない。

「お蔭様で。清水は元気か？」

そう問い返せば、電話の向こうで彼女が笑った。

『うん、私も。特に変わったこともないよ』

言葉の通り、四月以降の清水に大きな変化は見受けられなかった。変わりのないのはいいことだ。会えない寂しさが多少は紛れる。

『仕事の方はどう？　上手くいってる？』

続けて清水が尋ねてきた。

「まあまあだな。特に失敗はしてないが、成長してるって程でもない」

『そっか。初めのうちはそんなものだよね』

「ほぼ一からの出直しに近いからな」

俺は溜息をつく。

五年間のサラリーマン経験も、現状ではなかなか活かしどころが見つからなかった。

今の仕事に必要なのはとにもかくにも場数を踏むことだ。そういう時期だとわかっているから、焦ったところでどうしようもない。

だから、気に掛けてくれる相手がいるのはありがたい。

彼女がいてくれれば、俺はこの先何があっても潰れてしまうことなどないだろう。

「今は仕事着も似合ってないって、母さんにも言われてる」

昨日の晩、店でのやり取りを思い出してぼやいてみる。

すると清水は興味深げに尋ねてきた。

『仕事着ってどんなの着てるの？』

「作務衣」

『そうなんだ！　見てみたいな、播上の作務衣着てるとこ！』

たちまち意外なくらいの勢いで食いつかれて、こっちは慌てた。

「見せられるほどのものじゃ……似合ってないんだって」

『それも初めのうちだけでしょ？　そういうところも見ておきたいなあ、駄目？』

「せめてもうちょっと、似合うようになってからがいい」

懇願しつつ、喉の渇きと室温の上昇を感じ取る。

ひとまず麦茶を一口飲んだ。コップはびっしりと汗を掻いている。いくらか気分はすっとしたが、頬は熱い。

『じゃあ、次に会うまで似合うようになってて』

俺の気も知らず、彼女はふふっと笑い声を立てた。

そして弾んだ口調のまま続ける。

『ところで、来月の連休って暇？』

「来月？」

七月の連休というと海の日あたりか。

うちの店には暦通りの連休なんて関係ないものの――いや、なくはない。連休中は客足が伸びる、言わば書き入れ時だ。

どう答えようかをぼんやり考えていたら、

『そっちに行ってもいい？』

不意を突くように問われて、一瞬戸惑う。

「え？　来てくれるのか？」

『うん。そろそろ播上の顔も見たいからね』

俺は答えに詰まった。

何せ彼女との距離は三百キロ超、車なら片道約五時間だ。札幌から函館間はそうそう気軽に会える近さじゃない。

『お盆は私も実家に帰るから、空いてるのは来月の連休くらいなんだ。行ってもいい？』

それでも、清水は彼女らしい思い切りのよさで決めてしまったようだ。

『あ、迷惑なら遠慮せずに言ってね。播上の都合のいい時にするよ』

「都合なんていくらでもつける」

結局、俺は勢い込んで答えた。

「ただ知ってるだろうけど、俺、夕方からは店がある。せっかく来てもらっても、ずっと一緒にはいられないかもしれない。それでもいいのか？」

本当は、彼女に会いたい。今すぐにでも。

だが、数時間会うだけでは確実に足りない。ほんのちょっと会うだけではかえって切なさが募《つの》るだけかもしれない、そんな不安もなくはない。

『うん、わかってる。ちょっとでも会えたらいいと思って』

「いいのか？　ちょっとだけで」

『本当はよくないけど……朝出て、午前中にそっち着くようにするから。それならお店開くまで会えるよね？』

そこまで言ってもらって、断る気になんてなれなかった。しみじみ、彼女の気持ちが嬉しくなる。

「こんなに早く会えるなんて思ってなかった」

お互いに仕事もあるし、距離もあるし、しばらくは会えないだろうと踏んでいた。だからこそ毎日電話ができなくても、すれ違いのメッセージ交換になっても、ぐっと我慢してきたつもりだった。

『そう？　私はこんなものだと思ってたけど』

にもかかわらず、清水の口調は軽い。

『七月は播上のお誕生日もあるしね。そろそろ会いに行きたかったんだ』

「あ……それでか。別に気を遣わなくても」

『遣ってないよ。会いたいから会いに行くだけだもん』

以前と変わらぬ朗らかさで、そう言ってくれた。

どちらかと言うと、俺に気を遣わせまいとしてそんな言い方をしているのかもしれない。

「清水、ありがとう」

顔が見えないから、感謝を口にするのもそう苦労しなかった。

清水がまた笑う。

『お礼もいいよ。私が会いたいだけだから』

うちわで送る風は温い。汗が滲んできた。

『私だって、播上のこと考えてるんだよ。毎日ちゃんと考えてる』

そんな時に限って、彼女はかわいいことを言う。

こっちがどぎまぎしたくなるような言葉を、自分でも照れながら続けてくる。

『お弁当を作る時にね、いつも考えてるの。いつか播上に美味しいって言ってもらいたいなとか、播上に食べてもらえる日が楽しみだなとか……それは今に始まったことじゃなくて、ずっとずっと前からそうだったんだけど。いつか播上にも私のことを認めてもらえたらって、お弁当を作る度に考えてた』

いつだったか、彼女自身が言っていた。

意地になって作り続けた日もあった、と。

その原動力が何によるものだったのか、今ならわかる。自惚《うぬぼ》れでもなく。

『気がつかなかったな。毎日のように播上のことを思っていたのに、理解する余裕まではなかった。お蔭で私、自分の気持ちすら知らないままだった』

彼女ももうわかっているらしい。

次第に小さくなる声で、でもはっきりと語る。

『播上がいたからお弁当作りだって続いたし、今日までやってこれたのにね。なんにもないような毎日でも、播上といる時間だけはすごく楽しかったのに。肝心なことには土壇場まで気づけなかったんだから、困ったものだよね』

苦笑いの顔が浮かんで見えるような声に、俺もつられて笑った。

本当に困ったものだ、お蔭でこっちは随分とやきもきさせられた。

『毎日、会いたくなるんだ。本当は七月まで待っていられないくらい……かな』

電話の向こうで彼女は今も、俺を思ってくれている。

幸せなことだが同時に歯痒く感じた。声はこんなに近くに聞こえる、なのに彼女までは三百キロ以上の距離がある。


メッセージよりは電話の方がいい。

でも、電話以上に会って話した方がいい。

そんな当たり前のことを考えて、それから実感する。

どんなに短くても、ほんのちょっとだけでもいいから、やっぱり会いたい。

「……清水」

俺がそっと呼びかけると、電話の向こうで微かな動揺が聞こえた。

『な、何？　ちょっと変だったかな、こういうこと言うの』

清水はなぜか慌てたようだ。

それで俺は苦笑しながら、素直に本音を打ち明ける。

「変じゃない。ただ、どうして会ってからにしてくれなかったのか、とは思った」

『だってそんなの、面と向かっては言えないから』

そこはどうにか頑張ってみて欲しかった。そんな話を電話でされたら、俺だって七月まで待っていられなくなる。

これから一ヶ月間、ずっとそわそわして過ごすことになりそうだった。

その予感はものの見事に的中した。

気が逸《はや》ったまま一ヶ月が過ぎ、待ちに待った七月の連休は、母さんのからかいの言葉から始まった。

「——正《まさ》ちゃんったらそわそわしちゃって」

そう言われても仕方がないと自分でも思う。

昨日も店に出て、床に就いたのはいつものように午前二時過ぎ。だというのに俺は朝の四時から起き出して、手早く身支度も済ませた。正直あまり眠れなかった。

だが母さんだって俺と同じ時間に起きてきて、既に化粧まで終えている。

そして清水を迎えに行こうとする俺に、やたらしつこく促してくる。

「せっかくだからうちにも寄っていただきなさいよ」

「向こうがいいって言ってくれたら、そうするよ」

俺は気乗りもせずに答える。

清水を家に招くのはいいが、母さんが大いに騒ぐのは目に見えている。こんな騒々しい家に、遠路はるばる来てくれる彼女を連れてくるのは抵抗がある。余計くたびれるだろう。

それに久し振りに会えるんだから、二人きりで過ごしたいというのも、ものすごくある。

「車運転してくるんだから、彼女、疲れてるだろうし。無理強いはしないつもりでいるよ」

そう付け足しつつも、彼女の取るであろう反応は当然わかり切っている。

うちの親が会いたがっていると伝えれば、清水なら『疲れてるから無理、会いたくない』

なんて言うはずがない。

むしろ彼女らしい気配りを大いに発揮して、無口な父さんとうるさい母さんにも愛想よく挨拶をしてくれるだろう。彼女の朗らかさは必ずや二人の心を掴むだろうし、そうなったら母さんがはしゃいで話が長くなる。

俺としてはそういう意味でも無理をさせたくなかった。

母さんの方は、清水に会ってみたくて堪らないらしい。

「遠いところからわざわざ会いに来てくれるなんていい子じゃない」

「まあ、ね」

「お母さんのことも好きになってもらえるといいなあ。どうご挨拶しようかしら」

だから、連れてくると決まったわけじゃないのに。母さんの今の口ぶりじゃ、家に来てもらうこと確定みたいじゃないか。

「いきなりお名前を呼んじゃ失礼よね。正ちゃんはそのお嬢さんをどう呼んでるの？」

「清水って、名字で」

「あら、早いとこお名前で呼べるようになってよ。じゃないとお母さんが呼べないでしょ」

駄目だ、完璧に浮かれている。母さんは全く俺のことなど言えないと思う。

この浮かれようをむげにするのも、不本意ながら気が引ける。

そういえば、父さんはどうなんだろう。普段通りの時刻に起きてきた父さんは、今は庭の水撒《みずま》きをしている。それ自体は別段珍しい行動でもなかったが、いつもよりずっと時間を掛けている。

その辺りを見るに――。

「ところで、清水さんはこっちには何日くらいいらっしゃるの？」

「一泊二日だって」

「そう。うちに泊まってもらえたらよかったんでしょうけどね。そしたらうーんとおもてなししたのに」

母さんはそこで残念そうに溜息をつく。

実は俺も同じことを考えた。

考えはしたが、うちは夕方から店を開けるから、それ以降は彼女を放ったらかしにすることになってしまう。まさか店じまいまで起きて待っていてもらうわけにもいかないし、先に寝ててもらうにしても、うちに一人きりで置いておくのは悪い。だから今回は断念した。

彼女は駅前のビジネスホテルに部屋を取ったそうだ。

そこに一泊して、明日の昼頃にこっちを発《た》つと言っていた。

そして今日は、そろそろ着く頃だ。七時に入ったメールによれば、このペースならあと三時間程度で着く、とのことだった。

こちらへ着いたら函館駅前《はこだてえき》で落ち合う約束をした。清水は土地勘がないから俺が迎えに出る手はずだ。

その後は、彼女さえよければこの街の名所でもいくつか案内しようと思っている。

「次はお店の休みの日に来ていただいたら？」

出かけようと玄関で靴を履く俺に、母さんは食い下がるように声を掛けてくる。

「うん。彼女も仕事があるから、平日はちょっと難しいけど」

「年末年始ならまるまる空いてるじゃない」

「そうだけど。向こうにだって都合はあるだろ」

そんな母さんを宥《なだ》めつつ、今日ではなくても、早いうちに一度会わせとかないとまずいなと俺は思う。じゃないとずっとうるさく言われることだろう。

母さんを振り切って家を出ると、庭で水を撒く父さんを見かけた。

「行ってきます」

そう呼びかけたら、こちらを向いて低く応じてきた。

「気をつけてな」

父さんの周囲では、庭中の緑という緑が水滴をまとってきらきらしている。今日の我が家は何もかもが雁首《がんくび》揃えて浮ついているらしい。

俺は父さんの顔を盗み見て、表情の奇妙な硬さからおおよその内心を悟る。

この浮かれようをむげにするのも、正直に言えば気が引けた。

せっかく久々に会えるのに、独り占めってわけにはいかないみたいだ。

駅前までは路面電車で向かった。

電車を降りると、七月の日射に寝不足の目がくらんだ。だが意識は駅に近づくごとにはっきりしていく。

そして駅前の駐車場で見覚えのあるコンパクトカーと、その傍らに立つ細身の人影を見つけた時、現実的な緊張感が襲ってきた。

清水がいる。

約四ヶ月ぶりの彼女がそこにいる。

深呼吸を一度。

滲んだ汗を手の甲で拭い、それから歩み寄ると、俺が声を掛ける前に彼女が振り向いた。

短い髪がふわっと揺れて、やがて静止した時にはにかんだ。今日の服装は半袖の青いブラウスと白のチノパンだ。私服姿を見るのは二度目で、一度目と同様、地味なのにいやに色っぽく映った。

「あ、播上」

照れを含んだ声の後、清水はかわいく小首を傾げた。

「久し振り。時間、ぴったりだね」

「ああ」

俺は表情も言葉もどう返していいのかわからず、とりあえず顎を引く。

それから尋ねた。

「疲れてないか、清水」

「ううん、ちっとも。眠くもないしね」

清水はかぶりを振る。

その言葉通り、浮かべた笑顔は夏の陽射しにも負けないくらいにいきいきしている。かわいい。

「だから心配しないで。せっかく会えたんだから、できるだけ一緒にいようよ」

　そう言われて、俺は少し迷った。

　一緒にいたいというより、せっかく会えたんだから二人きりでいたいのもやまやまだ。

だがうちの両親のあの浮かれよう、張り切りようをむげにするのも困る。

　しばらくためらい、考えてから切り出した。

「清水、一応言っておきたいんだけど」

「どうかした？」

　彼女が怪訝そうにする。

「うちの両親がめちゃくちゃ会いたがってるんだ。気が向いたらちょっとだけ時間くれないか」

　俺がそこまで言うと、笑って語を継いでくれた。

「ご挨拶に行くよ」

「いいのか？　ごめん、大はしゃぎの親で」

「大丈夫、そういう機会あるかもなって思ってたから」

「悪いな。それならそれで前もって言っておくべきだった」

「いいってば。難しい話をしに行くわけでもないんだし、平気」

　そう言った後で、彼女が冗談っぽく続けてみせる。

「言い方は悪いけど、播上のご両親も一度見てみたかったんだよね。お誕生日にカボチャをくれるなんて、さぞユニークな家庭なんだろうって思ってたから」

「見て面白いものでもないよ」

俺はどう釘を刺しておくべきか悩んだ。

決してユニークなんて柔らかい形容の似合う家庭ではない。多分。


彼女の車の助手席に乗り込み、家までの道案内をする。

駅前から辿る漁火通《いさりびどおり》は車の進みがゆっくりだった。さすがは観光都市の三連休だ、混み合っている。

「海のある街っていいよね」

運転しながら清水が呟く。

「海、好きなのか」

「うん。潮風の匂いがするから」

「よかった。清水に気に入ってもらえなかったら、どうしようかと思った」

息をつき、俺は助手席側の窓から景色を見やった。

海沿いの漁火通からは牛が寝転んだような函館山《はこだてやま》、そして青い津軽海峡《つがるかいきょう》が眺められる。この時期は夜になればイカ漁の船が出て、街の夜景にも劣らぬ美しい漁火も見られるのが魅力だ。それに海沿いの街だけあって市場は充実しており、海産物はどれも新鮮で美味い。

あとは古い港町らしく教会や旧領事館などの名所もあるにはあるが、そういう観光名所は住んでいるとなかなか足を運ばないものだ。いつか彼女を連れていこう。

「見ての通り、海ならすぐ近くにあるよ。それと温泉も」

「わあ、いいな。どっちも大好き」

彼女が声を弾ませる。

俺も浮かれて、明るく続けた。

「あと、うちの店もある。大将は無口で女将はお喋りだから気をつけてくれ」

「楽しみにしてる。播上のお母さんがお喋りっていうのが、まず想像できないな」

「ものすごくテンション高いから、うざったくなったら無視していい」

「それは無理だよ！」

清水が楽しそうに笑う。その笑い方は記憶となんら変わっていなかった。

彼女が俺の隣にいることを改めて自覚し、幸せに思う。

「清水に、気に入ってもらえるといいんだけどな」

この街も、うちの親も、どちらとも。

運転席の彼女は横顔で微笑む。

「播上、心配性だよね」

「ここで気に入ってもらえなかったら、と思えばな」

「大丈夫だってば。それより、私がちゃんと挨拶できるか心配してて」

「それは別に。お前なら大丈夫だ」

俺が言い切ると清水は噴き出し、おかしそうに続ける。

「そこまで信じてるなら、全部信じ切ってくれないかな、私のこと」

片道五時間の疲れを見せない軽い口調に、返す言葉もなくなる。

だから俺は、素直な感謝を述べた。

「……ありがとう、清水」

家の前に車が停まると、すぐに玄関のドアが開いた。

どうやら待ち構えていたらしい。駆け出してくる年甲斐もない母さんの姿に、俺はこっそり溜息をつき、それからシートベルトを外す。

エンジンを切った清水がそちらを見やり、小さく笑い声を立てた。

「もしかして、あの人が播上のお母さん？」

「……ああ」

母さんは生垣の外まで出てくると、まずは清水に対してお辞儀をした。にこにこと上機嫌だ。

「笑顔の素敵な人だね」

清水はそう言ってから、まずうちの母さんに対して頭を下げる。それから車の外へ出た。

母さんは真夏の気温をものともせず、ばたばたと清水の傍に駆け寄る。

「どうも初めまして！　正信の母でございます」

表情も声も実ににこやかだった。

しかし、俺に紹介もさせずさっさと挨拶を済ませるっていうのはどうなんだろう。紹介の台詞を考え始めていた俺は、いきなりの行動に口を閉ざすほかなかった。

「初めまして、清水真琴《まこと》と申します」

緊張気味の笑顔で清水も応じる。

それに気づいてか母さんは早速まくし立ててきた。

「清水さん、お話はいつも正信からしっかりばっちり聞いてます。遠いところからはるばるお越しくださって、ねえ。正信もすっかり舞い上がっちゃって、今朝なんて四時起きだったんですよ」

「四時起き？」

清水が驚いたように俺を見たので、俺は慌てて母さんを咎めた。

「母さん、そういう話はばらさなくていいから」

「まあ正ちゃんったら照れちゃって。でもそうねえ、話に聞いていた以上にきれいなお嬢さんだもの、舞い上がっちゃうのも当然よね」

母さんはしたり顔だった。

うんざりする俺をよそに、清水は気恥ずかしげにしてみせる。

「そんな、それほどでも……」

確かに清水はきれいだと思うし、もじもじする横顔もなかなかかわいい。

しかし母さんのマシンガントークは危険だ。このままだとどんな暴露話を繰り出してくるかわかったものじゃない。

そう思い、ひとまず二人を促す。

「炎天下で立ち話することもないよ、中に入ろう。清水も――」

「あらそうね。清水さん、どうぞお入りになって。何か冷たいものでもお出ししますから。ほら正ちゃんももたもたしないの」

俺の誘いは母さんの勢いに遮られた。呆気に取られる俺を尻目に、母さんは羽でも生えてるみたいに素早く玄関へ駆け込んでいった。

家の前には俺と清水だけが残された。

この辺りは古い家屋の立ち並ぶ住宅街で、本来ならとても閑静な一帯だった。じりじりと照りつける夏の太陽の下、今頃思い出したように蟬《せみ》が鳴き始めた。

夏の蟬すらうちの母さんには敵わないようだ。さもありなん。

「ごめん、騒々しい母親で」

俺は彼女にこっそり詫びた。

舞い上がっているのはむしろあっちじゃないか。俺の四時起きなんてまだかわいい。

「ううん。明るくて楽しそうなお母さんじゃない」

清水は笑顔で言った後、意味ありげに声を落とす。

「でも知らなかったな。播上、『正ちゃん』って呼ばれてるんだ？」

ぎくりとする。

母さんも最初のうちは『正信』と呼んでくれていたようだったが、呆気なく普段通りの呼び方に戻っていた。清水が聞き逃していたらいいなと思っていたものの——普通に考えて、そんなはずもなかった。

だからいつも言ってるのに、ちゃん付けはもう止めようって。

「止めてくれっていつも言ってるんだけど、全然聞いてくれなくて、その」

俺は冷静に弁解しようとして、かえって醜態を晒した。

清水にはにやっとされた。

「そんなに慌てなくてもいいのに。かわいいじゃない、正ちゃんって」

「かわいくない。恥ずかしいよ、二十八にもなって」

このままだと一生そう呼ばれそうな気がして余計に悩ましい。

にもかかわらず、清水は妙に楽しそうにしている。

「ね、私も正ちゃんって呼んでいい？」

「忘れてくれないか、清水」

「えー、どうしよっかなあ」

こちらの懇願《こんがん》もどこ吹く風で、いたずらっ子みたいな顔をする。緊張はすっかり解けたようだ。


彼女を家に上げ、風通しのいい居間まで通した。

そこにはいそいそと麦茶の用意をする母さんがいて、床の上で正座をしている父さんもいた。俺達が入っていくと、すかさず父さんが強張った顔を上げた。

「いらっしゃい。運転、お疲れでしょう」

挨拶の言葉も硬く、普段よりもずっとぎこちない。この場にいる誰よりも父さんが緊張しているようだ。

見かねたらしい母さんが口を挟んできた。

「清水さん、うちのお父さんったら若くてきれいなお嬢さんが相手だと照れちゃうのよ。機嫌が悪いわけではないから安心してね」

それに対しても父さんは無言だ。ただ居心地悪そうに座り直していた。

「初めまして、清水です」

清水が笑んで挨拶をすれば、ぎこちなく笑い返してみせる。

「どうも」

あとは母さんが、父さんの分まで語を継いだ。

「さ、清水さんも正ちゃんもこっちに座って。お外は暑かったでしょう、まずは冷たいお茶をどうぞ。あ、正座なんてしないで、遠慮なく足を崩してくださいね。ところで、清水さんは麦茶でよかったかしら？」

「はい、ありがとうございます。いただきます」

愛想よく応じた彼女が床に腰を下ろし、俺も落ち着かない気分でその後に続く。

卓上に四人分のコップを並べた母さんが最後に座る。

すると室内には、柔らかい沈黙が落ちた。

俺と清水と、俺の両親が、うちの居間で一つのテーブルを囲んでいる。

なんだか非現実的な光景だと思うのは、やはり緊張のせいだろうか。

「それにしてもねえ」

沈黙を破ったのは、例によってうちの母さんだった。

「正ちゃんが女の子を連れてくる日が来るなんて、何だか感慨深いわあ。清水さんもご存知でしょうけど、うちの子ときたら昔からそういうことには疎くてね」

「存じてます」

清水が否定もせずに頷いたので、事実とはいえ俺は苦笑するしかなかった。

「でもよかったわ、こうして清水さんみたいな、きれいで優しいお嬢さんに出会えて。正ちゃんもこれからうんと頑張らないとね、清水さんを幸せにしないと駄目よ、罰が当たるわよ」

母さんは相変わらずお節介焼きだ。

「もちろん、そうするよ」

そんなの言うまでもない、当たり前のことだと思っていた。努力もしている。まだ始めたばかりで、これから先どうなるかは見通せていないが。

いつまで彼女を待たせているのか、そのことだってはっきりしていないのだが――。

その時、隣の清水がふっと笑った。

「大丈夫です。必ず幸せにしてくれるって、そのことも存じてますから」

彼女がちらと俺を見る。照れ笑いが滲むように浮かんだ。

「播上……正信さんには、同じ会社で働いていた頃からずっと、支えてもらっていました」

名前を呼ばれたのは初めてだった。

そんな場合じゃないとわかっていても、心拍数が上がった。

「正信さんはいつでも穏やかで、優しくて、滅多なことでは怒らない人です。一緒にいたらそれだけで幸せになれる人です。だから私は、この先のことはちっとも心配していません」

買い被るようなことを言われたのは初めてじゃなかった。

「それに、私にとっても美味しい料理を誰かに食べてもらうことって夢だったんです。私自身は彼ほど料理できなくて、諦めていた夢でしたけど」

彼女は真っ直ぐな瞳で続ける。

「でも正信さんが私も誘ってくれたんです。私の子供の頃の夢を、一緒に叶えようって声を掛けてくれたんです」

きっぱりと言い切ってから、思い出したようにはにかむ。

「ですから、大丈夫です。正信さんと一緒に、同じ夢を叶えられたらと思っています」

俺はその言葉の間、ずっと彼女の表情を見つめていた。

照れているくせに頼もしげな横顔に、改めて思う。

必ず彼女を幸せにしよう。

彼女の気持ちに見合うくらいに——いや、それ以上に。

父さんと母さんも、清水を黙って見つめていた。

やはり先に動いたのは母さんの方で、ゆっくりと、口元を綻ばせた。

「まあ……」

溜息の後、嬉しそうな声が続く。

「清水さん、ありがとうございます。私達の息子を好きになってくださって」

「そんな、こちらこそです。こうしてお招きいただいて嬉しいです」

かぶりを振った清水の表情は至って明るく、迷いがなかった。

なのに俺は胸が詰まってしまって、この場では何も言えそうになかった。

彼女の決意と気持ちの強さが眩しいくらいだ。先月の電話で『面と向かっては言えない』と話していた彼女は、でもこれだけの言葉を重ねてくれた。俺なんて面と向かってどころか、何一つとして言葉が出てこない。せっかく彼女が隣にいるのに。この家に、ここにいるのに。

だから、せめて手を重ねた。

隣に座る清水の、膝の横で握られた手に自分の手を重ねてみる。小さなほっそりした手はすぐに軽く開かれて、俺と繋がった。

彼女の手は心地良くて、柔らかくて、温かかった。

彼女の手も、きっと魔法の手だ。俺を幸せにしてくれる。

そのまま俺達はしばらく手を繋いでいた。父さんと母さんもそのことに気づいているはずなのに、何も言わなかった。認めてもらえたのだとわかって、そのこともまた幸せだった。


一泊二日は、俺にとってもあっという間の出来事だった。

清水が札幌に帰る日、俺は見送りも兼ねて彼女の車に同乗した。せっかくだから二人で過ごす時間も欲しかった。

彼女もその気持ちを汲《く》んでくれたのか、駅前の駐車場で一度、車を停めてくれた。

「ここからなら私も道わかるから」

エンジンを切った後、清水がそう言って苦笑する。

「国道五号線沿いに行かないと道迷っちゃいそうだし」

「道覚えられるだけ案内できたらよかったんだけどな」

昨日は結局、店で彼女に昼飯を振る舞っただけで時間がなくなってしまった。

今日ももうじき午前が終わる。そうしたら彼女は向こうに帰ってしまう。また会えるとわかっていても寂しさはどうしようもない。だからせめて、わずかな残り時間を楽しく過ごしたかった。

「いいよ、今度来た時にするから」

彼女は首を横に振る。

それから思いついたような顔で、再びエンジンを掛けた。

「あ、ごめん。窓開けた方がいいね」

コンパクトカーの窓が四つ、唸り声を上げながら一斉に開いた。

エンジンが切られると、駅前の喧騒と潮風の立てる音が聞こえてくる。炎天下の駐車でも、窓を開けていればいくらかは涼しかった。

天気のいい日だった。

七月半ば、日曜の正午前。強い陽射しのせいで気温は容赦なく上昇している。風が多少あるのが救いだ。

「潮風って、やっぱりいいな」

清水が座席に寄りかかり、心地よさそうに目を閉じる。

その言葉で、ああ、と俺は思い当たった。

「海が好きなんだよな、清水。どうせなら海まで行けばよかったか」

「それも今度でいいよ。明日は海の日だし、今日辺りは海辺も混んでるんじゃない？」

「かもな」

もうじき夏休み期間だ。縁がなくなってから久しいが、街中が賑々しくなるのはよくわかる。しばらくは忙しいかもしれない。

「そうだ、七月って言えば」

彼女は急に目を開けたかと思うと、身を起こして俺に尋ねてくる。

「播上の誕生日プレゼントを買いたいと思ってたの。今から行かない？」

「俺に？　いや、会いに来てくれただけで十分だよ」

「それだけっていうのも微妙じゃない？　だからどうせなら、播上に選んでもらった方がいいかなって。どうかな？」

「いや、気持ちだけで十分だ」

だから俺はかぶりを振った。

彼女が目を丸くするから、照れつつも言い添えておく。

「お前がこっちに来てくれただけで、いいプレゼントになった」

だから誕生日プレゼントなんて要らない。清水がいてくれたらそれでいい。

彼女もようやく表情を和らげてくれた。

「じゃあ……遅くなったけど、お誕生日おめでとう、播上」

「ありがとう。二十八だな、お互いに」

「そうだね」

何が楽しいのか、ふふふと笑う彼女。とびきり明るい笑い方は、初めて会った頃とちっとも変わっていない。

「初めて会ったのは二十二の時だっけ」

偶然にも、清水も似たようなことを思い出していたらしい。

「そうだな。入社式の時だ」

「そっか。いろいろあったよね、あの頃から五年……今年が終わったら六年かあ」

いろいろ、なんて言葉では表せないくらい、本当にたくさんの出来事があった。

六年目の今、こんなふうに思い出を振り返る時が来るなんて、あの頃は想像もつかなかった。

「最初のうちは、思ってた」

俺はぼそぼそと打ち明ける。

「一生、清水のためだけに料理を作りたいって。俺は、清水に食べてもらうだけに料理をして、そして美味しいと言ってもらえたら、それだけでいいと思ってた」

彼女がくるりとこっちを向く。くすぐったそうな顔をしている。

今度は俺までくすぐったくなったから、目を逸らして続けた。

「でもその後で思い直した。清水とは一緒に料理を作る方がいいって。食べてもらうだけじゃなくて、二人で作って、一緒に食べるのがいいはずだって。だから、これからも一緒に……」

「うん」

最後まで告げる前に、彼女が返事をしてくれた。

目の端に見た横顔は穏やかで、幸せそうだった。

「嬉しいな。播上に認めてもらえたなんて」

「俺の認定なんて大したものじゃないよ」

「そんなことない」

きっぱりと彼女が言い切る。

「播上は私が一番大好きな料理人だもん。その人に認められたら、嬉しいに決まってるじゃない」

誤魔化《ごまか》さずに告げてくれる彼女が、俺も好きだ。

「播上と一緒なら、いくらでも頑張れる気がするよ」

彼女は強気な笑顔で宣言した。

そんな負けず嫌いの気持ちごと支えていけたらいいなと思う。俺は俺で今もいろんな気持ちを彼女に支えてもらっているから、そうやって二人で夢を追っていけたら。

「あ……」

そこで唐突に、彼女がハンドルに突《つ》っ伏《ぷ》した。

短い髪の隙間から覗く耳が赤らんでいる。

「どうした、清水」

「えっと、大好きって言うのはね、そういう意味でもあるけど……そういう意味、だから」

どうやら自分の言葉に今更照れ始めたらしい。そんな反応されると、こっちもどうしていいのかわからなくなる。

「俺も同じだよ、大好きだ」

便乗するように言ってみたら、少しだけ視線を上げて恨めしそうにされた。

「恥ずかしい」

「ごめん」

「って言うかめっちゃ恥ずかしくない？　私たち結婚するんだよ？」

「ああ。まあ、照れるかな」

「私、播上の奥さんになるんだよね。どうしよう、今更実感湧いてきた……」

「本当に今更だ」

ここでじたばたされても困る。

確かに俺たちは友達時代が長すぎた。夫婦としてやっていくことに不満はないが、誤魔化しようのない気恥ずかしさとくすぐったさがある。これも長い年月を掛けて慣れていくしかないのだろうか。

「でもほら、私達、昨日初めて手を繋いだくらいだから」

そうだった。実はあれが最初だ。

「なんかその……あんまり恋人らしいことっていうか、そういうのって想像できなくて」

彼女はもごもごと弁解らしいことを口にする。

「なんか、照れるよね。こういうのって」

清水にまごつかれると、こっちまでうろたえたくなるから困る。

愛の告白くらいでこうなんだから、手を繋ぐ以上のことをしたらどうなるのか――でもちょっと見てみたいかもしれない。

内心、割とどぎまぎしつつ、俺は意を決した。

思い切って彼女の肩に手を置いてみる。ハンドルに上体を預けていた彼女が、おずおずと顔を上げたタイミングで身を乗り出し、赤い頬に唇で触れた。

一瞬だった。

清水の頬が柔らかいのかどうかすら、わからないくらいだった。

味見にしても味がわからないような、ごく少々のキスだった。

それでも、清水にはてきめんに効果を発揮した。

「車の中って丸見えなのに！」

茹で上がったように真っ赤な顔で叫ばれた。

「いや、一瞬だっただろ。大丈夫だよ、多分」

「窓だって開いてるのに！」

「そんなの、清水の方が大声出してるじゃないか」

「するならするって言ってよもう！」

珍しい反応だ。駄々を捏《こ》ねるように文句を言った後、彼女は再びハンドルに突っ伏す。そして恥ずかしそうにじたばたしている。

しばらく顔を上げなかった清水は、やがて消え入りそうな声を上げた。

「これから、車運転して帰らなくちゃいけないのに……」

「それは、そうだな。悪かった。安全運転で帰ってくれ」

「そう思うなら気をつけて欲しいなあ……次は」

不満そうな彼女は、それでも別れ際までずっと俺に手を握ることを要求してきた。もちろんその通りにしてやった。

もっとも俺は俺で彼女が帰っていった後、向こうに着いたと連絡があるまでは落ち着かない気分だった。もう少し一緒にいられたらなとつくづく思う。キスは時間のある時に、余裕を持ってすべきことだ。次は気をつけてと言われたから、必ずそうしよう。

あとは次の機会がどのくらい先にあるか、それが問題だ。

◇　◇　◇

その年の十一月に入って間もなく、渋澤瑞希が電話を掛けてきた。

『いきなりだけど、結婚するからな』

「へ？　誰が？」

『僕が』

「……誰と？」

『例の彼女と』

例の彼女って誰だっけ、と思い出すまでに十秒ほど必要だった。

そして思い出した後は、

「え？　なんで？　上手くいったのか？　というかもう結婚？」

俺の頭は混乱を極めた。

まず、渋澤からの電話が久し振りだった。

七月頃まではちょくちょく電話を掛けてきて、例の彼女がつれないだの、相手にされないだのと愚痴っていたが、そういう電話も八月にはぱったりと途絶えてしまった。

俺も多少は気になっていたものの、こっちはこっちでいろいろと忙しかったので、便りのないのはよい便りと思うようにしていた。

その読みはつまり、見事に当たっていたのだが。

「本当に結婚、するんだな」

聞きたいことは山ほどあった。何から聞いていいのかわからないくらいに。

『そうだよ』

「失礼だけど、向こうはちゃんと了承してるのか」

『本当に失礼だな。当たり前じゃないか』

でも、と俺は反論したくなる。

指折り数えてみてもたった三、四ヶ月間だ。以前は渋澤のことを相手にもしていなかったらしいその子が、どのようにして心変わりしたのか。俺には全く想像できない。

『結婚といっても、式は身内だけで挙げるし、残念ながら新婚旅行に行く暇もない。あっさりしたものだよ』

渋澤は実にあっけらかんと、それでいて幸せそうに語る。

「スピード結婚ってやつだな」

まだ若干の混乱を残しつつも、どうにかして現実を受け入れようとする。

すると渋澤には愉快そうに笑われた。

『それは違うな。結婚に早いも遅いもないよ、播上』

非常に、身につまされる一言だった。

「……すごく納得した」

『そうだろ？』

得意げな奴の顔を容易《たやす》く思い浮かべることができる。

やはり俺はいろんな意味で、あいつに敵わない。

『いつか、観光がてら遊びに行くよ。僕のかわいい妻も紹介したいしな』

「ああ、是非一緒に来てくれ。こっちは夫婦で来るのもいいところだ」

何せ海もあるし温泉もある。

あと、美味い飯を出せるよう、その日まで精進するつもりでいる。

俺も、渋澤の奥さんがどんな子なのかを見てみたいと思う。奴がここまで惚れ込むくらいなんだから、きっとすごくいい子に違いない。

「渋澤、結婚おめでとう」

改めて、俺は最も言うべき言葉を告げる。

電話の向こうでは照れたような笑いが聞こえる。

『ありがとう。お前には、ちゃんと報告しておきたかったんだ』

「そうか……いや、こちらこそ、知らせてくれてありがとう」

初めはかなり驚かされたが、なんにせよおめでたい話に変わりはない。

幸せになって欲しいものだ、今以上に。

『ところで、お前と清水さんはどうなんだ。いつにするか決めたのか？』

「ああ、大体は。来年の三月だ」

『来年？』

今度は奴に驚かれた。

『失礼だけど播上、どうしてそんなに気が長いんだ！』

「別に失礼でもない。彼女の仕事のきりのいいところで、と思ったからな」

『よく落ち着いて待ってられるな、お前……』

そこは自分でも不思議に思う。

彼女に、三月までは仕事を続けたいと言われた時、反対する気は微塵も起きなかった。

彼女のことだから跡を濁したくないんだろう、そう思って受け入れることにした。

当然、毎日のように寂しさは感じているし、メッセージが来れば声が聞きたくなり、電話をすれば顔が見たくなる、そんな日々を相変わらず過ごしている。

来年の三月まではあと四ヶ月、ずっとこんな調子だろう。

こんな調子で、でもなんとなく乗り切っていくんだろう。

「ほら、結婚に早いも遅いもないって言うだろ？」

先の言葉を剽窃《ひょうせつ》して俺が笑うと、渋澤もつられるように笑った。

『……全く。お前らには昔から、敵わないよ』

結婚なんてものは、当事者同士にしかわからないことだらけだ。

傍目にはまるで不似合いな二人が結ばれる場合もある。一年どころか十年も、相手を待ち続けていられる人もいたし、恋に落ちて半年ほどで結婚に漕ぎ着ける人もいた。何が正しくて何が間違っているのかなんて、第三者が評していいものでもない。

さしあたって俺と彼女が、出会ってから六年で結婚することも然りだ。誰の口からも、正しいとも、間違っているとも言えないだろう。

あるのはあくまでも事実だけ。俺は彼女を愛しているし、一緒に夢を叶えたいと思っている。

彼女は真摯《しんし》に、俺を追い駆けてくれている。

その事実があれば誰からも否定されることはない。ないといいな、と思う。


そして、年が明けて、迎えた三月の半ば。

彼女は函館にやってきた。

今度は一泊二日なんて短期間ではなく、たくさんの引っ越し荷物を携えて。

俺達は実家の近くに部屋を借り、そこから店まで通うことにした。両親との同居は、むしろ母さんからやんわり断られた。

「ほら、同じ屋根の下に新婚さんがいたら、うちのお父さんが恥ずかしがっちゃうから」

そういう言い方をされたものの、気を遣ってくれたんだということはわかった。

彼女も函館で暮らすのは初めてだから、慣れるまでには時間も掛かるだろう。うちの両親のことを好いてはくれているようだが、それでも気を揉むようなことは少ない方がいいはずだ。俺もそう考えていたから、おとなしく母さんの言葉に従った。

当の彼女がどのように考えているのかは、こっちに来て、顔を合わせた直後に聞いた。

「慣れないって言うなら、播上と二人で暮らすのだってしばらくは緊張してそう」

もじもじと照れた様子で言っていた。

「こういうのってらしくないかな？　でも、どきどきするよね？」

「そりゃまあ、多少は」

俺も緊張していないわけじゃない。

彼女と恋人同士でいたのは一年間で、しかもその間ずっと顔を合わせていなかった。こうして二人での生活を始めるにあたり、面食らうような、なんとも落ち着かない心持ちになってしまう。

お互い派手なことはしたくなくて籍だけ入れて結婚式も挙げなかった。気持ちの切り替えができないのはそのせいかもしれない。

だが、俺達には五年間の実績もある。恋人になる前の、メシ友として接していた五年の記憶がある。それさえあればどういう関係にも、どういう環境にも慣れていけるような気がしていた。

とりあえずは、彼女に釘を刺しておく。

「真琴。俺を『播上』って呼ぶの、そろそろ止めないか」

「え、でも」

「お前だって播上じゃないか。戸籍上はもう既に」

「そうだけど。今日変わったばかりだし、すぐに切り替えなんてできないよ」

俺が彼女のことを『清水』と呼ばなくなってから大分経つ。彼女の実家に挨拶に行く機会と、それから今日に備えて、早いうちからなるべく名前で呼ぶようにしてきた。最初のうちはめちゃくちゃ照れたものの、直ぐに慣れてしまったから不思議なものだ。

一方の真琴は、どうしても俺のことを名前で呼べないらしい。

「何か、『正信さん』って言うのは、よそ行きみたいな呼び方じゃない？」

うちの両親の前では便宜上、そう呼んでいる。でも彼女自身はこの呼び方をあまり好いていないらしく、確かに他人行儀な印象はあるなと俺も思っている。

しかし、

「かと言って『正ちゃん』も駄目なんだよね？」

「駄目。絶対駄目」

それだけはたとえ愛する彼女でも勘弁して欲しい。俺ももう二十八だし、ちゃん付けが似合う歳でもない。うちの母さんは相変わらず、その呼び方を続けているが――だからこそ真琴にはもっと違う呼び方をして欲しかった。

「他の呼び方は思いつかないし、しばらくは今まで通りに呼びたいな。いつか慣れるようにするから。いい？」

困り顔でお願いされると、こっちも強くは出られなくなる。

というより、今のところはかわいい真琴が傍にいてくれるだけでよかった。

無事に籍も入れて、今日から二人暮らしが始まるというだけで、些細なことはどうでもよくなってしまうくらいに幸せだった。

引っ越し荷物をあらかた片づけてから、俺は彼女にこう言った。

「夕飯、一緒に作ろうか」

真琴はそれに愛想よく頷く。

「うん、いいよ」

「献立は何がいいかな。真琴、何が食べたい？」

「ええとね……じゃあ、豚肉のごま味噌焼き」

「ん？」

どこか懐かしい名前。俺が目を瞠ると、隣で彼女がはにかんだ。

「覚えてる？　初めて播上に教えてもらった、思い出のメニューだよ」

二人で一緒に買い物に行き、献立をあれこれ考える。

メインは豚肉のごま味噌焼き。付け合わせにホウレンソウの炒め物。味噌汁の具はカボチャ餅にした。思い出の料理にもう一品、だし巻き卵でも添えようかと思う。

買い出しの後は、二人で一緒に台所に立つ。

部屋を借りる時、台所のスペースは必ず確認していた。最低限、俺と真琴が並んで立っても問題ないくらいの広さが欲しかった。条件をクリアしたこの部屋で、結婚初日の夕飯の支度が始まる。

一緒に料理をするのは初めてだった。真琴が豚肉を切っている間、俺はガス台に向かって味噌汁を作る。彼女が肉を焼き始めたら、俺は洗い物を済ませてしまう。初めての共同作業は思いのほか上手くいった。お互いの作業の邪魔になることもなく、俺が台所奉行になる必要だってなかった。

二人でする料理は、一人の気楽さ以上の楽しさがあった。

料理をしながら話だってできる。

「それにしても、渋澤くんに先を越されるとは思わなかったな」

「俺もだ。あいつはすごいよ、いろんな意味で」

渋澤は渋澤で、メシ友から夫婦になるまで六年掛かった俺達を、いろんな意味ですごいと思っているようだが——掛かってしまったものはしょうがない。結婚に早いも遅いもないとはけだし名言である。

「落ち着いたらこっちに来たいって言ってたな。奥さん連れて」

「そっかあ。私も会いたいな、渋澤くんぞっこんの奥さんに」

真琴はそう言って、それからふと難しい顔を作る。

「からかわれる前にからかってやらないと。先手必勝だよね、きっと」

「そうだな」

その時が来たら、俺達はどんなやり取りをするんだろう。そう先の話でもないはずなのに想像がつかない。

でも、純粋に楽しみだ。


配膳を済ませてから、向かい合って食卓に着く。

最初の夕飯は予定通り、豚肉のごま味噌焼きだった。真琴がほぼ一人で作ったもので、仕上がりは見栄えからして上出来だった。焦げた味噌のいい匂いがして、俺達はいてもたってもいられず手を合わせる。

「いただきます」

「いただきまーす」

二人で一緒に夕飯を食べるのも、初めてだった。メシ友として昼飯は何度も食べていたが、夕飯を食べる機会は六年目の今まで全くなかった。

同じ料理を食べるんだから、おかずの交換をすることもない。同じ部屋に住んでいるから、昼休みに会えなくて寂しい思いをすることもない。ただ、彼女の美味しそうな顔を隣から眺めている、そのことだけは六年目も変わらない。

「二人でご飯食べるのって、いいな」

「うん。余計に美味しく感じるよね」

「だとすると、これからは毎日美味しく食べられるな」

「そうだね。すっごく楽しみ！」

俺の言葉に笑う彼女は言うまでもなくかわいいし、いい女だ。

料理は人を幸せにする。

作る楽しさも食べる楽しみも知っている俺達は、とても幸せなのだと思う。


二人きりの穏やかな夕飯に辿り着くまで、六年掛かった。

だが朝飯まではそんなに掛からないはずだ。

今日からは、ずっと一緒だから。

Soumukano
Hatagamikunn No
Obentou

※この作品は「小説家になろう」(https://syosetu.com) に掲載されていたものを改稿・改題のうえ書籍化したものです。

※この物語はフィクションです。作中に同一の名称があった場合でも、実在する人物、団体等とは一切関係ありません。

宝島社文庫

総務課の播上君のお弁当
ひとくちもらえますか?
(そうむかのはたがみくんのおべんとう　ひとくちもらえますか?)

2021年5月25日　第1刷発行
2022年9月19日　第3刷発行

著　者　森崎 緩
発行人　蓮見清一
発行所　株式会社 宝島社
〒102-8388　東京都千代田区一番町25番地
電話:営業 03(3234)4621/編集 03(3239)0599
https://tkj.jp
印刷・製本　株式会社広済堂ネクスト

ISBN 978-4-299-01631-7